JN305820

二見文庫

約束のキスを花嫁に

リンゼイ・サンズ／上條ひろみ＝訳

An English Bride In Scotland
by
Lynsay Sands

約束のキスを花嫁に

登　場　人　物　紹　介

アナベル・ウィズラム	イングランドの領主の次女
ロス・マッケイ	スコットランドの領主の長男
キャサリン(ケイト)・ウィズラム	アナベルの姉
ジョーサル・マクドナルド	ロスの妹
ビーサム(ビーン)・マクドナルド	ジョーサルの夫
ショーナク	アナベルの侍女
エインズリー	ロスのおじ
オウエン	ロスのおじ
フィンガル	ロスのおじ
マラフ	ロスの部下
ギリー	ロスの部下
ランソン・マッケイ	ロスの亡父
デレク	ロスのいとこ
ミリアム	デレクの母
グラント	ケイトの駆け落ち相手 ウィズラム家の厩番頭の息子
エフィ	お針子
アンガス	マッケイ家のコック

1

「アナベル！　アナベル！」

　アナベルは眠たげにため息をついて寝返りを打ち、疲れた体にようやく訪れたまどろみをじゃまする、執拗《しつよう》な声に背を向けた。

「アナベル、起きなさい」声がさらに大きくなる。

「シスター・クララとひと晩じゅう馬の出産に立ち会っていたんですよ」シスター・モードの声だと気づいたアナベルは、疲れた声でつぶやいた。「今日は早起きしなくていいと、修道院長さまはおっしゃいました」

「わかっています。でも、今は起きるようにとのことです。あなたのお母上がいらしているのです」

　アナベルはいきなり寝返りを打って小さな簡易ベッドの上に仰向けになり、ぱっと目を開けると、驚いてシスター・モードを見つめた。「なんですって？」

「あなたのお母上がいらしていて、修道院長さまがあなたを呼んでいらっしゃるのです」シスター・モードはいらいらと繰り返した。そして、アナベルが部屋にたどり着いたときに床の上に脱ぎ散らかしたドレスを拾いにいった。

　しわの寄ったドレスのほこりを払うシスター・モードの顔に浮かんだ非難するような表情を見て、アナベルはため息をついた。衣類を粗末にあつかっていると修道院長に告げ口されるのはまちがいない。時間をかけてきちんとたたみ、ベッドの足元にある衣装箱の上に置いておけばよかった。だが、よろよろと部屋に戻ってきたときはもう夜明け近かった。あまりにも疲れていたので、脱いだドレスをそのままにして、ベッドに倒れこみ、死んだように眠りこんでしまったのだ。母との面会をすませたあとで、罰として苦行をおこなうことになるだろう。寝直すわけにはいかないようだ。

　母が来ているということを思い出し、アナベルは毛衣（修道僧が苦行のために肌に直接着用した馬巣織りのシャツ）とシュミーズ姿で起きあがって、小さな硬いベッドの縁に座った。シスター・モードが背中を向けているうちに、目から眠気をこすり落とす。

「どうして母がここへ？」シスター・モードが差し出すドレスを受け取ろうと立ちあがりながら、アナベルは尋ねた。

「知りません。お着きになるなり修道院長さまをつかまえて、それからずっとおふたりで執務室にこもっておいでです」シスター・モードはよそよそしい口調で言うと、アナベルのシュミーズから見えている毛衣に視線を向けた。

毛衣は、急ぐのは見苦しいということをアナベルが忘れないようにと、修道院長によって着せられたものだ。神の花嫁として、ここではつねに落ちついてゆっくりと歩くことが求められた。すでに罪を犯してこの毛衣を着ているのだから、ドレスを粗末にあつかったことの罰は鞭《むち》打ちだろう。シスター・モードはそれを楽しみにしているにちがいない。この女《ひと》はいつだってアナベルを目の敵《かたき》にしているのだから。

アナベルはドレスを頭からかぶって引きおろした。眠気はあっという間に消えて、不安がそれに取って代わりつつあった。母の訪問が朗報のはずはない。だいたい、十四年まえにこの修道院に娘を預けてから、一度も会いにきたことがないのだ。何か重大なことがあって来たにちがいない。父が亡くなったのだろうか？　それとも姉が？　ウェイヴァリー城が略奪されたとか？　可能性はかぎりなくあり、どれも悪いことばかりだった。母がいい知らせを携《たずさ》えて夜明けにやってくるとは思えない。これほど早い時間に着いたということは、夜通し馬に乗ってきたはずだから。

「修道院長さまの執務室にこもってどれくらいになるんですか？」アナベルは顔をしかめてコルセットを締めながら尋ねた。

「そんなこと、わたしにわかるわけがないでしょう？　あなたのお客を見張っているよりましな用事がありますからね」シスター・モードはとりすまして言い、アナベルがブラシをつかんですばやく髪にすべらせ、引っかかるたびに力まかせに引っぱるのを見守った。「あなたがまだ髪を落としていないことを、修道院長さまはご存じなのですか？」

その質問にアナベルは身をこわばらせた。修道院長にそれを命じられたのは数週間まえだが、アナベルはどうしてもその気になれずにいた。まだ修道女ではないのだから、断髪の必要はないような気がして、頭巾をかぶって髪があることを隠していたのだ。

アナベルは返事をせずにブラシを置き、「起こしてくださってありがとうございます、シスター・モード」と急いで言うと、頭巾をかぶってドアに向かった。

燃えるような視線を背中に感じながら、足早に部屋を出た。ほかにも告げ口できる違反がないか部屋をあらためられるだろうかと一瞬思ったが、そうされたところでできることは何もないので、代わりになぜ母がここに来たのかということに意識を向けた。

早く修道院長のところに行かなければとあせるあまり、小走りになっていたが、通りかかった修道院長代理にいやな顔をされ、早歩きにまで速度を落とした……角を曲がって修道院長代理から姿を隠すまでは。そのあとはまた走りだし、修道院長の居室と執務室がある廊下に出るまで速度を落とさなかった。

すぐに執務室のドアの外で話をしている女性ふたりを見つけたが、そのひとりが母だとわかったのは、修道院長と話していたからだ。アナベルは七歳という幼さで修道院に入れられ、以来母に会っていなかった。そこにいる女性は、記憶にある母とはまるで別人だった。母はブロンドの美人で、瞳はきらきらして頰は赤かった。いつも微笑んでいるか、声をあげて笑っていた。この女性は青白く、髪はブロンドというよりグレーで、目にはよろこびではなく不安が宿っていた。微笑んでもいなかった。何か心配事があるのか、口を硬く閉じ、両手をねじり合わせている。

「ああ、アナベル」修道院長が彼女に気づいて言った。そしてアナベルの母を見て励ますような笑みを浮かべ、相手の手をぽんとたたいた。「娘さんが来ましたよ。これで出発できますね。すべてうまくいきますよ」

「ありがとうございます」レディ・ウィズラムはそうささやくと、穴が開くほどアナベルを見つめながら近づいてきた。

こんなふうに見られたら落ちつかないわ、とアナベルは思った。母がこちらの記憶とはちがうということは、こちらも母が思っていたとおりではないのだろう……あるいは、期待していたとおりでは。表情がこわばるまえに母の顔をよぎったのは、落胆にちがいない。

アナベルがまだ廊下を半分しか進んでいないのに、修道院長は背を向けて大股で執務室にはいってしまい、残されたレディ・ウィズラムが娘に話をしようと突進してきた。だが、話をする余裕はなかった。母は足を止めるのはもちろん、速度を落とすことさえせずにどんどんまえに進み、「急がないと！」と言ってアナベルの腕をつかむと、くるりと方向転換した。

アナベルは目をまるくして、玄関扉まで引きずられていった。そしていくぶんけげんそうな顔で尋ねた。「どこに行くの？」

「うちよ」と母は驚くべきことを言った。

「うち?」アナベルは当惑してきき返した。「でも、わたしのうちはここよ。どうして――?」

「馬の準備はできているの?」母にさえぎられ、アナベルは一瞬母が自分に尋ねたのかと思ったが、玄関を出たところの、馬車のそばで待っていた体格のいい老人が答えた。

「へえ、奥さま。修道院長さまが代理の方をよこして言うには、うちの馬とここにいるいちばんいい馬二頭を交換してくださるそうで。休養たっぷりで体調もいい馬をね。うちの馬を走らせた行きと同じくらい、帰りも早く着きますよ」

それを聞いて、アナベルは問題の馬に目を向けた。どちらも知っている馬で、たしかに修道院にいるなかではいちばんいい馬だった。置いていく馬たちも同じくらいいい馬か、さらに上等な馬なのだろうが。アナベルは腕を引っぱられてまたまえを見た。母はしっかりと娘の腕をつかんだまま、待っている馬車のほうに向かおうとしていた。

「ありがとう、エールリック」レディ・ウィズラムは老人の手を借りて、暗い顔つきで馬車に乗りこみ、腕をつかまれたままのアナベルもいっしょに引きずりこまれた。まるで手を離したとたん逃げられるとでも思っているように、母は娘の腕をにぎりしめていた。肉に爪が食いこむほどで、馬車に乗って母の隣に座らされ、ようやく離してもらうと、アナベルはほっとした。

アナベルが腕をさすっているうちに、エールリックが扉を閉め、馬車を揺らして御者台にのぼった。馬車が動きはじめると、アナベルはやや身がまえながら母を見て、「わたしたち、どこに行くの?」ときいた。

自分でもよくがまんしていると思った。何の説明もなしにベッドから引きずり出され、この十四年間わが家だと思ってきた場所から引き離されたのだ。だが、母はその質問を聞いてひどくいやな顔をした。

「言ったでしょ。うちよ」

「わたしのうちはエルストウ修道院よ」アナベルは静かに言った。

「これまではね」母はそう言ったあと、強い口調で付け加えた。「でも今はちがう。ウェイヴァリーがあなたのうちよ」

まったくわけがわからない。自分が知っているほんとうのわが家は修道院だけなのに、そこから連れ出されるなんて。ごく幼いときに離れたので、ウェイヴァリー城のことはおぼろげにしか覚えていなかった。だから、母がこう付け加えたときはほっとした。「少なくとも、あと一日か二日はね」

ということは、短期間帰るだけなのだ。勘ちがいしていたことが恥ずかしくなった。そもそも、荷造りもさせてもらえず、身ひとつで連れ出されたのだ。すると今度は、戻るまでいま着ている服ですごすことになるのだと気づいて眉をひそめた。母がそういう事情も考えずに急いで娘を連れ出したということは、よほど切羽詰まった事態なのだろう。

「お父さまのこと？」アナベルは心配そうに尋ねた。父が死んで、葬儀のために城に連れていかれるというなら、納得がいく。と同時に驚くほどの悲しみがわきあがった。驚いたのは、肉親である父の記憶がほとんどなかったせいだが、背が高くて整った顔立ちのむっつりした男性に抱きしめられて、さよならと言われ、頬ひげがちくちくしたことは覚えていた。思えば父は、王の命令でつねに戦《いくさ》に出ていた。

「お父さまがなんですって？」母が聞き返した。その声にいらだちを聞き取ったアナベルは、母をまじまじと見た。疲れて血走った目を見ただけで、ウェイヴァリーから修道院に向かうあいだ一睡もしていないのがわかったが、たしかにこんなふうに馬車に揺られながら眠るのはむずかしいだろう。修道院に連れてこられたとき以来、馬車には乗ったことがなかったし、こんなに揺れるものだとは記憶になかったが、この馬車は普通より速いスピードで走っているにちがいない。

母がまだ答えを待っているのに気づき、アナベルは言った。「お父さまに何かあったの？それでわたしをいっとき城に帰らせるの？」

レディ・ウィズラムは口を開き、迷った末にため息をついて言った。「いいえ。お父さまはお元気よ。あなたを迎えにきたのはあなたの姉のせいなの」

「ケイトの？」アナベルは驚いてうろたえながらきいた。ウェイヴァリーの人たちのなかで、いちばんよく覚えているのは姉のケイトのことだった。ふたりは一歳しかちがわず、幼いころはとても仲がよかった。修道院に来たばかりのころ、いちばん恋しかったのはケイトのことだ。最初の年は毎晩ケイトを思って泣いたものだが、ときがたつにつれ、だんだんと姉の記憶も薄れていった。「何があったの？　ケイトは——？」

「今はやめて、アナベル」母は弱々しく言って目を閉じた。「あとでちゃんと説明するわ。でも今はこのとんでもない馬車に乗ってきたせいで疲れているの。しばらく目を閉じていなければ」

アナベルはためらってから言った。「馬に乗ってこなかったなんて驚きだわ」

たしかに変だった。記憶にあるかぎり母は馬に乗るのが大好きで、馬車での移動を選ぶのはめずらしかった。馬車の旅は快適とはほど遠いし、馬に乗るよりずっと時間もかかる。

「お父さまはあなたがひとりで馬に乗れるとは思わなかったのよ」母は唐突に答えた。「修道院では乗馬を学ぶ必要なんてないから」

アナベルは何も言わなかった。たしかに修道院で馬に乗る理由はないし、あそこにいる女性たちのほとんどはめったに、あるいは一度も馬に乗ったことがない。だがアナベルは、作業時間の半分は修道院の動物たちの世話をしてすごしており、馬に乗ることも多かった。といっても、見つからないようにみんなが寝静まった夜でなければならず、乗るのも鞍《くら》なしだった。馬小屋の壁に掛けてある鞍も、女性用の片鞍も、試してみたことはなかった。

母に待てと言われても、姉のことをもう一度尋ねてみようかと思ったが、思いとどまった。母はほんとうに疲れているようだった。今朝は自分もろくに眠らないうちに起こされたので、アナベルもそれは理解できた。ケイトを襲った病気か事故について問いただすのはあとにしよう。悲しい話を聞くまえに、少し眠っておいたほうがいい。疲れきっているときにそんな話を聞いたら、泣きくずれてしまうかもしれない。

そう判断したアナベルは、馬車の隅に寄りかかり、眠るのに楽な体勢をとろうとしたが、がたがた揺れる馬車のなかでは、それもむずかしそうだった。

「いったいなんでまた、よりによってイングランド人の娘なんかと婚約することになったんですか？」

ロスはマラフの質問に力なく微笑んだ。ロスが率いる有能な戦士のひとりで、彼と同年代でもある男の口調は、ぞっとしているようだった。だが、イングランド人の女を妻にすると思えば、部下のほとんどはぞっとするだろう。ロスは答えようと口を開いたが、ためらっている時間が長すぎたらしい。ギリーに先を越されてしまった。

「二十年ほどまえ、十字軍遠征中に、ウェイヴァリーの領主がロスさまのお父上の命を救ったのだよ」歳上の戦士は説明した。そして悲しげに付け加えた。「だから領主殿は、これから死ぬまでイングランドの領主の娘に縛りつけられることで、借りを返していくのだ」

その言い分を聞いて、ロスは思わず苦笑いした。ギリーはロスの筆頭の部下だ。以前はロスの父の筆頭の部下だった。その年齢のおかげでいつも的確な助言を与えてくれる男としてたよりになる一方、イングランド人がスコットランド人に何をしたかも忘れていなかった。そのことだけでも、この男を連れてくるのはやめようと思う理由になったが、身辺警護をさせるなら、いま両側で馬に乗っているふたりの戦士、ギリーとマラフほどたよりになる男はいなかった。ふたりとも戦場では目覚ましい働きぶりを見せるし、ロスのよき友でもあった。どちらの男も、いつでもどこでも心から信頼できた。

「ほんとうですか?」木立を抜け、ウェイヴァリー城目指して丘をのぼりはじめながら、マラフが顔をしかめてきいた。

「ああ。ウェイヴァリーは父の命を救った」ロスは低い声で言ったあと、こう付け加えた。「ふたりはそのあと友人同士となり、友情のしるしとして両家のあいだに姻戚関係を結ぶことにしたのだ。当時おれは七歳で、ウェイヴァリーの奥方はそのまえの年に娘を産んだばかりだった。そこで契約が結ばれた」

ギリーはそれを聞いて、痛ましげに首を振った。「お父上が生きながらえたのはよろこばしいことだと思いますが、そのためにあなたが支払う代価は高すぎやしませんか」彼は首をかしげ、ずるそうに付け加えた。「あなたもそう思っていたのでしょう。でなければ花嫁を迎えにいくまでこんなに待たなかったはずだ。その娘が井戸に落ちるか何かして、結婚しなくてすむことを期待していたのでは？」

「いや」ロスは部下の非難を含み笑いで一蹴し、まじめな口調になって言った。「おまえは知っているはずだ。おれが四年まえに彼女を迎えにいくつもりだったことを。だが父の死でそれはかなわなかった」

「ええ、そうでした」ギリーは重々しくうなずいた。

ロスは思い出して黙りこんだ。父ランソンの死はひどくつらいものだった。マッケイの氏族《クラン》の長は人格者であり、よき父だったが、それだけにその死後はよけいにみながつらい思いをすることになった。二十三歳のロスでは若すぎると言って、いとこのデレクが族長の地位をロスから奪い取ろうとしたのだ。デレクがそう言い出したとたん、ほかの者たちも族長の座を得ようと進み出た。クランの者たちはいくつもの派に分裂し、おのおの自分の家族のなかの男子を推《お》した。ロスはこの三年というもの、そういう者たちの主張をはねのけて、自分こそ領主だと示そうとしてきたが、まえの年の戦《いくさ》でいとこのデレクを打ち負かすとクランは落ちつき、ロスを族長として認めた。

ロスはさらに一年待って、自分が受け入れられ、平和が維持されていることを確認してから、花嫁を迎えにいくために、思いきってマッケイを離れることにしたのだった……これほど長いこと放っておかれた花嫁がおかんむりなのは確実だったが。

「イングランド人の娘か」マラフがつぶやいて、痛ましそうに首を振りながら会話に加わった。

ロスはふんと笑って軽く肩をすくめた。ウェイヴァリーの城門が近づいていた。「娘にはちがいない」

「イングランド人の娘はイングランド人の娘ですよ」濠《ほり》の跳ね橋をわたりながら、ギリーは陰気に言った。「イングランド人の娘は、みんなおれたちスコットランド人を田舎者だと見くだしている。鼻持ちならないやつらです」

「ふうむ」ロスはため息をついた。「おれの花嫁はそうじゃないことを祈ろう」

「せいぜい祈るんですね、わが友よ」ギリーは顔をしかめて言った。「でも覚悟したほうがいいですよ。がみがみ女のせいで悪夢のような人生を送ることになるのを」

ロスはその予言を聞いて笑いだしたが、不意に悲鳴が響きわたったせいで、それはやがてのどを詰まらせたような声になった。一行は城の中庭を抜けて厩《うまや》に向かっているところだった。ロスは手綱《たづな》を引いて馬を止め、必死にあたりを見まわして悲鳴の主をさがした。マラフが塔の窓を指さして言った。

「あそこから聞こえたぞ」そのとき、鎧戸《よろいど》がはずされた窓のなかを、黒っぽい髪の女が通りすぎた。

「そのようだ」ギリーが同意して窓に向かって目をすがめると、また女が現れた。「きっとあなたの花嫁ですね。がみがみ女だ」訳知り顔でそう言うと、悲しげに首を振った。「これでもう逃げられませんよ」

マラフとギリーほか、同行した三名の男たちは、自分たちの馬を厩へと進ませた。今はだれもいない窓を不安そうに見あげている、ロスひとりをその場に残して。

「アナベル、声を落としなさい。だれかに聞かれたらどうするの」レディ・ウィズラムは不機嫌そうに注意した。

それを聞いてアナベルは一瞬あきれた。それしか言うことがないのだろうか。起こっていることが何ひとつ信じられず、疲れのせいで頭が混乱しているのかもしれないと思うところだが、あの乗り心地の悪い馬車のなかでなんとか眠ることに成功したので、ウェイヴァリーにつくまで日中ずっと眠っていたことになる。断続的な眠りで、目が覚めたのは馬車が止まったときだった。まだ眠くて目をこすっているあいだに、城の扉が開き、ひとりの老人が馬車に駆け寄ってきて、まず母のほうを不安そうにうかがったあと、アナベルを見た。

すぐに安堵したらしく男性が肩を落としたので、アナベルは妙に思ったが、よく考える間もなく、母に馬車から押し出された。「彼はもう来たのですか?」母は男性に尋ねた。

「いや。ありがたいことに、まだだ」男性は感情もあらわに言った。「だが、城壁の警備兵から、少人数の騎馬の一行が、向こう側から森にはいるのを見たと連絡があった。馬に乗った六人の男たちというから、彼の一行だろう。この子を二階に連れていって、支度をするといっていった。

「わかりました」母は暗い顔つきで同意し、アナベルの腕を取って城のなかに引っぱっていった。

アナベルはおとなしく引きずられていった。そうされながらずっと男性を見ていたが、ようやく父だとわかって驚いた。この十四年で歳を取ったのは母だけではなかった。父はもう、幼いアナベルが記憶していたような、強くてハンサムな男性ではなかった。たくましかった胸の筋肉は、かつては平らだった腹のあたりまで落ちてしまったらしく、それはもはや筋肉ではなかった。それに、どういうわけか背も縮んでしまったように見えた。あるいは、昔は自分が小さな子どもだったせいで、父の背が高く見えただけなのかもしれない。

かつてハンサムだった顔は、ごま塩のひげにおおわれ、そのひげは、手入れをしていない庭の雑草のように勝手気ままに生えているように見えた。記憶にある父とはまるで別人だった。その変化があまりに衝撃的だったせいで両親の会話をちゃんと聞いていなかったアナベルは、塔の上階にある寝室にはいって母から事情を聞くと、すっかり面食らってしまった。最初の反応は純粋に抗議の悲鳴をあげることだった。いま聞いた話を理解しようとしてはいたが、脳が受け入れを拒否しているようだった。

アナベルは深呼吸をして首を振った。さらに二回深呼吸をすると、落ちついた気がしたので尋ねた。「ねえ、お母さま、わたしちゃんと聞き取れなかったみたい。今なんて――?」

「姉の代わりにあなたがマッケイ家に嫁ぐのです」母はきっぱりと繰り返した。妙なことに、いくらきっぱりと言われても、内容は少しも理解できなかった。

「どうしてそんなことができるの?」アナベルは混乱して尋ねた。「わたしは修道院にいる身なのよ。修道女になるのよ」そこでことばを切ったが、母は何も言ってくれない。状況を把握《はあく》していないのかもしれないと思い、こう付け加えた。「わたしは尼僧になるの。キリストと結婚するの」

「もうその必要はないのよ」母は言い聞かせるように言った。「あなたはまだ修道女ではない。だから結婚できるわ。契約によると、ロス・マッケイはウィリアム・ウィズラムの生存するいちばん上の娘と結婚することになっているの。あなたの姉はもういないから、それはあなたということよ。あなたは彼と結婚しなければならないの。さもないと新郎からの贈り物も莫大なお金も手に入らない。そうなったらわたしたちは破滅よ。あなたは彼と結婚するのです」

アナベルは黙って母を見つめたあとで尋ねた。「ケイトに何があったの? どうして死んだの?」

レディ・ウィズラムはうんざりしたように鼻を鳴らすと、歩いていってベッドの端に沈みこむように腰をおろした。「あんな恥ずかしい思いをさせられるくらいなら、死んでくれたほうがましだったわ」

アナベルは目をまるくした。一瞬希望を感じ、急いで母のほうに進み出る。「死んだわけじゃないなら――」

「厩番頭の息子と駆け落ちしたのよ」レディ・ウィズラムはきつい声でさえぎった。「お父さまはあの子を勘当して、相続権を取りあげたわ。事実上、死んだも同然よ。今やあなたは生存するいちばん上の娘になったわけだから、ロス・マッケイと結婚するの」

アナベルはベッドの母の隣に沈みこんだ。突然脚から力が抜けて、体を支えられなくなったのだ。口を開くと声まで弱々しかった。「でもわたしは妻の心得を知らないわ。ずっと修道女になるつもりだったんだもの。そのための勉強しかしてきてない。基本的な家事にしろ、それ以外のことにしろ、何も知らないのよ」困惑して付け加える。

母に手をぽんとたたかれたので、励ましてくれるのかと思って母のほうを見ると、こう返された。「そうね。きっとひどく苦労するでしょう。でもお父さまとわたしは破滅せずにすむわ」

「ええ、それはたしかにそうでしょうね」アナベルは冷ややかに言った。

レディ・ウィズラムはうなずいた。娘のいやみにまったく気づいていないらしい。それでよかったのだろう。こんな口のきき方をしたら、修道院長は眉をひそめ、アナベルを罰しただろうから。修道院長からはこれまで数えきれないほど罰を与えられてきた。実際、自分はいい修道女になれないだろうと思っていた。修道女見習いとして落第だったことはたしかだ。

それを言うなら聖職志願者としても。アナベルは何年も聖職志願者としてすごしてから、ようやく修道女見習いに昇格したのだが、その昇格も修道院長の温情だったのではないかと思っていた。

アナベルは自分の何がいけないのかよくわかっていなかった。修道女になりたいと思っていたし、修道院になじもうと努力したが、どんなに努力しても、ときどき舌がすべってしまうのだ。抑えられないのは、口の悪さだけでなく、かんしゃくや、食欲も——。

顔をしかめ、いつまでもつづきそうな回想を打ち切った。修道女にふさわしくない自分の欠点はよくわかっていた。修道院長と院長代理からは、しょっちゅうそれを指摘されていた。だが、どんなに向いていないとしても、修道女になることしか考えていなかった。何年もそれに向かって努力してきたのに修道女になれない自分が、まったくなんの教育も受けていないのに、奥方やレディとしてやっていけるわけがないではないか？

アナベルがみじめにため息をつくと、それが合図だったかのように、母がベッドから跳ねるように立ちあがった。

「さあ、侍女たちをさがしてこなくちゃ。あなたに身支度をさせないと」きびきびと言いながらドアに向かう。

「身支度？」アナベルも立ちあがり、不安になって尋ねた。

「修道女見習いの頭巾姿で婚約者に会うわけにはいかないでしょう」当然のことのように母

は言った。

「でも――相手はもうここに来ているの？」またもやぎょっとしてきいた。

「いいえ、でもすぐに着くはずよ。あなたを見栄えよくするには気が遠くなるほど時間がかかるわ。ここで待っていなさい。すぐに戻ってくるから」

「お母さま！」部屋から出ていこうとする母を、アナベルはあせって呼び止めた。

レディ・ウィズラムは戸口で足を止め、いらいらと振り向いた。「なんです？」

アナベルは迷ったすえ、顔を上げると、幼いころに家から出されて以来、ずっと疑問に思っていたことを口にした。「どうしてわたしは小さいころからエルストウにやられたの？」

母はかすかに眉を上げげた。「どうせいずれはあそこに送られることになっていたのよ」

「送られることになっていた？」アナベルは眉をひそめてきき返した。

「そう、もしわたしがあなたの次に男の子を産んでいたら、ケイトもね。でも、子宝には何度も恵まれたものの、みんな流産だった」

母の顔に浮かんだのが安堵なのか後悔なのか、アナベルには判断できなかった……その両方が入り交じっているようだった。夫のためにひとりでも息子がほしかったということなのだろう。幼い女の子がふたりもいてじゃまをされては都合が悪かったということだ。

「だから」母は肩をすくめてつづけた。「長子で跡取りのケイトはここに残って、ウェイヴァリーの家政を学ぶ必要があった。お父さまとわたしが死んで、ここがあの子と夫のものになったとき、立派に治められるようにね。でもあなたをここに置いておく理由はなかった」

「代わりにわたしをお嫁に出すことはまったく考えなかったの？」アナベルは静かにきいた。答えはよくわかっていたが。

レディ・ウィズラムはその意見に顔をしかめて首を振った。「容姿が美しいのはいつもケイトのほうだった。あなたは太ってころころしていた。それなりの領主で、あなたとよろこんで結婚しようという人は、わたしたちに払える以上の持参金を要求するでしょう。幸い修道院は、あなたの結婚に必要になる半分の金額で引きとってくれたわ。小さいうちに預けたから、それからずっとあなたの食事や衣類や教育にお金を出さずにすんだ。それにもちろん、教会で自分の魂のために祈ってくれる家族がいるというのはやっぱりいいものよ。修道院長があなたにそうさせるのはわかっていた」母は目をすがめた。「家族のために祈りなさいと言われたわよね？」

「ええ」アナベルは急いで言った。

「よかった」レディ・ウィズラムは緊張を解いたが、不快そうな目つきでアナベルをじろじろ見た。「あなたを人まえに出せる状態にするにはそうとう手がかかりそうね。召使いを呼んできて、さっそく取りかからせないと」

「そうね」アナベルはもごもごと言い、ドアが閉まるのを見守った。母が自分に失望していることがはっきりしたが、もう慣れっこだった。どんなにがんばっても、修道院長をいつも失望させていたようだし……夫のことも失望させてしまうに決まっている。

暗い思いを押しやって、自分のいる部屋を見まわした。子どものころケイトといっしょに使っていた部屋だという確信があったが、寝具やベッドのまわりのカーテンは以前とはちがっていた。ケイトとふたりでベッドに横になりながら、ふざけてくすくす笑い合った、遠い昔の夜が思い出される。すると今度は姉のことが気になりだした。

姉は〝厩番頭の息子と駆け落ちした〟と母は言った。

アナベルにとっては衝撃的な知らせだった。修道院の聖職志願者や修道女見習いには義務感がたたきこまれている。考えられるとすれば、ケイトは両親に逆らってまでも意志を通すほど、厩番頭の息子と心から愛し合っているにちがいない、ということだけだった。母が戻ってきたらきいてみることにしよう。アナベルは頭巾を脱いだ。

「頭をまるめなくてほんとうによかったわ」長い髪の房に手をすべらせながらつぶやく。頭をまるめていたら、ますますやっかいなことになっていただろう。

2

「さあ、座った、座った」

ロード・ウィズラムのことばに、ロスは階段を駆けおりてくる女性から視線を引き離し、テーブルに移動して座った。

「旅のあとでのどが渇いているにちがいない。飲み物の用意ができているか見てこよう」

ロード・ウィズラムはそう言って、足早にテーブルを離れた。

「なんだかやけにそわそわしていますね」ウェイヴァリーの領主が厨房ではなく、ちょうど上階からおりてきた女性のほうに駆け寄るのを見て、ギリーが意見を口にした。顔をしかめてさらに言う。「そういえば、厩番頭もそうでした。厩で両手をもみしぼって、おれたちと目を合わせまいとしていた」

それにはロスも気づいていた。そればかりか、これまですれちがったり出会ったりした人たちのほとんどが、ぎこちなく微笑んでは、答えたくないことを尋ねられるのを恐れるように、そそくさと離れていった。器《うつわ》の小さい男なら不安になるところだが、ロスは起こってもいないことをあれこれ心配するような男ではなかった。待って様子を見ればいいことだ。そこで、ギリーのことばに「うむ」とだけ応えると、ロード・ウィズラムが奥方と短いことばを交わしたあと、連れ立って厨房に急ぐのを見守った。

「あなたの花嫁はどこにいるんでしょうね？」ギリーがきいた。

ロスは妙にがらんとした大広間を見わたしながら、肩をすくめた。マッケイの大広間が無人になることはめったにない。つねにだれかが行き来している。ここもそうだろうと思っていたのに、人がまったくいないというのはどういうことなのか。

厨房につづいていると思われるドアから夫人がせかせかと出てきたので、そちらに目を向けた。浴槽と、湯のはいった桶《おけ》を運ぶ、数人の召使いを引き連れている。いくつかの桶からは湯気があがっていた。

「花嫁を目にするまでしばらくかかりそうですね」階段をのぼっていく召使いたちをすがめた目で追いながら、ギリーが皮肉っぽく言った。

「ああ」ロスはため息まじりに言った。さっさと用事をすませて、すぐにマッケイの城に戻りたかった。父の死後の跡目騒動以来、城を離れたのはこれが初めてなので、いささか落ちつかず、早く戻って何も問題がないことをこの目で確認したかった。だが、出発までは思ったより時間がかかりそうだ。

「ケイトのことを話してもらえる？」召使いたちが用意してくれた風呂のそばで足を止め、アナベルはきいた。

「何を話せっていうの？」レディ・ウィズラムは苦々しげに言った。「あの子はあのばかな若者と逃げたのよ」

「きっと彼をとても愛しているのね」アナベルはドレスを脱ぎながらつぶやいた。「相手もお姉さまを愛しているんだわ。お父さまの怒りに触れるようなことをするほど」

「ええ、そうね。たしかにふたりは愛し合ってるわ」レディ・ウィズラムはさもいやそうに言ったあと、こう付け加えた。「でも彼が愛しているのは、立派で高価なドレスを着て、つやつや輝く髪を、侍女に頭の上に結いあげてもらったあの子なのよ」首を振ってつづける。「あのばか息子は、ケイトのドレスがぼろになり、飢えで青ざめ、ぱっとしない容貌になったら、その崇高な思いがどう変化するか、考えていなかったでしょうね。彼にしたって、ここで働いているときはすてきに見えたんでしょうけど、どちらにもうその魅力はない。愛は長つづきしやしないわ。そうしたらあの子はどうするかしら？」意地悪そうに問いかける。「お腹に私生児を宿してここに逃げ帰り、受け入れてくれと涙ながらに懇願するでしょうね」

「そのときは受け入れるの？」アナベルは静かに尋ねた。

レディ・ウィズラムは首を振ってつぶやいた。「お父さまにとって、あの子はもう死んでいるのよ」

「お母さまにとっては？」

「わたしはこの荘園の領主ではありません。ただのひとりの女よ」母は静かに言ったあと、毒のある口調で付け加えた。「でも、わたしもケイトを受け入れないでしょうね。わたしたちのことをこれっぽっちも顧みず、あんな選択をしたらわたしたちにどんな迷惑がかかるか、考えもしなかったんですもの」レディ・ウィズラムの口元が憎々しげにゆがむ。「あの子は自分で寝床を整えたのだから、そこに寝なければならないのよ」

アナベルは、それはちょっとひどいと思ったが、何も言わなかった。暖炉のそばの椅子にドレスを掛け、シュミーズを脱ぐと、その下に着ていた毛衣のひもに手を伸ばした。

「いったいそれはなんなの？」母が近づいてきて尋ねた。

「馬巣織りの毛衣よ」アナベルは恥ずかしさでもごもごと言った。

「これはヤギの毛？」レディ・ウィズラムはシャツの縁に触れて顔をしかめた。「この織り地じゃ、ひどく着心地が悪いでしょう。どうして毛のシャツなんか着ているの？」

アナベルは悲しそうにため息をつき、ひもをほどき終えてシャツを床に落とした。湯気のたつ風呂に足を踏み入れて、つぶやくように言った。「修道院長さまに着ろと言われたの」

「どうして？」母がすぐに尋ねる。

「修道院での罰なのよ」アナベルは低い声で言った。

「この背中のあざはシャツのせいでできたわけじゃないわよね」母が背中のみみず腫れを

そっと指でたどりながら言った。

「ええ。鞭のあとよ」

「修道院で鞭打たれたの?」母は驚いてきいた。

「いいえ。自分でやったの」

「なんだってまたそんなことを?」母はうろたえている。

「修道院長さまに命じられたから」アナベルは静かに言った。

「修道院長さまに……?」母はびっくりして娘を見つめ、それからきびしく尋ねた。「いったいあなたは今まであの修道院で何をしていたの?」ほんとうは知りたくないという口調だった。今や母は、どちらの娘もまったく期待はずれだったと思っているのだろう。

悲しいけれど、それは事実だ、とアナベルは思った。ケイトは従順な娘ではなかったし、自分はあまりよい修道生活志願者ではなかった。努力はした。立派な修道女見習いになろうと賢明に努力したが、遅刻はするし、身だしなみはなってないし、服は汚すか破くかだし、上靴はだめにするし、床に泥のあとをつけてばかりだった。失敗をあげればきりがない。アナベルは食べすぎるし、しゃべりすぎるし、歩くのが速すぎるし、恥じらいがあって控えめで威厳があって落ちついた修道女には、とにかくふさわしくなかった。だから修道院長は彼女を修道女に昇格させなかったのだ。おかげで両親に結婚を強いられるはめになってしまった。

母には言わなかったが、自分ではよくわかっていた。もう少しまじめにがんばって、もう少しうまくやれていたら、今ごろはすでに修道女になっていたかもしれず、両親が用意した恐ろしい未来に直面することもなかったのだ。アナベルにとって結婚は恐ろしいことだった。結婚については何ひとつ知らない。城の切り盛りも……それから……とにかく何も。何もわからない場所におぼつかない足取りではいっていくようなものだ……いや、押しこまれたと言うべきか……アナベルはおびえていた。

「お父さまのお許しがないんだから、ケイトと厩番頭の青年は結婚できないのよね」アナベルは今や絶望に駆り立てられていた。「もしケイトが見つかったら――」

「結婚していないからといって、あの若者がケイトと寝ていないとでも思っているの？」母はきつい声できいた。「キャサリンが出ていったあとにわかったのだけれど、あの子は夜になると城を抜け出してあの青年に会いにいき、夜明けまぎわまで帰らなかったのよ。証人は何人もいるわ。目撃したときは怖がって何も言わずにいたけれど、ふたりが消えたあとで、続々とやってきたの」と苦々しげに付け加えた。

「それならもう純潔ではないのでしょう。でも、たぶん自分の愚かさに気づいて――」

「それでどうなるっていうの？」レディ・ウィズラムはぴしゃりと言った。「あの子のために今さら何ができて？　あのスコットランド人は、汚れた娘を差し出そうとしたわたしたちを殺すでしょう。そして彼にはたしかにその権利があるのよ」

アナベルはうろたえて目を見開いた。「でも――」

「でもはなしよ、アナベル」母は不意にまた弱々しい口調になって言った。「これはしなければならないことなの。あなたはあのスコットランド人と結婚するのよ。女ばかりの修道院で枯れていくよりはましでしょう」

アナベルはその言い分に眉をひそめた。修道院に連れていかれたとき、死ぬまでどこかの不愉快な男の言いなりになるより、修道女になるほうがましだと母に言われたことを、はっきりと覚えていたのだ。そのほうが結婚や子どもを持つことより好ましいような口ぶりだった。どちらが真実なのだろう？　それは両親が娘に何を望むかによるらしい。

残念ながら、真実がどうであろうと、これについてアナベルに選択肢はなかった。彼女の未来は両親に決められてしまった。いっしょに駆け落ちをする厩番頭の息子もいないし、修道院長とて、母親のもとに帰したアナベルにまた戻ってきてほしいとは思うまい。たぶん今ごろ、彼女の不器用さや無能さから解放されて、ほっとしているだろう。

ほかに何もすることがないので、アナベルはせっけんで体を洗いはじめた。わたしは結婚して、知りもしないスコットランド人の妻になり、その人の子どもたちの母になり、領民たちの女主人になるらしい……神よ、みなを救いたまえ。

ロード・ウィズラムが婦人たちの支度が整ったかどうか見にいくと言って席をはずすと、

ロスは礼儀正しくうなずいた。ロス一行の到着以来、そう言って席をはずすのは三度目だった。彼の婚約者は、あるいはその母親は、まずは風呂にはいることにして、今は〝彼のためにおめかしをしている〟らしい、とはロード・ウィズラムの弁だ。まさに長く苦しい試練だった。到着してから二時間にはなるのに、結婚することになる女性の姿をまだ拝ませてもらえないのだから。

婚約者の見た目がひどいからではないといいのだがと思っていると、肩をたたかれ、横を見るとマラフがいた。

「なんだ？」と尋ね、耳元でささやかれるマラフの話を興味深く聞いた。

「馬の様子を見にいってきました。きちんと休ませてもらっているかたしかめようと思って」

「そうか」ロスは小声で言った。

「そこで厩番頭が別の男に話しているのを耳にしたんです。厩番頭の息子がロード・ウィズラムの娘と駆け落ちしたせいで、ひどく困ったことになっていると。娘が〝あのスコットランド人〟と結婚することになっている日の二日まえのことらしいです」

ロスはそれを聞いて不意に背筋を伸ばし、けげんそうに部下を見た。「それはたしかか？」

マラフはまじめくさってうなずいた。「たしかにそう話していました。近くまで行って、隠れて聞いていたんです。ふたりはしばらくその話をしていました。厩番頭はばかなことをした息子を鞭打ってやりたくて仕方なさそうでしたね。それも甘やかされた尻軽なウィズラムの姉娘のためなんかに。ふたりともとんだばかだ、そのうちどこかの道端でのたれ死ぬことになると言っていました。姉の代役を務めることになった妹娘が先方に拒絶されたら――どうやら彼らはあなたが拒むだろうと思っているようですね」彼は意味ありげに付け加えてからつづけた。「もし拒絶されたら、厩番頭はここを追い出され、息子たちのかたわらで死ぬことになるだろうと嘆いていましたよ」

ロスは眉をひそめて椅子の背にもたれた。おれに拒まれると確信しているなんて、その妹娘はどこがおかしいのだろう？

「いまいましいイングランド人め」マラフの話を聞いていたギリーがつぶやいた。「われわれが着いたときに事情を話すべきでしょう。それなのに、わかるまいとばかりにごまかした。われわれをだまして妹娘を嫁がせようとした。あなたに拒まれると厩番頭が確信しているということは、その娘はひどく醜いにちがいありません。こんなふうにうそをついてあなたをあざむこうとしたのですから、この結婚は取りやめになさってもいいのでは？」と問いかけたあと、急に明るくなって付け加える。「もしそうなさるなら、故郷《くに》に帰って、結婚するにも寝るにも申し分ないスコットランド娘を見つけてさしあげますよ」

「厩番頭の息子と寝ていた姉娘よりは、妹娘のほうがましなんじゃありませんか」マラフが指摘した。

「妹娘がまだだれかと寝ていなければな」ギリーが冷ややかに言った。「リンゴは木から離れたところには落ちない。たいていほかのリンゴのそばに落ちるものだ」

ロスはその指摘に眉をひそめ、首を振った。「もしわが一族の全員が誇りある者なら、デレクはもっとおれに似ていたはずだ。姉娘が不貞だからといって、妹娘も同じということにはならないだろう」

「たしかに」ギリーは認めて言った。「ですが、考えてみてください。妹娘が姉のような尻軽ではないなら、どうして彼らはあなたに拒まれることを心配しているのです？」そこで間をおいたが、ロスが何も言わないので、自分で答えた。「尻軽ではないにしても、ひどく醜いということですよ。あるいは気むずかしくて口うるさい気取り屋か。その両方かもしれない」

ロスはただ部下を見つめるしかなかった。頭のなかは混乱していた。ああ、神よ、どうしておれの人生は何もかもがうまくいかないのですか？　まず母が亡くなり、一年後に父もそのあとを追うようにして亡くなった。そのあとは、父の死を悼《いた》み、クランの者たちの支持を得て族長の座につく時間すらなく、正義のために戦わなければならなかった。今ようやくほとんどの問題にけりがつき、花嫁を迎えて自分の家庭を築こうとしているのに、結婚することになっていた相手は――よりによって厩番頭の息子と――駆け落ちし、同じくらい尻軽か、気むずかしくて口うるさい気取り屋のその妹と結婚しなければならないとは。

人生はときにひどく不公平だ。いや、いつだって不公平だ、とロスは苦々しく訂正した。近ごろでは首尾よく運んだ話も楽に進んだ話もろくに思いつけないほどだし、つねに何かと戦っていなければならないことに、正直疲れてきていた。

ギリーの言うとおりだ。いちばん簡単な道は、立ちあがってここを去り、故郷に戻って自分で選んだ申し分のないスコットランド娘と結婚することだろう。自分にはその権利があるのではないか？　妹娘と結婚する義務などないのでは？　だがウィズラムは姉娘を勘当したのかもしれない。こんな短時間でそんなことができたのだろうか？　正直、ロスにはどうでもよかった。もう充分つらい人生を送ってきたのだ。故郷に帰ろう。

主人が考えこんでいるあいだ、ギリーとマラフはこの状況について話し合っていたが、ロスが不意に立ちあがると、ふたりとも口をつぐんだ。部下たちの目に疑問が浮かんでいるのを見て、ロスは言った。「ここを出——」

「ようやく準備ができたようだ」

ほとんどやけくそ気味に知らせるロード・ウィズラムの声がして、ロスは口を閉じてゆっくりと向きを変えた。階段から急ぎ足でテーブルに向かうイングランド人領主は、それより落ちついた歩調のふたりの婦人を従えていた。

「女というのは困ったものだな」ウィズラムはひどくじれったそうにつづけた。「うちのアナベルは、初めて会うきみに、最高の自分を見せたがってね」

ロスは返事をしなかった。ことばさえ聞こえていなかった。彼の目は、レディ・ウィズラムと連れ立って近づいてくる若い女性に釘付《くぎ》けになっていた。身長は百五十センチそこそこと小柄で、かわいらしい顔立ちに、ウェーブした長くつややかな漆黒の髪、彼の盾よりもめりはりのある体つき。各部分に賞賛の視線を注ぎながら、瞬く間にそれだけのことを見てとり、最後に娘の目を見た。これまで見たこともない目の色、淡いブルーとグリーンが混ざった、青緑色《ティール》に近い色で、その独特な虹彩はそれより濃い色で縁取られている。とてつもなく美しかった……その目は今、不安と恐れでいっぱいになっていた。

自分でも気づかないうちに、ロスはテーブルをまわって娘に近づいていた。彼女の手を取って自分の腕に預けさせ、めずらしい色の目を厳《おごそ》かにのぞきこんで言った。「待ったかいがありました」

娘の恐れがわずかに消えたのを見て、ロスはうれしくなった。ほんのわずかではあるが、意味のあることだった。そんな賛辞に慣れていなくて恥ずかしいのか、娘は頬を染めて下を向いた……彼の腕に預けた指は震えていた。ロスが圧倒されたのは、彼女が尻軽だからでも、気むずかしくて口うるさい気取り屋だからでもなく、これまで見たこともないほど美しい目をしているからだった。その目をもっと見たかったので、向きを変えて彼女をテーブルに連れていった。

彼女の両親の安堵《あんど》のため息が、背後からはっきりと聞こえた。ギリーがこうつぶやいたのも。「なんてこった。若さまは残る気だぞ」

頭を軽く一方に向けたあと、別のほうにも向けたということは、アナベルにはどちらの声も聞こえたのだろうが、どちらに対しても何も言わなかった。

「さて、顔合わせもすんだことだし、もう待つ必要はない」アナベルの父は娘の横に来て、立つようにとせかした。「アソール神父と村人たちが、礼拝堂の外で待っている」

アナベルは驚いて父と母の顔を見た。ロスがテーブルに着かせてくれたばかりなのに。椅子の背にもたれて四秒もたたないうちに、もう父親に立たされていた。また何か予想外のことが起きて、すべてを失うことになるのを恐れ、両親が必死に先に進もうとしているのは理解できるが、これほど急ぐのはいささか不自然だ。ところが、スコットランド人の花婿がうなずいて了解し、もう一度彼女の腕を取ったので、アナベルは驚いた。

「行こう、お嬢さん」彼はまじめくさって言った。「さっさとすませてしまうにかぎる」

アナベルは必死で彼のほうを見ないようにしながら、たしかにそうね、とぼんやり思った。初対面のときからずっと彼を見ないようにしていた。七歳のときから女性ばかりに囲まれて暮らしてきたのだ。目にしたことのある男性は、修道院でミサをあげるガーダー神父だけだった。ガーダー神父はやせて背の高い白髪の老人で、貧弱な体つきをしていた。この城に戻ったとき、アナベルは父がひどく縮んでしまったと思い、腹部がせり出しているにもかかわらず、ガーダー神父を思い出した。

ロスは父にも神父にもまったく似ていなかった。アナベルを育てた修道女たちを思わせるところもなかった。やわらかさやおだやかさとは無縁の風貌で、小さくてきゃしゃなところはどこにもなかった。大柄で無骨そうで、筋肉がぴくぴく動いて、スパイシーな香りがして、とどろくような声で話す、歩く壁のようだった。

アナベルはとにかく圧倒されてしまい、口のなかがからからになり、動揺し、ひどく困惑していた。すべてのことに興奮していた。少なくとも、手を取られて彼の腕に置かれたとき、自分のなかで心地よい震えがはじまったのは、そのせいだと思っていた。最初にそうやってテーブルに導かれたときも、同じようなことが起こっていたからだ。彼が手を離すと衝撃は消え、安堵が取って代わった。だが今度はそうすぐには解放してもらえないだろう。テーブルまでの数メートルの距離を歩かされているわけではないのだから。

ロスはアナベルを玄関扉に導き、そこから外に出ると、中庭を横切って礼拝堂に向かった。アナベルの震えはひと足ごとにひどくなり、彼に気づかれているだろうと確信するまでになった。

「深く息をして」

スコットランド人がうなるような声で発したことばに、アナベルは目をしばたたいた。不安そうに彼を見あげてきき返す。「なんとおっしゃったの？」

「深呼吸をするんだ」ロスは彼女だけに聞こえる小さな声で言ったあと、やさしく付け加えた。「気分が落ちつく」

「まあ」彼女はなんとか笑みを浮かべたが、自分が真っ赤になっていくのがわかった。彼に気づかれていたのだ。咳《せき》払いをして、つらそうな口調で言った。「こんなふうに見苦しく急ぐ両親をお許しください。わけあってのことなのです」

ロスは肩をすくめた。「謝ることはない。こちらもそのほうが都合がいい。面倒なことはさっさとすませてしまったほうがいいからね。そう思わないか？」

そのことばにひどくショックを受けたアナベルは、思わずつまずきそうになった。自分が結婚させられると知ってびっくりしていたが、花婿のことはまた別問題だった。実際、彼のことなど考えてもいなかった。動揺していたのはひとえに、自分の人生と状況が突然変わってしまったからだ。なんといっても、ほんの数時間まえまで、修道女になるものと思っていたのだから。

だがロスは、結婚するという意思を明確に持って、馬でここにやってきた。驚きあきれるようなことは何もないはずだ……もともとの花嫁に会うのはかなわなかったことをのぞけば。つまり、彼女と結婚することは、彼にとって〝面倒なこと〟だとはっきり言ったことになる。ひどい侮辱だ。今後が思いやられる。この男性と死ぬまでいっしょに暮らすことになるのだから。彼女を見るだけで機嫌が悪くなるなら、妻としての無能さを知ったあとは、どれだけ不幸になることやら。そしてアナベルは、自分が無能な妻になることをひどく恐れていた。だが、今後の展開を避けるためにできることは何もない。ふたりは礼拝堂で神父のまえにたたずむだろう。アナベルの未来はこれで決まってしまうのだ。

義父となった男がみなのあとから部屋を出ていき、ドアを閉めるのを見て、ロスは並々ならぬ安堵を覚えた。床入りに先立つ儀式そのものが噴飯ものだった。ロスは、十二人の酔っぱらったイングランド男と、やはり酔っぱらった自分の部下たちに囲まれて、二階に追い立てられながら、服を引きはがされて裸にされた。そして、同じように裸にされ、シーツの下に隠れて彼を待っていた花嫁の横に押しこまれた。

自分も酔っていたら、それほど気にならなかっただろう。だが、酔って意識が朦朧《もうろう》とした状態や、酒のせいで知らず知らずのうちにアナベルを乱暴にあつかうことで、結婚生活をはじめたくなかったので、結婚を祝して乾杯に使われたゴブレット一杯のワインを飲んだあとは、酒を口にしていなかった。そのため、飲んでいないじゃないかという、男たちからの手荒な指摘をやりすごすのに苦労した。

不意にベッドの隣で衣擦れの音と動きがあり、ロスが目をやると、花嫁はベッドを出ていた。何をするつもりなのかきこうと口を開けたが、質問が放たれることはなかった。彼女は頭の先から足の先まで一糸まとわぬ姿で……なんとも言えず美しかった。花嫁はどこもかしこもやわらかく丸みを帯びた、見事な体つきの女性だった。まさにロスの好みどおりで、見ているとよだれが出そうだった。だが、見えたのはほんのわずかなあいだで、彼女は丈の長いシャツを着こみ、美しい体の線をすっかりおおい隠してしまった。

「いったいそれはなんだ？」結婚して初めて妻にかけることばとしては、あまりふさわしくなかったかもしれない。だが、美しい体をすっかり隠している醜いシャツを見たショックが大きかったので、尋ねずにはいられなかった。

「夜の営み用のシュミーズです」アナベルはそう説明したあと、不意に不安そうになった。そしてためらった末、舌を出してすばやく唇をなめると、悲しそうな笑みを浮かべて言い添えた。「使ったらどうかとアソール神父さまに言われていたのに、今まで忘れていて」

「使うとは、なんのために？」ロスは当惑して尋ねた。

「床入りのためにです」彼女は真っ赤になりながら説明した。

ロスはその妙なものをつけた彼女の体を眺めまわした。それはただの丈の長いシャツで、かなり重い生地でできているらしく、彼女の体をすっかりおおっていた。「そんなものを着たきみと、どうやって床入りしろというのだ？」

「穴があるんです」彼女は急いで言うと、お尻のあたりの布を引っぱって、見せようとしているものが現れたとわかるとすぐもとに戻した。ほんのわずかなあいだだけだったが、腿《もも》の付け根の少し下あたりに、穴があいているのがたしかに見えた……その穴を使えということらしい。

ロスは首を振りながら、もう一度アナベルの体に目をやった。シャツは明らかにもっと大柄な女性のために作られたものか、でなければ作った者がアナベルのサイズを大きく見積もっていたようだ。顔に目を戻すと、彼女は真っ赤になって、彼から目をそらした。ロスはこの状況にどう反応すべきかわからず、数分間も彼女を見つめていた。

夜の営みのためのシュミーズについては聞いたことがあった。夫婦生活でまちがっても快楽を得ないようにするためのものだ。もちろんそれは、教会があらゆる快楽、とりわけ性的快楽にいい顔をしないからだった。ロス自身は性行為を健康的で自然なことであり、楽しむべきだと思っていたが、だれもがそういう教えを受けているわけではないのは知っていた。彼の花嫁は別の教育を受けていたようだ。

こういう問題に直面するとは思っておらず、正直どう対処すればいいのかまるでわからなかった。まさか彼女を横たわらせ、まるで準備のできていないその体に、彼自身をただ突き入れるというわけにはいかない。宿敵の妻にでさえそんなことはしないだろう。ましてや相手は自分の妻だ。残りの人生をともにすごさなければならない女なのだ。

それに、肉体の歓びを礼賛するロスは、行為の相手にも快楽を経験してもらいたかった。女があえいだり、うめいたり、うなったりするのを聞くのが好きだった。欲望のあまり懇願するまで身もだえさせるのが好きだった。

ロスがただ見つめつづけていると、小柄な花嫁はもじもじと体を動かし、やがてベッドの彼の横に戻った。仰向けに寝て、シーツと毛皮を引っぱり上げずにシャツをあらわにしたまま、目を閉じて冷静に言った。「準備はできました」

ロスは彼女をさっと見たあと、首を振って、自分がかけていたシーツと毛皮を押しやった。そして、床からプレードをつかんでゆったりと腰に巻いて留めると、大股で部屋から出ていった。

ドアが閉まる音を聞いたアナベルは、驚いて目を開け、空っぽの部屋を見て眉をひそめた。ロスは行ってしまった。落ちこむべきなのだろうが、おおむねほっとした。シーツ類のこすれる音がしてベッドが動くのを感じたときは、夫にのしかかられるのだろうと身がまえたが、そうされたいと思っていたわけではなかった。

修道院にはアナベルのような修道生活志願者が六人、修道女見習いが数人いたので、ときおり性行為のことが話題にのぼるのもめずらしくなかった。石の床を磨きながら、あるいは馬小屋を掃除しながら、男たちや結婚や性生活を知らずにすむ自分たちはなんと幸運なのだろう、そうはいかない不運な人たちにとってはたいへんな試練らしい、とひそかに話し合った。純潔のヴェールが破られるのは、苦痛と出血をともなう苦行だと言われていた。歳の離れた姉の結婚式に出席したことのある娘は、結婚披露宴のお祭り騒ぎでさえ、結婚式のあとにおこなわれた床入りの儀のあいだじゅう、姉の部屋から聞こえてくる叫び声を完全に消すことはできなかったと話した。

この話を聞いて娘たちはみんな震えあがり、それをせずにすむ自分たちは幸せだと思った。アナベルはそれ以来、自分が床入り用のシュミーズを着てベッドに横たわり、叫んだり血を流したりするのに備えることになるとは、想像もしていなかった。

顔をしかめてシーツと毛皮を引きあげ、そのままやきもきしながら横たわっていた。夫がどこに行ったのかわからなかった――たぶんお祭り騒ぎにまた加わったのだ――が、まちがいなく戻ってくるだろう。きっと彼は、これからのことに備えて度胸をつけるために一、二杯飲もうと階下に行ったのだ。女性にとって不快なことなのだから、男性にとってもそれほどいいものではないのでは？　これは論理的な結論に思えたが、娘たちのなかの別の者は、自分の父と兄はそのかぎりではない、男は性行為が大好きで、年じゅう侍女を追いかけては、隅に追いつめてスカートのなかにはいろうとするのだから、と言うのだった。

アナベルは思い出してため息をついた。そんなの不公平だわ。女性にとって何もかもが苦痛な性行為を、男性は楽しめるばかりか、毎月の出血に苦しめられることも、体から大きな赤ん坊を世に産み出す必要もないのだ。出産は苦痛をともなうばかりか、命を失うことも多いというのに。たしかに、女性は人生において損をしているように思えた。

ドアが開いたのではっとして目を向けると、夫が片手にゴブレットをふたつ、もう片方の手に水差しをふたつ持って戻ってきたので、アナベルは目を見開いた。両手が使えるように、プレードは腰で縛ってあった。

アナベルは反射的にベッドから出てロスを手伝おうとしたが、ぶっきらぼうに「そのままで」と言われて動きを止めた。座ったまま、彼のとてつもなく広い、むきだしの胸を見つめていると、彼はドアを蹴って閉め、ベッドをまわって彼女の側にあるテーブルに、水差しとゴブレットを運んだ。ベッド脇のテーブルに水差しふたつとゴブレットをひとつ置き、水差しのひとつからもうひとつのゴブレットに中身を注いで、彼女に差し出す。

「飲みなさい」と彼は命じた。

アナベルが筋肉の盛りあがった彼の胸から目を離して見ると、ゴブレットにはハチミツ酒がなみなみとはいっていた。

「ありがとう、でもあまりのどは渇いていないの、わたし――」

「飲みなさい」ロスは強い口調で繰り返した。

彼女はぶっきらぼうな言い方に眉をひそめたが、ゴブレットを受け取って口元に運び、ひと口飲んだ。

「飲み干すんだ、お嬢さん《ラス》。床入りが楽になる」

あとのことばを聞いて、アナベルは少し気が楽になるのを感じた。彼は親切にしようとしてくれている。痛みと出血をともなう行為のまえに、酒で感覚を麻痺《まひ》させようとしているのだ。とても思いやりのある人なんだわと思い、できるだけ急いでハチミツ酒を飲み干した。口をいっぱいにしながら飲むと、三口でハチミツ酒はなくなった。ゴブレットをベッド脇のテーブルに置いたところ、水差しのひとつからまたすぐに酒を注がれたので、アナベルは驚いた。

「あなたは飲まないの？」彼に勧められたゴブレットを受け取って、気恥ずかしそうに尋ねる。

「いいから飲みなさい」

アナベルは飲んだ。一杯また一杯と、たてつづけに五杯も飲んだが、六杯目を勧められると、さすがに首を振った。そのたびに部屋もいっしょに揺れているように見えるのを不思議に思いながら。

「ほんとうにもうやめないと。これ以上は」アナベルは自分のことばが少し不明瞭になっているのに気づいて眉をひそめ、言い直した……だがそれもちゃんと発音できていなかったようだ。どこか変なのはまちがいなかった。

「もう一杯」ロスはなだめるように言って、彼女の手にゴブレットを押しつけた。

アナベルは顔をしかめたが、ゴブレットを受け取って少し飲んだ。最初の二杯ほどは急いで飲み干していたが、たくさん飲むにつれて、飲む速度が遅くなってきた。そもそものどが渇いているわけではないのだ。実際、渇いているどころか、もうたくさんというほど飲んでいた……これ以上飲んだら、体内に取りこんだ水分をいくらか放出したくてたまらなくなるところだ。もうすでに手洗いに行きたくなりはじめていたが、半裸で目のまえに立っているよく知らない男性に、それを告げるのも恥ずかしかった。

気づくとまた彼の胸を見ていたので、無理やり目をそらした。どうやらアナベルの目は彼の胸を見るのが好きらしく、放っておくと勝手に見てしまうのだ。もちろん、念のために言わせてもらえば、広い裸の胸をくまなく視界に収め、しだいに濃くなりながら腰のプレードの下に消えている体毛をたどる許可など、この目に与えてはいない。断じてそんなことは！

「飲みなさい」彼がせかした。

アナベルは苦しげに息を吐き、もうひと口飲んだ。正直、早く床入りの儀をすませてくれないかと思いはじめていた。すっかり酔いつぶれているわけではない。たしかにろれつは少しあやしくなっているが、何も感じなくなっているし、ただひとつわかるのは……なんだかやけに部屋がゆらゆらと揺れているように見えるということだけだ。でもそれは部屋に問題があるのであって、彼女のせいではない。

昼のあいだからしゃっくりが飛び出した。アナベルは急いで口をおおい、あやういところで照れ隠しのくすくす笑いをこらえた。ああ、おしっこがしたくてたまらない。そのまま口にしたらお行儀が悪いかしら？　それとも、言い訳をして部屋から出るべき？　修道院では生理現象のような品のないことは絶対に口にしなかったけれど、たぶん修道院の外では許されるのだろう。でも、なんと言って出ていけばいい？　どこに行くのかときかれたら？「妻よ」

アナベルはあたりを見まわしてから、彼に目を戻し、驚いたように言った。「ああ、わたしのことね」

どういうわけか、それがなんだかおかしくて、またくすくす笑っていた。

「気分はどうだ？」アナベルをじっと見つめながらロスが尋ねた。

「おしっこがしたい」と答えたあと、あわてて手で口をふさいだが、結局手を離してつぶやいた。「ばかばか、なんてこと言うのよ」そしてすぐにぎょっとしたような「ああもう、ばかなんて言っちゃった」がつづいた。汚いことば遣いは修道院では固く禁じられていたのだ。

どういうわけかそれがロスにはおもしろかったらしい。彼のきれいな黒っぽい目がきらめいて、ひどくいかめしい口元がくいっと上がったのでそれとわかった。なんてきれいな目なのかしら。

「ありがとう」ロスはうなるような声で言った。「きみもだよ」

「わたしもなんですって？」彼女はわけがわからずにきいた。

「きみもきれいな目をしている」彼は説明した。

「わたし、あなたはきれいな目をしているなんて言ってないわ。でしょ？」彼女が眉をひそめてきいた。心のなかで思っただけのはずだ。

彼は微笑んだままかすかに首を振ったが、わざわざ答えるつもりはないようだった。その代わりに、かがんで彼女から毛皮とシーツを引きはがすと、こう言った。「おいで、手洗いに連れていってあげよう」

「あら、だめよ」アナベルはベッドから出ようともがきながら、急いで言った。「その必要はないわ、あなた《マイ・ロード》。場所ならわかっています。昔住んでいた——まあ」アナベルは驚いて息をのんだ。立ちあがったところ、部屋が激しく揺れていたからだ。

ロスがすぐに手を伸ばして彼女を支え、アナベルは彼の胸にもたれてしばらく目を閉じた。つぎに目を開けたときは、部屋がもう揺れていないことを願いながら。少ししてから恐る恐る目を開け、自分を抱いている男性を仰ぎ見た。とてもすてきな顔だわ。ほかの人と比べてハンサムだと判断できるほど多くの男性を見てきたわけではないし、これまでずっと彼の顔は少しいかめしかった。だが、心配でたまらない様子の今は、すてきだと思った……そして、その顔がどんどん大きくなっているのはなぜだろうと思わずにいられなかった。唇に彼の唇が触れそうになってようやく、近づいているから大きくなっているのだとわかった。

唇に触れた彼の唇は花びらのようにやわらかく、いろいろな点でアナベルは驚いた。彼の外見からして、乱暴で攻撃的なキスをするのだろうと思っていたからだ。彼が唇に力をこめると、理由はわからなかったものの、彼女は唇を重ねたまま微笑んだ。すると舌で唇をたどられたので驚き、キスのときはこうするのが普通なのか、自分も同じようにするべきなのか尋ねようと口を開けたところ、これ幸いとばかりに彼の舌が口のなかにすべりこんできたので、ぎょっとすることになった。

口が二枚の舌を収めるようにできていないことは承知していたが、口のなかに彼の舌を感じるのはとても心地よかった。舌と舌をからませ合い、口のなかがいっぱいになる感覚は、びっくりするほど刺激的で、アナベルは本能的に口を大きく開き、両手は彼の腕から上に移動して首に巻きついた。

ロスは彼女の後頭部を大きな手でつかみ、わずかに角度を変えてキスしやすくすることでそれに応えた。そして両手をお尻までおろして彼女を持ちあげながら体を起こした。そうすればかがみこまなくてもいいからだろうとアナベルは思ったが、その動きのせいで、ふたりの体はなんとも興味深い形で触れ合うことになった。

太腿のうしろを抱えられ、脚を引き寄せられて彼の腰にまわされたとき、アナベルは抵抗するどころか、むしろ自分からそうしていた。ところがロスはそこでキスをやめ、ベッドに向かおうとしたので、抱かれていたアナベルは少しずり下がり、脚の付け根に異質な硬いものが触れた。その衝撃で経験したことのない興奮が体のなかを駆け抜け、アナベルは彼の肩にしがみつきながら、頭をのけぞらせて、息ができないかのようにあえいだ。頭をのけぞらせたのがよくなかったのだろう、落ちていくような感覚に陥り、目を開けると世界は形を失っていき、やがて真っ暗になった。

アナベルがうしろ向きに落ちかかっているのに気づいたロスは、彼女を胸に抱き寄せた。そして信じられない思いで、腕からだらりとたれた彼女の頭を見おろした。失神しているとわかって仰天し、面倒なことをしてくれた彼女をにらむ。だが、すぐにため息をついて彼女をベッドに寝かせた。しばらくは起こされたくないだろう……こうなってしまったのはすべておれのせいだ。おれが飲めとしつこく勧め、アナベルはただ、おとなしくそれに従っただけなのだから。

彼女を適度に酔わせて、床入り用シュミーズを脱ぐよう誘導するつもりだった。充分に酒を飲めば、彼女に教会の規則を忘れさせ、性行為を楽しめるようにくつろがせることができるだろうと期待していた。計画はもう少しでうまくいきそうだった。彼女はたしかに歓びを抑えることなくキスを楽しんでいるようだったし、意識を失いさえしなければさらにもっと楽しんでいたはずだ。だが残念ながら、彼女には酒量が多すぎたらしい。弁解させてもらえば、彼女はかなりうまくこの状況に対処していた……失神する直前までは。

ロスはかがみこんで、すばやく床入り用シュミーズを脱がせた。片手で彼女の上体を支えながら、もう片方の手で不快なものを部屋の向こうに放り投げる。あんなものは朝が来るまえに燃やしてしまわねば。そして花嫁に向きなおり、背中のみみず腫れに気づいて動きを止めた。すぐに鞭打ちの痕だとわかり、だれかが彼女にこんなひどいことをしたのだと思うと、怒りで身がこわばった。彼女の両親のことはあまり好きではなかった。娘に対する態度は冷たく、思いやりがなかった。ひとかけらの愛情も感じられなかった。だがこれを見て、無関心だった彼らに激しい嫌悪感を覚えた。

口元をこわばらせながら、アナベルをそっとベッドに寝かせ、寝ているあいだにみみず腫れが痛まないよう、苦労して横向きにした。そしてシーツと毛皮をかけてやった。体を起こし、しばらく彼女を見おろすうちに、小さないびきが聞こえてきて、きつく引き結んだロスの口元がゆるみ、おかしそうにゆがんだ。彼女はなんともかわいらしかった。

思わず首を振って、男たちに服を脱がされたとき、短刀《スキーン・ドウー》が落ちた場所をさがそうと、あたりを見まわした。見つからなかったので、剣でよしとすることにし、ベッドの向こうに取りにいった。ベッドの縁に座って上掛けのシーツと毛皮をはがし、手のひらを軽く切って、にじみ出た血を敷きシーツの彼女の腰のあたりにこすりつけた。これで朝になって彼女の両親と神父が、床入りの儀がすんだ証拠となるシーツを取りにきても、あれこれ説明しなくてすむ。それに、彼女が失神しなければ床入りの儀は滞りなくおこなわれたはずだし、自分がハチミツ酒を飲ませすぎたせいで、彼女が辱められるのを見たくはなかった。

剣を床に戻したあと、腰で結んだプレードをはずしてその上に落とした。そしてさっき放り投げた場所に床入り用シュミーズを見つけると、急いでそれを取ってきて暖炉に投げこんでからベッドに戻り、花嫁の隣にもぐりこんだ。

目を閉じて眠ろうとしたが、眠りは訪れず、すぐにまた目を開けると、頭の向きを変えてアナベルを眺めた。こちら向きになるように寝かされた彼女は、口を開けており、そこから細くよだれの糸がたれていた。それを見てなぜか胸が温かく揺さぶられ、唇に笑みが浮かんだ。彼女はたまらなく愛らしかった。

そう思うと笑みがゆがんだ。ウィズラム家の次女である娘と結婚するのはやめて、馬に乗ってここを退去すると部下たちに伝えるつもりだった。だがアナベルをひと目見て、彼女のなかにある何かがたちまち彼を心変わりさせたのだ。それがなんなのかはわからなかった。たしかに美しい娘だが、もっと美しい娘はいくらでもいる。それに今までろくに話もしていないのでよくわからないが、少なくとも彼の知るかぎりでは、機知に富んでいるというわけでもない。たぶん彼女の目のなかの恐怖と不安のせいだ。表情は落ちついて、愛想がいいほどだったが、目は不安と恐怖でいっぱいだった。だから一刻も早く安心させてやりたい、なぐさめて守ってやりたいと思ったのだ。

この場合、衝動に身をまかせるのはまちがいかもしれないとわかっていた。なんといっても、この女性のことは何も知らないのだ。だが、これまで衝動に裏切られたことは一度もなかったし、今は信じてよかったと思っていた。あとはなんとしてでも、明日の朝いちばんにウェイヴァリーから彼女を連れ出さねばならない。ロード・ウィズラムもその妻も気に入らなかった。彼に事情を話しもせずに、長女の代わりに次女を差し出したずるさが気に入らなかった。結婚式が終わって、入れ替えがうまくいったと思った彼らが、明らかにほっとしていたことも。だがそれよりも気に入らないのは、アナベルに対するあつかいだった。

両親は娘に思いやりや愛情のない、ぞんざいな口のきき方をした。祝宴のあいだじゅう、見知らぬ他人に対するようなよそよそしさで娘に接した。娘を二階に送り出して、服を脱がせ、ベッドにいれる時間が来ると、母親は娘の世話を召使いにまかせてしまった。実際、母親は二階に来ることもなく、ロード・ウィズラム率いる男たちがロスを二階の花嫁のもとに運んでいったときも、テーブルで飲みつづけていた。まるで、結婚してしまったあとは、娘から手を引いたかのようだった。だが、決め手となったのは、背中のみみず腫れだった。

そうだ、朝いちばんにマッケイに向けて出発しよう、とロスは決意した。アナベルをわが家に連れていき、いつか彼女が彼の子どもを産むことになるベッドで、床入りの儀をおこなえばいい。アナベルのここでの日々は終わった。今はもう彼女はロスのものだ。肉体的にも自分のものにしたかった。

ロスの視線が、毛皮からのぞく彼女の裸の肩をたどった。丸みがあってクリームのように白い。先ほど見た姿を思い出すと、残りの部分もそうだった。やわらかで白く丸い胸に、くすんだバラ色の乳首、胸と同じくやわらかで白く丸い尻……。

今夜は新婚初夜だぞ。ロスは唇をなめながらあらためて思った。自分は床入りの儀をおこなっているはずなのだ……ほんとうのところ、彼女がしたたかに酔って意識を失っているあいだに、純潔を奪うのが親切というものなのかもしれない。一度道を作っておけば、意識のある彼女と初めて結ばれるときは、歓びしか感じないはずだ。

　この考えが向かう先に気づき、ロスは頭の向きを変えて、隣に横たわる誘惑の源ではなく天井を見つめた。なんということだ、意識を失った女性と交わることを考えるなんて。だが、その午後アナベルが二階からおりてきて以来、彼が考えていたことといえば、もうすぐこの娘の温かな体のなかに硬い一物を埋めることができるのだ、そして……ということだけだった。

　ロスはいきなり起きあがり、勢いよくベッドから出た。ブレードをつかみあげながら、大股でドアに向かったが、途中で立ち止まった。階下に行くことはできない。自分は二階でやるべきことをやっていると思われているのだ。今まさに自分がしたいと思っていることを。

　顔をしかめてしぶしぶドアに背を向け、ベッドを見た。すると、ベッド脇のテーブルの、ハチミツ酒の水差しが目にはいった。甘い飲み物よりエールやスコッチのほうが好きだったが、ハチミツ酒でもないよりはましだ。ハチミツ酒を飲み干して、まだのどが渇いていたら、いつでも階下にエールを取りにいくことはできる。そのころには時間もたっているだろうから、床入りの儀をすませて、二度目の営みのまえに花嫁を休ませようと、エールを取りにきたのだと思ってもらえるだろう。

　ロスはうなずいて、ベッドの向こうに水差しとふたつ目のゴブレットを取りにいった。暖炉のそばの椅子のひとつに運びながら、こんなのは自分が期待していた新婚初夜のすごし方ではないと思わずにはいられなかった。

3

やかましいノックの音でロスは眠りから覚めた。寝返りを打ってドアのほうを向くと、その動きでさんざん酷使した哀れな脳に痛みが走り、うめき声をあげながら、かすんだ目で木製のドアを見た。二度目のノックのあと、眠そうなため息が聞こえ、背中のほうでもぞもぞする気配がしたので、気の毒な妻は今朝どんな様子だろうと、頭をめぐらせてそちらを見た。アナベルの頭も彼ほどではないにしろ、同じくらい痛いはずだと思っていたので、妻が勢いよく起きあがって、澄んだ大きな目であたりを見まわすと、ロスは驚いた。

「たいへん！　シーツを取りにきたんだわ！」彼女は叫んで、不安そうにロスを見た。

「持っていかせよう」彼は低い声で言うと、無理やり起きあがって上掛けのシーツと毛皮を取り払い、ふたりのあいだに血の汚れがついた敷きシーツをあらわにした。

「まあ」アナベルは乾いた血を見て目をみはり、視線を自分の膝からロスのそこに移すと、彼の裸体が目にはいって、しばらく動けなくなった。もしそんなことが可能なら、大きな目をさらに見開きながら。「まあ」彼女は小さな声で繰り返したあと、朝のせいでいきり立ったものから目を引き離し、首を一度左右に振った。そして、ベッドから飛び出そうと、まだ体をおおっていたシーツと毛皮を跳ねのけた。

「よかった」彼女はほがらかにそう言うと、急にはっきり目が覚めたらしく、やたらと元気よくベッドから出た。急いでシュミーズを身につけはじめ、そのあいだじゅうずっとしゃべっている。「わたしったら、初夜の痛みに気づきもしなかったのね。それとも、感じたのに忘れてしまったのかしら。それに痛みや不快感も残っていないみたい」シュミーズを着終えると、アナベルはうれしそうにロスに微笑みかけ、前日のドレスを拾おうとかがみながらさらに言った。「わたしが痛くないようにしてくださるなんて、親切なのね、あなた《マイ・ロード》。あなたのように思いやり深い夫を持ったわたしは、とても運がいい女だわ」

ドレスを頭からかぶるアナベルを、ロスは当惑顔で見守った。彼女は自分たちが……つまり、彼がほんとうにしたと思っている……そしてそのことにひどく感謝している！　こんなことならしておけばよかった……くそっ、なんということだ。紳士であろうとして、彼女に触れないようにするために、頭が痛くなるまで酒を飲んだのに、すべて無駄だったとは。とんだ骨折り損だ！

またノックの音がして、ロスは顔をしかめた。なんだってこんなに大きな音をたてる必要があるんだ、と苦々しく思いながら立ちあがると、花嫁がベッドの向こうから走り出た。コルセットのひもを結びながら、「いま行くわ！」とほがらかに言う。その明るい声が耳を打ち、脳に突き刺さって、ロスは顔をしかめた。どうやら彼女には酒による不快感もまったく残っていないらしい、とわかってげんなりした。彼の頭は恐ろしくずきずきしているというのに、彼女は元気いっぱいだ。人生はときとしてなんとも不公平だ。だが、公正を期するなら、酒を飲ませたのは彼なのだから、彼女が頭痛に悩まされるべきではない。それでも——。

ロスの思考はそこでとぎれた。妻がドアを開けて、廊下にいる人びとに微笑みかけ、部屋のなかに入れようとしたからだ。だがそこで、夫が全裸で立っているのに気づき、アナベルは動きを止めた。そして真っ赤になりながらさっと人びとに背を向け、ドア口をふさいだ。

「少し待ってちょうだい、夫はまだ——」

「いいんだ」ロスは低い声で言い、うめき声をこらえながら、かがんで麻のシャツとブレードを拾った。全員に裸を見られても別にかまわなかったが、妻はそうではないようなので、とりあえずシャツは省略して、プレードだけ腰に巻くと、彼女にうなずいた。

アナベルは不安そうに微笑みながら、ドアの脇に寄って、神父を先頭に父と母がはいってくるのを見守った。三人はベッドシーツを検分して無言でうなずき合うと、レディ・ウィズラムがベッドからシーツをはがしはじめ、ロード・ウィズラムが無理やり笑みを浮かべてロスに言った。「けっこう、けっこう。これですべてすんだわけだ。いつ出発するつもりかね？」

ロスは身をこわばらせた。今朝すぐに出発する心づもりでいたとはいえ、この男は早く出ていってほしいということを隠しもしていない。侮辱にもほどがある。娘に対してもだ、と思うと暗澹《あんたん》とした気分になった。彼のかわいそうな花嫁は、これほど冷たいふたりの人間の娘として、どんな暮らしを強いられてきたのだろう。ロス自身は愛情深くてやさしい両親に恵まれ、自分がじゃまだとか、どうでもいい存在だと思わされたことは一度もなかった。だがアナベルはそんな幸せとは縁遠かったらしい。

おれが埋め合わせをしてやろう。もう二度と疎外感を覚えたり、淋《さび》しい思いをすることがないようにしてやろう。ロスはそう決意して、簡潔に言った。「今すぐ」

「今すぐ？」アナベルは驚いて彼を見た。

「そうだ」ロスはプレードをはずして床に置き、急いでシャツを着たあと、ひざまずいてプレードのひだをたたみながら付け加えた。「数分以内にできるかぎり私物をまとめろ。おれの身支度がすんだら出発する」

「でも――」アナベルはうろたえながら言いかけたが、母の大声にじゃまされて黙りこんだ。

「そうしましょう、アナベル。いらっしゃい」

「でも」アナベルはなおも言い返そうとした。ロスはそれ以上何も聞こうとせず、その場で顔を上げると、アナベルが母に引きずられて部屋から出され、廊下に消えていくのを見守った。

「さて」ロード・ウィズラムは唐突に言うと、両手を打ち合わせてドアのほうににじり寄り、神父もそれにつづいた。「これですべては滞りなく運んだ。両家の義務は果たされ、契約は完了した。ことがすんだのをみなの者が目にできるよう、シーツを掲げにいくとしよう」

ロスは何も言わずに目下の作業に戻った。このこすからい男のことが好きではなかったし、彼が何をしようとどうでもよかった。今はとにかく、自分自身と部下と新妻を、ここから脱出させることで頭がいっぱいだった。

「夫の命令に逆らうんじゃありません。どんなときも従順で忠実でなければ」

アナベルは母のきついことばに唇をかみながら、ロスとともに眠った部屋から引きずられていった。だが、少しすると、がまんできなくなって言った。「そうね、でも、ほんとにすぐに出発なんてできるの？　スコットランドまでは長い道のりよ。準備することがたくさんあるんじゃない？」

「何があるっていうの、アナベル？」母が鋭く言い返した。

「その……荷造りとか？」アナベルは自信がなさそうに言った。修道院に行ったときと、昨日そこから馬車で戻ったことをのぞけば、旅をしたことがないので、こういう旅のまえにどんな準備をすればいいのかわからなかったが、荷造りはまちがいなく――。

「荷造りするようなものは何もないでしょう」レディ・ウィズラムは鉛のように重々しい声で言った。「荷造りの時間を与えられなくてかえってよかったわ。荷物が何もないことを、夫に急がされたせいにできるじゃない」

アナベルは眉をひそめた。「でも、ケイトはドレスを全部持っていったわけじゃないでしょう？　それをわたしが――」

「あなたの姉を勘当したとき、お父さまはたいそうお怒りになって、ドレスを全部燃やしてしまわれたのよ」母はそう言ってアナベルをさえぎったあと、さらに言った。「それと、わたしのドレスを何着か譲れなんて言わないでちょうだいね。あなたのほうがはるかに体が大きいんだから、わたしのドレスはいらないでしょう」

アナベルはあっけにとられて母を見つめた。たしかに自分はいつも、修道院のほかの女たちに比べれば太っているほうだった。肉体の歓び同様、食事の歓びも避けて通らなければならないと、修道院長にきつく言われていた。もちろん大食は罪なのだから、修道院長は正しい。修道院の女性のほとんどは、小鳥が生きていける程度にしか食べずに、修道院長をよろこばせたが、アナベルにはそれができなかった。馬小屋での作業は体力を使うので、きちんと仕事をこなすためには食べる必要があった。その点で修道院長の意にはかなわず、彼女は何度も罰を与えられた。だが、母はアナベルがともに育った修道女たちのような、やせてひ弱な女性ではなかった。むしろアナベルより大柄なくらいだったが、あえてそれは言わなかった。母はたとえ一枚であっても自分のドレスを手放したくないのだろう。ドレスはあきらめるしかない。

つまりアナベルには何もないということだ。ここに来るまえに、修道院の自室から私物を持ち出すことさえ許されなかったのだから。私物といっても、それほど多くはなかった。ほかの娘たちとイグサを刈りにいった日、働くよりも笑ったりおしゃべりしたりするほうが多かったあの日の記念に作った押し花。すてきな日だったので、摘んだ花をずっととっておけるように、自室の石の床に置いて大きな石をのせ、乾燥するまで押しつぶして作ったものだ。それ以外の持ち物といえば、着古してぼろぼろになったドレスと、古いブラシ、あとは母に会うために着たドレスを作ったとき、残った布地の切れ端ぐらいだ……それを思い出すと、アナベルのなかに希望が生まれた。「ここに着てきたドレスがあるわ」

「あれは燃やしたわ」レディ・ウィズラムはすぐに言った。アナベルががっかりして母を見ると、母はいらいらしながら指摘した。「あんなもの、持っていけるわけないでしょう。布地は安っぽいし、いかにも修道女見習いみたいだもの。あなたの夫はあなたが修道院にいたことを知らないのよ」そこでためらったあと、付け加えた。「彼に話すなんてばかなまねはするんじゃありませんよ。花嫁がきちんとしつけられた娘でないと知ったら、だまされたと思うでしょうからね。結婚式がすんで床入りの儀が終わった今となっては、もう彼にできることはないから、あなたにこぶしを振るって八つ当たりをするかもしれないわ」

アナベルはそれを聞いて息をのんだ。母がほんの一瞬、心配そうな顔つきになったあと、すぐにそれを隠したからだ。修道院にやってきてからずっと、母は娘を見知らぬ人のようにあつかってきた。母親らしい関心に近いものを見せたのはこれが初めてだ。だが、アナベルはそれにひたっているわけにはいかなかった。母の言った内容のほうに気を取られていたからだ。しつけられていない妻に夫が腹を立てるとは考えもしなかった、考えてみれば怒って当然だ。たしかにアナベルは、家政を取り仕切ることや、妻になることに対して、準備ができていない。だが彼はそのことを知らない。今はまだ。でもすぐ知ることになるだろう……そして母の言うように怒るだろう。初歩的な家庭の管理さえ知らない妻をほしがる男などいない。

「教えて」アナベルは切羽詰まって言った。

レディ・ウィズラムはしばらくぽかんと娘を見ていたが、やがて当惑しながら尋ねた。

「教えるって、何を?」

「ロスのちゃんとした妻になる方法を。家政の切り盛りと、領民を治める方法と――」

「アナベル」母はうんざりしたようにさえぎった。「出発まで時間がないのよ。あなたが知る必要のあることすべてを教えることはできないわ」

「ええ、たしかにそうね」アナベルは悲しそうに同意し、自分の未来に思いを馳せながら、廊下の床に目を落とした。だが、母に肩をたたかれて顔を上げた。

「精一杯のことをして、それでうまくいくと思えばいいのよ」レディ・ウィズラムはつぶやいた。するとロスが寝室から出てきてあたりを見まわしたので、明らかにほっとした様子で廊下の先に目を向けた。「ほら、しっかりなさい。出発の時間のようよ。来なさい、アナベル。あなたの夫を待たせてはいけないわ」

ほかにどうすることもできなかったので、アナベルはただうなずいて、母のあとから新郎のもとに向かった。どうして自分がこれほど必死にいとまごいを長引かせようとしているのかよくわからなかった。たしかに夫はほとんど見知らぬ人だが、両親だって同じようなものだし、修道院をあとにしてからこの二十四時間は、正直ロスのほうが、実の両親よりも多くのやさしさを示してくれた。そう思えば心強いはずなのに、どうしてこんなに気持ちが沈んでしまうのか、さっぱりわからなかった。

「まあ、見て！　かわいらしくないこと？　あれは何？」

「キクイタダキだ」ロスはそう答えて、飛んでいる小鳥のあとを追って首を伸ばしたアナベルが鞍から落ちないように、腕をつかみたくなるのをこらえた。その朝ウェイヴァリーの城を出て以来、彼女は体をひねり、通りすぎるほとんどあらゆるものを指さしては、あれは何かと尋ねるのだった……彼の心配をよそに、鞍からは一度も落ちずに。だが、どうして鞍から落ちずにいられるのかは謎だった。正直、花嫁はこれまで見たことがないほど乗馬が下手だったのだ。馬の動きに合わせるのではなく、カブの袋のように馬の背で弾んでいる。彼女が領主の娘――当然乗馬の経験はあるはずだ――ということを知らなかったら、馬に乗るのは初めてにちがいないと思っただろう。そのため、計画していたよりも、ずっとゆるやかなペースでわが家に向かわなければならなくなった。婚礼の贈り物としてウェイヴァリーに持ってきた雌馬から、アナベルが振り落とされてはいけないからだ。

ロスは微笑んでいた。ゆっくりとしたペースを保たなければならないことにはうんざりしていたものの、贈り物に対する彼女の反応が、彼をとてもよろこばせたのはたしかだった。アナベルを連れて城の外に出ると、ギリーがふたりのまえに馬を用意しておいてくれた。そこでロスがこの雌馬は花嫁への贈り物だと告げたのだ。

アナベルは驚いて息をのみ、ロスに身を投げ出すと、彼をきつく抱きしめて叫んだ。「ありがとう、ありがとう、ありがとう」彼がわれに返って腕をまわすより先に、彼女は体を離して雌馬に駆け寄り、さかんにやさしく話しかけていた。ロスはかすかに笑みを浮かべてそれを眺めていたが、やがて彼女の両親の表情に気づいた。ふたりとも明らかにぎょっとしており、アナベルが贈り物に大騒ぎしているのがおもしろくないようだった。ロスはその反応が気に入らなかった。

ロスは口元をこわばらせて歩いていくと、花嫁の腰を抱いて持ちあげ、これも花婿からの贈り物である片鞍に乗せた。そして自分は自分の馬に乗り、先にたって中庭をあとにした。それぞれ馬に乗った部下たちがアナベルを囲み、またはあとにつづきながら、彼のあとを追うように導いてくれることは、見なくてもわかっていた。

とにかく、最初はそんなふうだったが、ほとんど中庭を出ると同時に、アナベルの質問がはじまった。初めは部下たちが質問に答えていたが、アナベルが部下たちとしゃべったり笑ったりしていることに、ロスはいささか嫉妬心を覚えはじめた。そしてとうとうギリーに先導をまかせて彼女の横に後退した。それ以来、はらはらしどおしだった。

「わあ、あれを見て！　あれは何？」

ロスは花嫁を見てから、彼女の目をとらえたその指さす先の、青と黄色の鳥を見た。「アオガラだ」

「かわいらしいわ」彼女は馬の上で弾みながら、ため息まじりに言った。

ロスは眉をひそめた。彼女は一日じゅう文句も言わずにあんなふうに弾んでいるが、体に堪えているにちがいない。昼食も馬を止めずに鞍の上で取ったし、今はもう日が沈もうとしている。彼女は用を足したいから馬を止めてくれとたのむことさえしていなかった。用を足すといえば、今は自分がそうしたいと強く感じていたので、そのことが頭に浮かんだのだった。野営するためにも止まってもいいころだろうと思い、口笛を吹いてギリーに合図をした。

ギリーはすぐに馬の速度をゆるめ、道の端に寄って、進んできたロスが横に並べるようにすると、足並みをそろえた。ほどなく一行は、小川沿いの空き地で馬を止めた。美しい場所で、ロスは森のなかにはいりこんで、床入りの儀をすませてしまおうかと思ったが、すぐに思いなおした。アナベルにとっては初めての経験なのだから、だれがやってくるかもわからない森のなかというわけにはいかない。それに、あんな馬の乗り方をしていたら、体がひどく痛んで、そんな気分にはなれないだろう。そのうえさらに痛くしたくはなかったので、その考えは却下し、もうひと晩がまんすることにした。だが、馬からおりて、アナベルを雌馬からおろしてやろうと歩み寄りながらも、お預けを食らったことに顔をしかめずにはいられなかった。

「あら！」脚がへなへなとくずれ、アナベルは驚いて声をあげた。地面におろしたとき、ロスが手を離していたら、倒れていただろう。だが、ロスはこうなることを予測して、彼女を支えた。一瞬ののち、彼女はくやしそうに彼に微笑みかけた。「ごめんなさい、あなた。こんなに長い時間、馬に乗ったことがなくて」

「両親とともに宮廷やよその家を訪問したことはないのか？」ロスは驚いて尋ねた。

アナベルは首を振り、きまりが悪そうに下を向いた。「ないわ。いちばんの長旅でもほんの半日だったけど、乗っていたのは馬車だし」

「だが、馬に乗ったことはあるんだね？」彼女の顔を見ようと、少し寄り添いながらきいた。

「ええ、もちろん」アナベルはまた顔を上げて答えた。ほかにも何か言いたそうだったが、微笑んでこう尋ねるにとどめた。「今夜はここで野営をするの？」

「そうだ」

アナベルは彼にもたれるのをやめており、もう立てそうだったので、ロスは彼女を離した。

必要ならまた支えられるよう身がまえていたが、その必要はなかった。彼女はもうひとりで立つことができた。

回復が早いな、とロスは思った。今日一日不平を言わなかったことにも感心していた。おれの花嫁はひ弱なイングランド娘ではないらしい、と思って満足した。そして、彼女の腕を取ると、空き地の隅のほうに向かった。「きっときみは用を足したいだろう」

「ええ」とつぶやいたアナベルを、ロスは鋭く見た。彼女の口調は自信なさげで、不安そうでさえあったが、どうしてなのかわからなかったので、何も言わずにおいた。

部下たちのいるところからかなり遠く、小川の湾曲部に近い場所に彼女を連れていき、自分は川の反対側にいるからと言って離れた。アナベルの顔に浮かんだ安堵を見て、先ほどの不安そうな様子の理由がわかった。ひとりになって用を足したかったのだが、どう言えばいいかわからなかったのだろう。まだ彼に対して恥じらいがあるのは当然だが、正式に床入りの儀をすませれば、それもなくなるはずだ。

ロスは急いでその考えを頭から追いやった。彼女に触れたりキスしたり、温かな体の奥に自身を埋めることを考えはじめるのは、賢いことではない。マッケイに着くまでその誘惑は退けることに決めたが、馬からおりた彼女を倒れないように支えていたせいで、彼の男性自身は目覚めてしまっていた。

自分の体にあきれて首を振りながら、茂みのそばで足を止め、プレードを持ちあげて、まだ半分興奮している問題の体の一部をつかみ、小さくため息をつきながら、草木に向かって放尿した。たまにはこんなふうに用を足すのも気分のいいものだ、と思っていると、突然アナベルの悲鳴が聞こえたので、さっと向きを変えて走りだした。

彼女がひとりになれるだけの距離をとってはいたが、それほど遠くにいたわけではないので、十数歩でそばに行けた。アナベルは目を見開いて、彼が来たほうとは反対側の茂みのなかを見つめていた。

「どうした？」とすぐに尋ねたが、頭のなかの半分は、自分はブレードを汚さなかっただろうか、はじめたことをちゃんと終わらせたのだろうか、ということで占められていた。まったく、彼女にすっかり驚かされたせいで、ブレードをおろして急に振り返ったものだから——。

「あの茂みのなかに人がいたの」アナベルは震える指で示しながら、ささやき声で言った。

その茂みがまだ揺れているのを見て、ロスは眉をひそめた。下半身の一部の活動のことを頭から追い出すのに充分な出来事だ。腰につけた鞘《さや》から剣を抜き、「ここで待っていろ」と命じて、急いでまえに進んだ。

見通しのいい道を六メートルほど進んで立ち止まる。アナベルを背後にひとり残したまま、これ以上進みたくなかった。問題の男が彼女の背後にまわって襲ってきたら、守ることができない。そう思って、来た道を急いで戻った。

アナベルが先ほどの場所で待っていたので、ロスはほっとした。けがはないようだが不安そうに見える。不平を言わないなど、がまん強いところのある彼女だが、いつもひどくびくびくしているということにも、気づかずにいられなかった。その一方で、用を足しているときにだれかが近づいてきて、手ごめにされるかもしれないと思えば、びくびくもするだろうと思った。

アナベルの腕を取り、ふたりで来た道を戻ろうとすると、彼女は足を踏ん張った。

「あの、わたし、まだやることが――」口ごもって赤くなる。

「ああ、そうだね。おれは部下たちを呼んでくる」ロスは彼女を安心させ、なおも彼女を進ませようとした。

「部下たちを？」アナベルは踏ん張りながら不満そうに言った。

「ああ。きみのまわりに立たせて、だれもそばに近寄れないようにする」ロスは説明した。

完全に筋の通ったことに思えた。だが、それを聞いて恐怖の表情を浮かべたところをみると、彼女はそう思っていないらしい。

「あなた、まさかわたしに、殿方たちに囲まれながら、その……」みんなが見ている村の広場で、裸でそれをしろと言われたかのように尋ねた。

「いや、部下たちには何も見えないさ」ロスはおもしろそうに言った。茂みでしゃがむ彼女のかわいい尻を、部下たちに見せるわけがないではないか。「茂みの反対側に立たせるから。

だが、だれも近づくことはできないだろう」

アナベルは彼が言い終えるまえから首を振っていた。「わたし、できないわ――あなたの部下たちがすぐそばに立って聞いているのに……絶対無理よ」と困り果てて言う。

「ただの小便ではないか」彼女がそのことばを口にできないようなので、ロスは代わりに言ってやった。「小便をする必要があるのだろう。ちゃんと言えるはずだ。言ったことできみをさげすんだりしない」

アナベルは口を開けてまた閉じた。そしてただ首を振った。

ロスはため息をついた。口に出すことすらできないなら、ほんの数メートル先に部下たちが立っているところでそれをするなど無理だろう。どうしたものかと考えながら、あたりを見まわしたあと、彼はうなずいた。「そうだ。それならこっちにおいで」

「どこに――？」小川のそばの茂みに連れていかれると、彼女の質問は立ち消えになった。「おれはここならいいだろう」ロスは彼女の腕を離し、何メートルか離れて背を向けた。「おれはここで見張っている。これなら前後は安全だし、左右はふたりで目を配ればいい」

ロスは了解の声か、衣服を調節する衣擦れの音を待ったが、どちらも聞こえなかった。振り返って何をやっているのか確認したいという思いと戦いながら、こう尋ねた。「しないのか？」

「あの……ええ、まだ」彼女はつぶやき、間をおいてから咳払いをし、こうきいた。「あなた、口笛は吹けて？」

「口笛？」そこで彼は振り返った。彼女は連れてこられた場所でもじもじしている様子だったが、まだ立ったままで、しゃがんでスカートを腰までたくし上げてはいなかった。

アナベルは申し訳なさそうに顔をしかめた。「口笛を吹いてもらえると助かるんだけど」

ロスはため息をつきながら首を振ったが、彼女に背を向けて口笛を吹きはじめた。彼女が早くすませてくれることを願いながら。そういえば自分もまだ小用を最後まですませていなかったのだ。少しして彼女が咳払いをしたあと「もう空き地に戻れるわ」と言ったときは、少なからずほっとした。

ロスは部下たちが野営の準備をしている場所にアナベルを連れて戻ると、ギリーとマラフに声をかけ、何が起こったかをふたりに告げた。さらにアナベルから目を離すなと命じ、残りの部下たちには、先ほど妻がいた場所に何者かがいた痕跡はないか、周辺を捜索せよと命じた。

おそらく徒歩の旅人か、近くで野営をしていて、用を足す場所をさがしていた者だろうと思ったが、ロスも部下たちも、それらしい者は見かけていなかった。先ほどたどった道を見つけたものの、その道の三メートルほど先は小川のほとりだった。船を乗り付けた痕跡はない。船を使うほどの深さがあるとも思えなかったが、少しまえに船で小川をわたったか、徒歩で向こう岸に行ったのだろう。だが、ただの偶然の出会いだろうという考えに変わりはなかった。ここはイングランドだ。あんなふうに自分の妻に忍び寄った男をこらしめてやろうと、怒ったスコットランド人が追いかけてきたら、イングランド人は小川を使って相手をまくのでは？

すべて異常なしとわかって満足すると、ロスは部下たちに捜索を終了させ、夕食のための狩りに送り出して、野営地と花嫁のもとに戻った。

4

アナベルは寝返りを打って仰向けになり、幸せな気分で眠そうに小さなため息をつきながら目を開けたあと、驚いてまばたきをした。空ではなく、天井を見あげていたからだ。急いで起きあがり、あたりを見まわした。目を見開いて、自分のいる部屋の様子を観察する。大きな部屋で、右手奥にはテーブルと椅子があった。正面にある暖炉のまえには、別の小さなテーブルと二脚の椅子があり、左側にふたつある窓のあいだには、洗面器をのせた台がある……そしてもちろん、彼女が寝ているベッドがあった。見たこともないほど大きなベッドで、とてもやわらかくて心地よい。干し草ではなく羽毛が詰めてあるようだ。この十四年間修道院で使っていた硬くてせまい簡易ベッドより、少なくとも五倍は大きかったし、ウェイヴァリーでロスといっしょに寝たベッドの二倍近いサイズだった。あのベッドより快適なのもまちがいない。王さまだってこれほど快適なベッドは持っていないだろう。

問題は、これがだれのベッドなのかも、自分がどこにいるのかもわからないことだった。アナベルの最後の記憶は、新居に向かう長い長い旅の三日目に、自分の雌馬に乗っていたことだった。最初の二日間は、日が落ちかかると馬を止めたが、三日目は日没後も旅をつづけた。アナベルはそれを不思議に思い、マッケイが近づいているからだろうと思ったが、尋ねることはせずに、ひたすら前進をつづけた。

やがて鞍の上で眠りこんでしまったらしい。馬から転げ落ちなかったのは驚きだった。それにしても、あのばかげた片鞍というやつは、なんとも不愉快な発明だ。脚をそろえて鞍の片側に乗るなんて不自然に決まっているし、アナベル自身は鞍にまたがって乗ったことはなかったが、そうしたほうがもっとずっと快適だという確信があった。手綱だけをたよりにするより、両脚で馬を締め付けて指示を出すほうが簡単なのだから。

寝室のドアが開いて、アナベルはもの思いから引き離され、緊張しながらそちらを見やったが、年配の婦人が顔を出したので少しほっとした。アナベルがベッドに起きあがっているのを見ると、見知らぬ顔はにっこり微笑んだ。

「ああ、よかった！　お目覚めですね」婦人はドアを開け放ってせかせかと部屋にはいってきた。そのあとからさまざまなものを持った召使いがぞろぞろとついてくる。

毛皮をあごまで引っぱりあげたアナベルが、目をまるくして見ていると、男の召使いふたりが浴槽を運びこみ、かなり広く場所があいている左手奥に置いた。さらに四人の男が、それぞれ両手に水のはいったバケツを持ってつづく。いくつかのバケツからは湯気があがっているが、そうでないものもあった。男たちのあとには、せっけんや麻布や、食べ物の盆を持った女たちがつづいた。最後にふたりの男が、衣装箱の両側を持って運びながら部屋にはいってきた。

一瞬、部屋のなかは人であふれたが、すぐにまた静かになった。それぞれが持ってきたものを置き、興味津々でちらりとアナベルをうかがい、礼儀正しく頭を下げるか、彼女のほうに笑みを向けるかすると、みんなすぐに出ていったからだ。アナベルが通りすぎるひとりひとりに不安そうな笑みを返し、うなずくうちに、残ったのは最初にはいってきた婦人ひとりとなった。

「さてさて」彼女は陽気に言って、最後の召使いが出ていったドアを閉めた。「これですべて整いましたよ」

「あのう」アナベルは毛皮をつかんであごまで上げたまま、もごもごと言った。なにが整ったのかよくわかっていなかった。ここがどこなのかすらわからなかったが、眠っているあいだにマッケイの城に着いたのだろう。だれかが彼女を抱えてベッドまで運び……そして衣類を脱がしたのだ。シーツと毛皮の下はまったく何も身につけていないことに気づいて、アナベルはうろたえた。

「お風呂の支度をするあいだに、朝食をおあがりください」そのことばのあと、ベッドのなかにいるアナベルの膝の上に盆が置かれた。

盆にはパンとチーズ、ふわふわと軽そうなペストリーがふたつ、それに何か飲み物がのっていた。立ちのぼる湯気の香りからすると、リンゴ酒のようだ。アナベルはごちそうを眺めるばかりで、頭のなかでは婦人のことばがぐるぐるめぐっていた。〝お風呂の支度をするあいだに、朝食をおあがりください〟。

わたしのためのお風呂？　それに食べ物も？　アナベルは給仕されるのに慣れていなかった。修道院では、だれもが修道院長の決めた入浴時間に従わなければならなかった。今日は入浴の日と宣言されると、大きな浴槽が厨房に準備され、女たちは順番に入浴した。修道院では若い居住者のひとりだったアナベルは、いつも最後に入浴することになっていたので、彼女がはいるころには、お湯はたいていぬるくて汚れていた。

仕方なくがまんしてはいったが、入浴してもきれいになった気がしなかったので、よくこっそり抜け出して、できるだけ手早く小川で水浴びをした。実際は入浴日以外にも、よく小川に行っていた。自分の時間の半分は馬小屋で動物たちの世話をしてすごし、残りの半分は聖書の勉強をしてすごした。聖書の勉強は問題なかったが、馬小屋での仕事は汚れ仕事で、修道院長はこちらが望むほど頻繁には入浴の日を設けてくれなかったので、アナベルはちょくちょく小川に行くことになった。

残念ながら、アナベルのちょっとした外出を知った修道院長は、よろこばなかった。彼女の考えでは、きれいにしたいと思うのは、虚栄心のあらわれなのだ。現在アナベルの背中にあるみみず腫れは、その罰だった。修道院長はけっして自らの手で鞭を振るうことはせず、本人たちに自分でそれをさせ、跡がつくほど強く振るわないと、もっとひどい罰を与えるとおどした。ひどい罰はいくらでもあった。弟子たちへの罰となると、修道院長はやたらと想像力を発揮した。

「ペストリーはお好きじゃありませんか？」

アナベルは盆から顔を上げて、年配の婦人を見た。バケツの中身を浴槽に空ける手を止めて、心配そうにこちらを見ている。

「いえ、好きよ」と急いで言うと、さくさくしたペストリーをひとつ手に取った。ペストリーが好きなのかどうかわからなかった。一度も食べたことがないからだ。修道院のコックはあまり腕がよくなかった。なんとかまともに作れるのはシチューと、あとはごく簡単で質素なものだけだった。コックの腕がよかったとしても、そういうものしか作らせてもらえなかっただろう。貪欲は罪であるとされ、修道女たちは食の楽しみを禁じられていたからだ。アナベル個人としては、修道院長のそのことに対するこだわりは少し不自然だと思っていたが、生活の一部として受け入れてはいた。

恐る恐るペストリーにかじりついたアナベルは、そのままの状態でゆっくりと目を見開いた。まんなかから果物の甘さが広がる、このさくさくのペストリーほどすばらしい味のものは、これまで食べたことがなかった。ウェイヴァリーのコックが結婚披露宴で何かおいしいものを出したのかもしれないが、アナベルは動揺のあまり食べられず、自分のまえに置かれたハチミツ酒をすするだけだった。でもこれは……これはまさに至福だ。

カランという音がして、浴槽にお湯を入れる侍女のほうに視線を向けた。ペストリーの残りを口に入れ、もぐもぐ食べながらドレスをさがしてあたりを見まわした。それはベッドの足元のほうに置いてあった。急いでドレスを頭からかぶり、ベッドから這《は》い出て、浴槽の準備を手伝おうと急ぎながら、ドレスが体をすべり落ちていくにまかせた。

「何をしているんです？」アナベルがバケツを持って中身を浴槽に空けると、年配の侍女は驚いて尋ねた。

「手伝いを」アナベルは侍女のぎょっとしたような顔つきに面食らい、不安そうに言った。

「手伝いですって？」侍女はゆっくりと言ったあと、首を振った。「いえ、けっこうですから、ベッドに戻って朝食をあがってください。これはわたしの仕事で、あなたのではないんですよ」

「そう」アナベルは気まずさに顔を赤らめ、バケツを下ろした。そしてベッドに駆け戻り、座って盆を引き寄せた。早く行って風呂の準備を手伝おうと、ひとつ目のペストリーは急いで食べてしまったので、ふたつ目は時間をかけてゆっくり味わった。ほんとうにおいしくて、修道院のコックがこれほど美味なものを作っていなくて、かえってよかったかもしれない、と思わずにはいられなかった。貪欲の罪のせいで、背中に十字のみみず腫れができていただろうから。

時間をかけたのに、年配の侍女が浴槽を満たすまえにペストリーを食べおえてしまい、チーズとパンも少しつまんでみた。でも、もうお腹は満たされたので、ふた口ほど食べたあとで脇にやり、温かいリンゴ酒を飲みながら待った。

「できましたよ」

満足げな声がして目を向けると、老侍女は浴槽にお湯を満たし終え、アナベルを見つめていた。

アナベルはリンゴ酒を盆に戻し、ベッドから体を押し出すようにして立ちあがると、浴槽に急いだ。

「領主さまは、奥さま付きの侍女を連れてくる手配をしなかったので、ここにいる女たちからひとり選ぶようにとおおせです。それまでわたしでがまんなさってください」老侍女はそう言うと、ドレスを脱ぐのを手伝おうと手を伸ばした。

アナベルはお付きの侍女に手伝われるのに慣れていなかった。修道院ではそんなことはまずない。少なくとも彼女にはそんな機会はなかったし、知るかぎりほかの女たちにも、ドレスを着せたり脱がせたりしてくれる侍女はいなかった。修道院長を別にすればだが。それできっと、この親切な老女に手伝ってもらうのがひどく気詰まりなのだろう。

子どもではないので自分でできますと言いたいのをこらえながら、しぶしぶ手伝ってもらったが、ドレスを脱ぎおえると、これでお湯にはいれると思ってほっとした。だが、浴槽のなかでも放っておいてはもらえず、侍女は麻布の切れ端とせっけんを手にした。それをわたしてくれればいいものを、そうはせず、布をお湯に浸してせっけんをつけ、泡立てはじめる。泡立てたあともまだアナベルにはわたさずに、彼女の髪を片側に寄せてあらわにした背中を洗いはじめた。

アナベルは数分ほど身動きもせずに座っていたが、やがて咳払いをして尋ねた。「あなたの名前は？」

「おや」侍女は小さく笑うと、背中をこする作業を一時中断して言った。「すみませんねえ、奥さま。まだ言ってないとは思いもしませんでした。わたしはショーナクといいます」

「ショーナク」アナベルは聞いたとおりに、〝ショーナック〟という発音でつぶやいた。そして浴槽のなかで体をひねり、侍女を見て微笑んだ。「会えてうれしいわ、ショーナク」

「まあ」侍女は驚いたようで、やがてにっこりと微笑み返した。「わたしも奥さまにお会いできて、ほんとにうれしいですよ」

アナベルはうなずき、またまえを向いた。ショーナクはすぐにまた背中をこすりはじめた。少しして、アナベルは尋ねた。「じゃあ、ここはマッケイの城なのね？」

ショーナクはすぐにこするのをやめて体を起こすと、アナベルの顔が見えるように浴槽の横に立った。そして、大きく口を開けて女主人を見たが、また閉じてから、怒ったように言った。「覚えていらっしゃらないんですか？　そう言えば、領主さまに運ばれてきたとき、あなたは眠っておいででしたね。なんてことでしょう、そこに座っているあいだじゅう、突然なだれこんできたわたしたちは、いったいだれなんだろうと思ってらしたんですね」そこで首を振ってから言った。「ええ、奥さま。ここはマッケイの城です」

アナベルはうなずいた。そうではないかと思っていたが、たしかめてよかった。「それで、わたしの……夫はどこに？」ロスをそう呼ぶのは妙な感じだった。まだ慣れないからだろう。

「ああ、領主さまはリアムの話を聞きにいかれました」彼女はよくあることだというように言った。アナベルはリアムがだれなのか知らなかったので、それを聞いたときぽかんとした顔をしていたのだろう、ショーナクが説明した。「リアムは領主さまの二番目の部下です。お留守のあいだにあったことを聞かれるのでしょう」

「ああ、そうね、もちろん」アナベルはうなずいた。

ショーナクは微笑み、また浴槽の後部に移動したが、今度はせっけんを洗い流すためだった。それが終わると侍女は言った。「髪はわたしが洗いますが、そのあとはご自分でお願いします。そのあいだにわたしはドレスを選びます。商人がやってくるまでのあいだ、しのげるドレスが一着や二着は見つかるでしょう。商人から布を買ったら、奥さまの衣類をお作りしましょうね」

「ドレス？」アナベルは興味を覚え、あたりを見まわしながらきいた。最後に、先ほど運びこまれた衣装箱に目がいった。

「はい。領主さまは奥さまに荷造りする時間もお与えにならなかったので、新しいドレスが必要だろうとおっしゃって。それで男衆にレディ・マギーのお衣装箱を持ってこさせたんです」

アナベルは唇をかんだが、髪を濡《ぬ》らすためにショーナクに上を向かされたので、何も言わずにすんだ。だが、荷造りするものが何もなかったことが気になっていた。ウェイヴァリーに着ていったドレスは、燃やされてしまった。結婚式で着たドレスがだれのものだったのかもわからない。状況そのものに舞いあがってしまって、尋ねることを思いつかなかったからだ。おそらくケイトがロスとの結婚式で着るはずだったドレスなのだろう。アナベルのために作られたものでないのは明らかだった。母の召使いたちは、脇にマチを縫い足して、彼女に合うようにドレスを大きくしなければならず、彼女が入浴をして身だしなみを整えているあいだに、必死でその作業をしたのだから。幸い、ケイトは細身ではあったが背は高かったので、アナベルが踏んでしまわないようにスカートの裾の部分を七センチほど切り取ると、それで両脇ぶんのマチを作ることができた。

「レディ・マギーというのはどなた？」髪をせっけんで洗われながら、アナベルは興味を覚えて尋ねた。

「ロスさまのお母上です」ショーナクは答え、説明を加えた。「五年まえにお亡くなりになりました。だからドレスは新しいものではありませんが、着られるものがきっとあるはずです」

アナベルは黙ってうなずいた。

「おふたりとも似たような体格ですから、お直しはそれほど必要ないでしょう。部分的には必要でしょうが」ショーナクは陽気に付け加えた。「奥さまは豊満でいらっしゃるから」

「そうね」アナベルはそのことばを受け入れ、ショーナクは髪をすすぎはじめた。太めの体つきをほめられたのは初めてだ。結婚式の準備をしているとき、母はがっかりしながら何度かこぼしていた。姉娘のケイトのように長身でほっそりした姿に育ってほしかったのだろう。たしかに修道院長も、アナベルの体形は貪欲さの表れだと言って、非難しかしなかった。

「お待たせしました。わたしのほうは終わりました」ショーナクは明るく言い、浴槽のなかでアナベルの体を起こさせた。「あとはご自分でどうぞ。わたしはドレスさがしに取りかかります」

アナベルは差し出された布を受け取り、せっけんのついた麻布を腕や胸にすべらせはじめたが、その目はショーナクに注がれていた。侍女は衣装箱に走り寄り、箱を開けて、色とりどりの生地を取り出していた。最初に取り出したのは深紅のドレスで、少し調べたあとベッドの足元に置いた。濃いフォレストグリーンのドレスがそれにつづき、光沢のある橙《だいだい》色のドレスは、大きな汚れがあったので床に落とされた。

それからさらに何着かのドレスがベッドに掛けられた。アナベルが入浴を終え、洗うのに使った布を絞って立ちあがろうとした瞬間、ショーナクがやっていたことをやめて急いでやってくると、乾いた大きな麻布をつかんで彼女の体を包んだ。

「ありがとう」アナベルはぎこちない笑みを浮かべて言った。こんなふうに世話をされるのに慣れていないので、居心地が悪かった。だがそれを知られてはならない。どこかおかしいのかと思われてしまうかもしれない。レディはこうやって世話をされるものなのだろう……修道院で尼僧のような生活をしていない場合は。

「では、暖炉のそばにお座りください。お髪《ぐし》を梳《す》いてさしあげます」ショーナクはそう言うと、アナベルの手を取って浴槽から出した。

アナベルは暖炉のそばの椅子のひとつに導かれた。暖炉に火ははいっていなかったが、今は夏なので、とくに必要というわけではなかった。初めは黙ってショーナクに髪を梳いてもらっていたが、そのうちアナベルは質問をはじめた。夫になった人についても、新居についても、そこに住む人びとについても何も知らなかったし、情報を仕入れておくのはいい考えに思えた。「夫はお母さまと仲がよかったの？」

「ええ、それはもう。お母上を崇拝しておられました」ショーナクは請け合った。「レディ・マギーはとても特別な方でした。だれもがあの方を愛していましたよ。コックからいちばん位の低い召使いまで、全員の名前を覚えておられましてね。このお城を見事に切り盛りされていました」切なそうにため息をつく。「あの方が亡くなられた日は、ほんとに悲しかったですよ」

アナベルは眉をひそめた。自分が城の切り盛りに関して、こんなふうにだれかに賞賛されることはきっとないだろう。何が必要なのかもわからなかった。具体的に、何をすることが求められるのだろう？　ため息をつき、それはまたあとで考えることにして、さらに尋ねた。

「どうして亡くなられたの？」

「胸を悪くされたんです。初めはときどき息切れがする程度でしたが、そのうち息苦しそうになって、咳がひどくなりました。呼吸困難で歩きまわれなくなると、大広間の椅子に座って家政の指揮をとられるようになり、それがベッドのなかからになって、最後には……」

ショーナクは力なく肩をすくめて話を終えた。「だんだんと弱っていかれました」

アナベルは同情のことばをつぶやき、しばらく黙っていたが、また尋ねた。「あの人のお父さまは？」

「ああ、先代の領主さまですか」ショーナクは悲しげにため息をついた。アナベルの髪を梳くブラシが遅くなる。「傷にはいった小さな木片のせいで亡くなりました」

アナベルは目をぱちくりさせ、振り向いて侍女を見た。「木片？」

「ええ」ショーナクはうなずき、髪を梳けるようにまた背中を向かせた。「感染症にかかったんです。お気をつけくださいとうるさく言いましたのに、大丈夫だからと聞いてもくださいませんでした。ほんとうのところ、レディ・マギーを失って、傷心のあまり、もう生きる意欲をなくしてしまわれたのでしょう」またため息をついてつづける。「黒い線があの方の腕を上がってきたとき、もう助からないとわかりました」

「まあ、なんてこと」アナベルはつぶやいた。木片で死ぬなんて。驚くようなことでないのはわかっていた。実際、それほどめずらしいことではないのだから。少なくとも、話を聞いてきたかぎりでは。馬小屋でいっしょに働いていたシスター・クララは、大きな傷に気を取られて小さな傷を放っておくと、化膿してしまうことがよくあると言っていた。シスター・クララは若いころから修道院で暮らしていたわけではなかった。普通の生活を送り、家族のもとで大人になって、結婚して子供を産んだ。子供たちが結婚して出ていき、夫が亡くなってから、信仰に身をささげることに決め、修道女になったのだ。夫が死んで、人生は以前とはちがうものになってしまった、これから死ぬまで神に仕えられたら満足だ、と彼女は言っていた。

シスター・クララはアナベルにたくさんのことを教えてくれた。修道院生活のなかで、彼女の存在は数少ない明るい点だった。彼女がいないと淋しくなるだろう……さよならを言うことさえできなかった。そう思って眉をひそめた。何ひとつ持ってくることは許されなかったし、だれかにさよならを言う機会も与えられなかった……そのふたつのことをするだけのほんのわずかな時間さえ、もらうことはできなかったの?

「まあ、おきれいですよ」

ショーナクにいきなり手鏡を差し出されて、アナベルは目をしばたたいた。くもった鏡のかすかにゆがんだ表面が、こちらに向けられている。ただ見つめるしかなかった。修道院では鏡は許されていなかった。修道院長によると、虚栄心は罪であり、鏡は悪魔の玩具だということだった。ウェイヴァリーに鏡があったかどうかは定かでない。結婚式の準備をはじめてからも母は鏡をわたしてくれなかったし、鏡を見せてほしいとたのむことも思いつかなかった。アナベルが自分を見たのは、修道院にいたころ泳いでいた小川で、波立つ水面に映った姿ぐらいだった。

「お気に召しましたか？」ショーナクは笑顔で尋ねた。

アナベルは手を伸ばして髪に触れた。ショーナクがブラシをかけてくれた髪は乾いていた。鏡に映った髪はつややかに黒く広がり、バラ色の頬をした白い卵形の顔のまわりにたれている。侍女は髪をうしろに流し、顔の両側の毛束を少し取って三つ編みにし、それを後頭部にまわして留めていた。こうすると目がとても大きく見えた。あるいは、自分はもともと目が大きいのかもしれない、とアナベルは思った。

「美しく見えるわ」彼女は不思議そうに言い、それがどういうわけかショーナクを噴き出させた。

「あら、奥さまはもともとおきれいですよ」侍女はおもしろがっているようにそう言うと、もっとやさしく付け加えた。「ご両親にそう言われていたでしょう?」

母は娘が大柄だと文句を言い、この体形になるまで放っておくとは修道院長もひどい人だとなげくばかりだった。レディ・ウィズラムは娘が美しいとは認めないだろう。だがそのとき、寝室のドアが開いたので、そのことは言わずにすんだ。アナベルとショーナクはびっくりしてドアのほうを向いたが、ショーナクに視線をさえぎられていたアナベルは、彼女が脇に寄って初めて夫が来たのだとわかった。

「よし、準備はできたようだな」ロスは妻を見て満足そうに言った。

「なんの準備をさせたいかにもよりますがね」ショーナクはおもしろそうにそう言うと、脇に寄って、アナベルがまだ麻布を体に巻いただけの姿でいるのを見せた。

「そうか」ロスの視線に体をたどられ、アナベルは裸でいるような気分になった。彼女の体をすみずみまでむさぼるように眺めたあと、彼はひと言うなった。「ショーナク」

侍女はくすっと笑うと、途中でベッドからドレスを回収しつつ、せかせかとドアに向かった。「これは階下《した》に持っていって、お直しができるかどうかやってみましょう。だんなさまが花嫁とお話なさっているあいだにね」

ロスはうなるような声で感謝を示すと、侍女のためにドアを開けてやった。そして彼女が出ていくとすぐドアを閉め、アナベルのほうに大股で歩いてきた。

「あの」近づいてくる彼を見て、彼女は弱々しく言った。彼女をしっかと見据える目は、小さい無防備なウサギをまえにしたオオカミの目のようで、その瞬間自分がウサギになったような気がした。彼の目のなかには、ひどく落ちつかない気分にさせるものがあった。飢えているように見えるが、食べ物を求めているわけではないらしい。なぜか、彼はもう一度床入りの儀をしようとしているのかもしれないという気がした。床入りの儀は一度かぎりのはずだが、この件に関しては専門家というわけではない。それどころか、初めての床入りを覚えてもいないので、何も知らないも同然だったが、彼が何か肉欲的なことを考えているのはたしかだった。

濡れた布におおわれた胸のあたりで視線が止まり、ロスが唇をなめると、アナベルは肩にかけた麻布をにぎりしめて、いきなり立ちあがった、なんとか笑みを浮かべたものの、足は彼からあとずさっていく。「遅くまで眠っていてごめんなさい、あなた」

「長い旅だったし、旅のあいだじゅうきみはよく眠れなかっただろう。起こさないようにと召使いに言っておいたのだ」ロスはあとずさる彼女のほうに進みながら言った。

「まあ。ええと、その……やさしいのね」つかえながら言うと、うなじに炉棚が当たった。もうそれ以上は後ろにいけないので、横に移動しはじめながら言った。「ありがとう」

「どういたしまして」と彼は返した。ゆっくりと彼女に近づきながら、その下を見通すことができるかのように、体をおおっている麻布に視線を這わせる。ほんとうに見通されているのではないかと思い、アナベルは自分を見おろした。たしかに麻布が濡れているところは肌が透けて見えるだろう……濡れている部分が大事なところにまで及んでいるのに気づいてぎょっとし、女性とそれがもたらす誘惑の悪についてのガーダー神父のお説教を思い起こした。ああ、神さま、どうやらわたしはそのつもりもないのに、肉体の歓びに夫を誘っているみたい……しかも今日は水曜日で、教会が肉体の歓びを禁じている日なのに。

暖炉のそばのふたつ目の椅子に突然ぶつかり、アナベルはあわてて立ち止まった。だが夫は止まらなかった。ほんの数センチのところに来るまでは。そして、椅子のほうに追いつめると、彼女の腰に手を伸ばしてまえに引き寄せ、体をぴったり密着させた。

目をまるくして見あげると、彼の顔が迫ってきたので、アナベルは唐突に言った。「気持ちのいい水曜日の朝じゃないこと?」

「ああ」と返事をしながらも、彼の口はアナベルの口に向かおうとしていた。顔をそむけられなかったら、キスするつもりだったのはまちがいない。

キスを阻まれたロスの唇が首筋へと向かい、そこをそっとかむと、なんとも奇妙な感覚に襲われ、アナベルは思わず彼の上腕をつかんで倒れないようにしながら、必死で言った。「ほんとうに、すばらしい水曜日の朝だわ」彼はまだその意味に気づかないらしく、唇が鎖骨までおりてくる。それを拒めないままアナベルはやけになって言った。「どうして教会は、水曜日を男女がベッドでむつみ合うのにふさわしくないと考えるのかしら?」

ロスはそれを聞いて固まり、一瞬完全に動きを止めたが、やがてゆっくりと体を起こした。

その顔つきは、彼女を見る目と同じくらい悲しげだった。「ああ、そうか」

アナベルは申し訳なさそうにうなずき、自分の言ったことを後悔しそうになった。心のある部分では、彼にそれを思い出させ、望んでいるものを与えまいとしたことを悔やんでいた。だが、別の部分ではむしろほっとしていた。痛い思いをさせまいとして、新婚初夜に妻を酔いつぶしてくれた彼の思いやりをありがたいと思ってはいた。でも……結局そのときのことは記憶にないので、その行為については新婚初夜と同様、無知で臆病なままだ。そして、不愉快なことはつねにさっさとすませてしまうのがいい、というのがアナベルの考えだった。

夫婦生活はいつが好ましくていつが好ましくないかについて、くどくど語っていたガーダー神父がうらめしい。アナベルは憤りを覚えながら思った。あんな話を聞いていなかったら、おそらく五分もすればベッドから這い出て、もっと賢い女性になっていただろうに。だって、そんなに長くはかからないものでしょ？

実際のところ、司祭がどうしてわざわざ修道女の集団にそのことを教えこんだのかはわからなかったが、それを言うなら、彼が教え説いたことのなかには、修道院で暮らす者にとっては無関係に思えることがたくさんあった。司祭はこの世の悪について声高に非難したい気分だったのだろう。夫婦生活や肉欲の罪といった話題のときはたいていそうだった。ほんとうに、あの人は修道院長同様、その話題に取り憑《つ》かれていた。

ロスはため息をつき、体を起こして彼女を放した。そして、重々しくうなずいて見せると背を向け、それ以上何も言わずに部屋から出ていった。

アナベルは閉まったドアを見つめて唇をかんだ。自分が正しいことをしたのはわかっていた。教会は日曜日と水曜日と金曜日の性交を禁じている。それでも、なぜか夫に悪いことをしたような気がした。こういう感情に慣れなければいけないのだろう。夫が手に入れたのは無知で何も身についていない花嫁だということが明らかになって、たびたび夫を失望させることになるのはまちがいないのだから。

顔をしかめてその考えを押しやり、部屋のなかを見まわすと、近くの椅子にドレスがかけてあるのが目にはいった。アナベルのドレスを脱がすのを手伝ったあと、ショーナクがそこに置いたらしい。近づいて手に取ったとたん、においに顔をしかめた。アナベルはこのドレスを四日つづけて着ており、それはめずらしいことではないが、そのうち三日はここに向かう旅をしていたので、馬と草と汗のにおいがした。入浴するまで気づかなかったのはおかしなことだが、入浴したあとでそれを着るのは気が進まなかった。

それなら、ショーナクが衣装箱のまわりに散らかしていったドレスがある。何か問題があって却下され、除外されたものだが、まだ充分着られるものがあるかもしれない。少なくともアナベルの汚れたドレスよりはましなものが。

ざっと見たあと、胸元に小さなしみのある淡いピンクのドレスに決めた。しみはほんとうに小さくて、ほとんどわからないほどだと思ったので、そのドレスを着て自分を見おろした。

ショーナクはまちがっていたようだ。アナベルとロスの母は似たような体形というわけではなかった。少なくとも胸まわりは。ほかの部分はぴったりなのに、レディ・マッケイはアナベルほど豊かな胸を持っていなかったらしい。

乳房を押さえ、できるだけドレスのなかにたくしこもうとしてみたが、どうしても乳房ははみだしてこようとする。ため息をついて衣装箱のなかをさぐると、手ごろな大きさの白い布が見つかった。それを胸元に当てて、はみ出た乳房を慎み深く隠してみた。これが精一杯のところだろうと判断し、ショーナクをさがしにいこうとドアに向かった。だが、ドアに手を伸ばしたとき、背後の窓からガシャンという音と悲鳴が聞こえ、足を止めた。

眉をひそめながら向きを変え、部屋を横切った。今は鎧戸が大きく開け放たれている。ロスが今朝起きて服を着るとき、光を入れるために開けたのだろう。あるいは、ひと晩じゅう開いていたのかもしれない。事情はどうあれ、今は大きく開け放たれている窓から、アナベルは身を乗り出して中庭を見おろした。最初は何が起こっているのか判断がつかなかったが、やがて何人かの人びとがひっくり返った馬車を囲んでいるのが見えた。そのなかのひとりが動いたので、地面に男性が倒れて血をながしているのがちらりと見えた。それだけで体を起こしてドアに突進するには充分だった。

「あら、奥さま、今ちょうどそちらに――」階段を駆けおりる女主人とすれ違ったショーナクが声をかけた。侍女が言うべきことを最後まで言ったとしても、アナベルは聞いていなかった。侍女を見て速度を落とすこともせず、飛ぶように階段を駆けおり、人びとが行き交う大広間をつっきって中庭に出た。足に翼が生えたのかと思うほどの速さだった。

玄関扉を押し開けて中庭に出ると、進む方向を決めるためにほんの一瞬階段の上で足を止めただけで、すぐにひっくり返った馬車を囲んで増えつつある群衆を見つけ、そちらに向かって急いだ。「すみません」と小声で謝りながら人びとを押しのけ、その中心にいるけが人に近づくと、すぐにかたわらにひざまずき、状況を見て取った。

「何があったの？」アナベルは血まみれの男の脚に注意を向け、上から下まで手で触れて、骨が折れていないかたしかめながら尋ねた。返事がないのをけげんに思って顔を上げると、けがをした男を含めた全員が、びっくりしてわけがわからずに彼女を見つめていた。

「奥さまの質問に答えるんだよ、このまぬけ！」

ショーナクの声に気づいて肩越しに振り返ると、アナベルを追って中庭に出てきた侍女が背後に立っていた。アナベルが侍女に感謝の笑みを向け、けがをした男に向きなおると、何人かが一度に話しはじめ、困惑した声の不協和音が生まれた。

「一度にひとりずつ！」ショーナクがどなり、アナベルはもう一度男の脚を両手でさぐった。折れているところはないようだが、確認するまではあまり動かさないほうがいい。

「あのクソ犬がおれの馬を驚かしたんだよ。馬が棹《さお》立ちになって、端綱をつけたまま走りだしたもんだから、すぐに荷車がひっくり返って、おれと商品が投げ出された」けがをした男は歯を食いしばって説明した。ことばにはスコットランドというよりイングランドの訛りがあり、城を訪れた商人であることは、商品ということばからわかった。〝あのクソ犬〟というのがなんのことなのかはわからなかったが、とりあえず今は気にしないことにした。

「ナイフがいるわ」アナベルはそう言って、群衆の顔を見まわした。

「どうしてナイフがいるんだ？　そんなもの必要ないだろう」けがをした男が、不意に何オクターブも高くなった声で問いつめる。

「ほら、おれの短刀でいいかい、奥さん？」

「ありがとう」アナベルは小型ナイフを差し出した男性に気のない笑みを向けると、目を見開いて小さな鋭い刃を見つめている商人に向きなおった。

「それでいったい何をするつもりだ？」商人はびくびくしながらきいた。

「黙って。あなたを傷つけたりしないから」アナベルは安心させるように言うと、膝上の傷の十センチほど上まで、裾から一気にブライズを切り裂いた。その行為に群衆はいっせいにささやきを交わしはじめたが、アナベルはそれを無視して、患部がよく見えるようにブライズの生地を開いた。

「おれのズボンを台なしにしてくれたな！」商人は驚いて金切り声をあげた。

「あんたのズボンが台なしになったのは事故のせいだよ」ショーナクが冷淡に指摘した。

「あんたがスコットランド人でプレードをつけていたら、奥方さまも切り裂く必要はなかったんだ」

それに同意するささやき声がいくつかあがったが、アナベルはすべて無視して傷を調べた。どうやって脚を切ったのかはわからなかった。まっすぐできれいな深い傷で、まるで剣で切ったようだ。荷馬車がひっくり返った事故に巻きこまれて、こんな傷を負うはずがない。だがそこで、血のついた刃物が男のもう片方の脚の下から見えているのに気づき、手を伸ばして引き出した。刃についた血を調べたあと、問いかけるように男を見る。

「リンゴを食べていたんだ」彼はしぶしぶ認めた。「それで手にナイフを持っていた。荷馬車からケツごと落っこちたときに、自分で切っちまったらしい。ことばが悪くてすまん」自分の言ったことに気づいて急いで付け加える。

彼の謝罪を聞いて、アナベルはおもしろそうに口元をゆがめた。彼のことば遣いを責めるつもりはなかった。ショック状態だったのだから。かなり失血しているようだと思い、着ているドレスの裾を裂いて止血に使おうとしたが、胸元に当てた布のことを思い出し、引っぱり出してそれで脚をおおった。

間に合わせの包帯をぎゅっと縛ると商人が鋭く息を吸いこんだので、アナベルは顔を上げて、彼にすまなさそうな笑みを向けた。すると、相手が目をまんまるにして彼女の胸を凝視していたので、一瞬固まった。なめらかな乳房の肉がかなりの分量にわたってドレスからの脱出を試みているのを見おろし、ため息をついて体を起こす。

「この人を城に運びこまないと。傷を縫う必要があるわ」アナベルは言った。

ショーナクはうなずいて口を開いた。荷車でなかに運べと男たちに命令するのかと思ったら、その必要はなかった。数人の男たちがすでにけが人を地面から持ちあげていた。実際のところ、必要以上の大人数だ……そして、その全員が運んでいる男よりもアナベルの胸を見ているようだった。

「やっぱりレディ・マギーのドレスは胸回りを広げることになりそうですね」アナベルと並んで城の玄関に向かいながら、ショーナクが言った。

「そうね」アナベルは静かに同意し、乳房をドレスのなかに押し戻したいのを必死でこらえた。そんなことをすればよけいみんなの目を引くだけだ。それに、どうせちゃんと収まってくれないだろう。また盛りあがってくるに決まっている。とりあえずこの問題を頭から追いやって、アナベルは言った。「針と糸がいるわ」

「お城にはいったらすぐにお持ちします」ショーナクが請け合った。

「膏薬《こうやく》とウイスキーも」アナベルが付け加える。

「ウイスキーですか？」ショーナクが興味を示してきく。

「それで針と糸と患部を消毒するのよ」アナベルは説明した。人間よりも動物相手のほうが慣れていたが、ときおり修道院の女性のなかにけが人が出ることもあって、相手が動物でも人間でも、けがや病気のこととなると、シスター・クララが修道女のなかでいちばん知識があった。そういうとき、アナベルはいつも手伝っていた。だが、実際に自分で傷の手当てをしたことはほとんどなかった。いつも手伝うだけだった。シスター・クララが必要とするものを必要なときに手わたしたり、手当てをされている動物や人を落ちつかせることで。実際に傷を縫うのは今回が初めてになるので、緊張していた。

「どこに運びますか？　テーブルの上は？」城にはいるとショーナクが提案した。

アナベルは架台式テーブルを見てから、ついてきた群衆に視線を戻した……これはたしかに群衆だ。アナベルとショーナクのあとから城にはいってきたのは、商人を運んでいる男たちだけではなかった――事故を見物していた全員が、なかまでついてきたらしい。

どうやら観客が見守るなかで、けが人の手当てをしなければならないようだ。なんてこと、とアナベルは思ったが、ショーナクの質問にうなずいて答えた。「テーブルでいいわ」

5

ロスは盾への最後の一撃でギリーに膝をつかせると、剣を下ろしてうしろにさがった。今は戦の訓練をするのにふさわしいときではないようだ、と顔をしかめながら思う。こんな気分で訓練をつづけていたら、部下のひとりを殺してしまうかもしれない。

「どうかなさいましたか?」ギリーがけげんそうにロスを見ながら盾を下ろし、立ちあがって尋ねた。

「いや」とロスはつぶやいたが、ギリーがしぶしぶまた剣と盾を掲げると、首を振った。「もうやめておこう」

ギリーはあえて安堵を隠さず、緊張をゆるめた。ロスが向きを変えて中庭を横切りはじめると、ギリーはその横を並んで歩きながら言った。「若くてかわいい花嫁を迎えたばかりの男にしては機嫌が悪そうですね」

それを聞いてロスは皮肉っぽく笑った。「若くてかわいい花嫁だと? イングランド人だから悪魔の娘だとおまえは言っていたはずだが」と冷静に指摘して思い出させる。「二番目の娘だから結婚するべきじゃないと言ったのもおまえだぞ」

「ああ、あのときは奥方のことを知りませんでしたから」ギリーは軽く笑みを浮かべて言った。「ですが、帰路についた二日目には自分がまちがっていたとわかりました。アナベルさまはいい娘さんですよ。頭がよくて、好奇心旺盛で……」

「かわいい？」ロスがそっけなく言う。

「はい」ギリーはうなずいた。

ロスはため息をついた。スコットランドに戻る旅のあいだに、小柄な花嫁が、一筋縄ではいかない荒くれ者の戦士たちをたちまちその手中に収めたことは、忘れたくても忘れられない。アナベルは旅のあいだじゅうカササギのようにしゃべりつづけ、あれは何、これは何、と質問し、次から次へといろいろな話を披露した。そのほとんどは、彼の記憶によれば、動物か女性についての話だった……そこでひとつ気になることが出てきた。彼女の父親は娘を城の兵士や村の男たちから完全に隔離していたのだろうか？　彼女の話には父親すら出てこなかった。母親もだ。だが姉妹《シスター》のことはよく口にしていた。シスターがあれをした、シスターがこれをした、というように。

アナベルが話すことすべてに、兵士たちがいかに夢中になっていたかを思い出して、ロスは首を振った。彼女はどんなに退屈な出来事でも冒険に思えてしまうような話し方を知っており、兵士たちは馬にまたがったり火を囲みながら、これまで女を見たことがないのかと思われてもおかしくないほど度を越した熱心さで、じっと彼女を見つめていた。

これまでアナベルのような娘に出会ったことがない、というのが真相だろう。無邪気さと純真さが肌からにじみ出ているような、いつでもとびきりほがらかな娘には。一日雨に降られ、のろのろとしか馬を進められず、鞍の上で弾んだせいで尻が痛むにちがいない日でも、彼女は物事の明るい面を見て笑みを浮かべ、彼女の話はいつでもみんなの心を明るくした。それに、領主夫人らしいあつかいを要求することは、旅の途中一度もなかった。それどころか、毎晩野営の準備を手伝うと言い張った。実際はじゃま以外の何ものでもなかったのだが。乗馬がひどく下手なことからはわからなかったとしても、野営の知識のなさから、これまでまともに旅をしたことがないのだろうと思われた。だが彼女が何事にも果敢に挑戦することは金《きん》より価値があると思えたし、部下たちも明らかに感銘を受けたようだった。

実のところ、彼女の気質についてどうこう言える立場ではないが、旅のあいだの彼女のふるまいが、ロスには非常に誇らしかった。一度も不快さを訴えなかったし、荷造りの時間もなく、自分つきの侍女を連れてこられなかったことはもちろん、着替えのドレスさえないことにも、文句を言わなかった。あらゆることにうまく対処した。テントがなくて、毎晩男たちとともに火を囲んで寝なければならなくても、意見することはなかった。ロスが背後から抱きすくめると、彼の胸に背中を預け、たちまち眠りに落ちた。無邪気な者にしかそんなことはできない。

ロスはといえば、毎晩眠れずに横たわり、彼女の寝息を聞きながら、ふたりきりになれるようにテントを持ってくればよかったと悔やんでいた。毎晩ばかみたいに、テントがあったらどんなことをしていただろうと想像しながら横になっていた。彼女を裸にして仰向けに寝かせ、女が至福の歓びを感じる秘められた場所をすべて見つけ出す。快感のうめきとすすり泣きをあげさせたあと、彼女のなかに自分を埋めて、今度は自分の歓びを追求する。こんな想像をしていてはよけいに眠れなかった。マッケイに着いたらそういう楽しいことがすべてできるのだという確信だけが、ようやく寝付ける程度にうずきをやわらげてくれるのだった。

だが、マッケイに着いたのは真夜中すぎだった。ロスは疲れていたし、アナベルはもっと疲れていた。彼女は到着の何時間もまえから鞍の上で眠りこんでしまったので、落馬しないように彼が自分の馬に乗せたのだった。城に着くころには、ロスは眠っている花嫁を城内に運びこみ、二階の夫婦の部屋に向かうだけで精一杯だった。寝室で彼女の服を脱がして寝かせると、プレードをむしり取ってベッドの彼女の隣にもぐりこみ、疲れきっていたせいでたちまち眠りに落ちた。

それにもかかわらず、ロスは今朝アナベルより早く起きていた。アナベルは毛皮のなかにもぐりこみ、安心しきって眠っていたので、起こすのはしのびなかった。そこで、留守のあいだにあったことの報告を聞こうと、第二の部下をさがしにいった。だが、部下の話に集中するのは至難の業だった。意識は階上で眠っている花嫁へとさまよいつづけ、とうとう中座して階上の彼女に会いにいったところ……今日は水曜日だと釘を刺されたのだ。

新婚初夜に床入り用シュミーズを着る花嫁なのだから、水曜日の性交に異を唱えるだろうと気づくべきだった。たとえ夫婦であっても、日曜日と水曜日と金曜日に性的快楽にひたる者に、教会はいい顔をしない。実際、そういう戒律があると聞いたことがあった。ロスに言わせれば、そんな戒律はばかげているばかりか、自分ができないことをしている人たちをねたむ心の狭い人間が作ったものだ。信徒だけが神の創造物というわけではないし、信徒以外の人びとは特定の日に子作りを控えたりしない。人間がいつそれをするか、神が気にしておられるとは思えなかった。だが、花嫁が教会の戒律を気にしてそれを破りたくないのなら、無理強いするつもりはなかった。そんな状態では行為を楽しむことはできないし、ロスは花嫁に楽しんでもらいたかった。

「それで、そのかわいい奥方がいるのに、どうしてそんなに落ちこんでいるのですか？」ギリーに尋ねられ、ロスはもの思いから引き離された。

ロスはため息をついた。「今日は水曜日なのだ」

ギリーは一瞬とまどったが、すぐに目をまるくした。「ああ」

「そういうことだ」ロスは皮肉っぽく言った。

ギリーは同情するようにうなずいた。「それは残念ですね。この三日間は旅のせいで楽しめなかったわけですし」

「ああ」ロスはみじめな気分で同意した。

「ふむ」ギリーは首を振ったあと、明るく指摘した。「そういえば、われわれの神父はその戒律について話すとき、結婚の床《ベッディング》ということばを使っていましたよ」

「だから？」ロスはわけがわからずに尋ねた。

「ウェイヴァリーの神父もたぶん同じ呼び方をしているはずです」

「だから？」ロスが繰り返す。

「ベッドを使わなければベッディングにならないのでは？」ギリーはきいた。

ロスはその質問に目をしばたたき、考慮したあと、ゆっくりと口元に笑みを浮かべた。

「ええ、そういうことです」ギリーはにやりと笑った。「おれの考えていることがわかったようですね」

「ああ」

「もうひとつあります」ギリーは言った。「たしか彼女は結婚式で、あなたに従うと誓いましたよね？」

「そうだ」何が言いたいのだろうと思いながら、ロスは言った。

「それなら、ベッドのあるなしにかかわらずベッディングだと彼女が反論しても、夫の権限で認めさせることができますよ。なんといっても、神と神父と家族のまえで、あなたに従うと誓ったのですから」

ロスはそれを聞いて眉をひそめた。命令で従わせたくはなかった。むしろその気にさせて納得させたかった。自分の両親のように、花嫁とのあいだに真の絆を築きたかった。不承不承彼の言いなりになる妻はほしくなかった。彼はその考えを口には出さず、向きを変えて城へと向かった。歩きながら、この問題に対処する方法を考えた。アナベルをピクニックに連れていき、城壁の外の森で木の下に毛布を敷いて誘惑することにしよう。キスでぼうっとなるまえに、彼女が冷静に反論してきたら、ここにベッドはないのだから、厳密には夫婦の営み《ベッディング》ではないと指摘してやるのだ。

自分の考えにうなずきながら、ロスは城の玄関の扉を開けて、なかに足を踏み入れた。架台式テーブルのまわりで騒がしく何かがおこなわれていることに気づき、はたと足を止めた。けっこうな数の人びとが集まっており、何かについて声高《こわだか》に抗議していた。

なんだろうと思ってテーブルに近づくと、だれかが言った。「何を考えているんだ？　上等な命の水をそんなふうに無駄にしちゃいかん」

すぐに群衆が口々に同意のことばをつぶやいた。

「言ったでしょ。ウイスキーは患部をきれいにして、ばい菌の感染を防ぐのよ」アナベルの声は鐘のように明瞭で、明らかにいらだっていた。ロスが近づいて群衆の頭越しにうかがうと、妻がまさにテーブルに横たわる男の上にかがみこんでいた。彼が見ていると、妻はコックのアンガスに向かって顔をしかめ、意を決した表情で手を差し出した。「早くよこしなさい、アンガス。ここの女主人であるわたしの命令よ。彼がここで失血死するまえに傷を縫わなければならないの」

むっつりした年配のコックはいやそうに舌打ちをしたが、ウイスキーがいっぱいまではいっているらしいゴブレットをわたしてつぶやいた。「はいはい、わかりましたよ。これで傷をきれいにするといい。でも大広間の床をきれいにするのには使わないでくださいよ」

「それはないわ」アナベルはそっけなく言ったあと、ぎょっとして下を見た。男が急に起きあがって彼女からゴブレットを奪い、酒をごくごくと飲んでしまったのだ。びっくりして目をまるくしながら、男から取りあげたゴブレットのなかをのぞきこむと、どうやら空っぽだったらしく、アナベルは男をにらみつけてきいた。「どうしてこんなことをしたの？　またウイスキーが必要になったじゃないの」

「飲めば傷がきれいになるのかと思ったんだよ」男はまじめな顔で明らかなうそをついた。ロスは男のイングランド訛《なま》りに気づいた。

「飲んでも傷はきれいにならないわ。よくわかっているくせに」アナベルはため息をつくと、アンガスを見てゴブレットを突き出した。「もっと持ってきてちょうだい」

アンガスは腕を組んで目をすがめ、唇をすぼめたので、逆らうつもりなのだろうとロスは思った。顔をしかめ、女主人に歯向かうとは何事かとコックに注意するため、群衆のあいだを縫っていこうとしたが、その必要はなかった。かわいらしいおしゃべりなカササギのような彼の妻アナベルは、いきなりけが人の上に身を乗り出してコックのエプロンの胸当てをつかみ、テーブルのほうに引き寄せながら叫んだからだ。「わたしはおまえの女主人なのよ、アンガス。いいからさっさとウイスキーを持ってきなさい。さもないとこれから新しい職場をさがすことになるわよ。おまえが強情に自分のやり方を通したがるせいで、この人を死なせるわけにはいかないの」

アンガスはあわててうなずいた。「はい、奥さま。すぐに、奥さま」

アナベルはうなずいてコックを放し、足早に去っていくうしろ姿を見てため息をつくと、彼を従わせるためにしてしまったことを後悔しているのでは、とロスに感じさせるような顔つきになった。

妻の下で動きがあり、ロスはアナベルからテーブルの上の男に目を移した。アナベルにのしかかられて男は驚き、やがて不快そうに顔をしかめた。アナベルの胸がけが人の顔の上にあった。けがはたいしたことないようだが、男は眺めを楽しんではいなかった。なんともすばらしい眺めなのに、それを見ても男の機嫌は直らないらしい。ロスは先ほどよりずっと速い足取りで、群衆のあいだを縫いながら進んだ。

「まあ、あなた」腕をつかまれ、テーブルの上にかがみこんでいた体を引き起こされて夫に気づいたアナベルは、驚くと同時にきまりが悪かったらしく、あっと息をのんだ。「わたしはただ――コックが――わたし――」

たったいま夫に目撃されたことを説明しようと、必死でことばを選ぶアナベルだったが、突然乳房に両手を当てられ、何も言えなくなった。ロスはきつい胸元から大きくはみ出したなめらかな肌を手でおおうつもりだったが、なぜか両手はその指令を混同したらしく、大きな丸い乳房を布地越しにしっかりとつかんでしまった。アナベルは首を絞められたような声をあげ、つづいて顔を真っ赤にしたので、ロスはほかの部分に血が通わなくなってしまうのではないかと心配になった。顔と首にすべての血が集まっているように見えたからだ。小声で謝りながら、最初に意図していたことができるように手を移動させて、彼は言った。「着替えたほうがいい」

アナベルが何も言えずにいると、ショーナクがふたりのかたわらに進み出て、ロスに思い出させた。「ここに着ていらしたドレスと、あなたのお母上が遺されたドレス以外、奥さまにはお召し物がないんです。奥さまはお母上よりも胸まわりが豊かでいらっしゃいます。それで、布を胸に当てられていたのですが――」ショーナクは向きを変え、テーブルの上の男を示した。ロスは男の傷に血の付いた布が巻かれているのを見た。

現在の妻の状況はすべて、ここに来るとき荷造りをさせなかった自分のせいだと気づき、ロスは顔をしかめた。一刻も早く彼女を両親のもとから連れ出さなければとあせっていたせいだ……ロスはため息をつくと、集まった興味津々の人びとを見てひと言、「出ていけ」と言った。

そのことばのきびしさ、あるいはその不愉快そうな顔つきを受けて人びとは残らず向きを変え、すぐに玄関扉に向かった。ロスは満足してアナベルの胸から両手をおろし、わずかに緊張を解いた。

アナベルはためらったすえ、咳払いをしてから言った。「アンガスをおどしたのはやりすぎだったとわかっています。でも針と傷を消毒するのにウイスキーが必要なんです。さもないとこの人は脚を失うことになるわ」

「脚を失う？」テーブルの上の男がぞっとしたようにわめいた。

「縫うまえにちゃんと消毒しなかったら、そうなるわ」アナベルはそう言ったあと、彼の腕をたたいて安心させた。「でもそんなことにはさせない。わたしは名人に仕込まれたの。あなたはよくなるわ」

男が顔のまえで揺れる妻の胸をじろじろ見ていたのを思い出したロスは、彼をにらみつけた。男が自分に気づかないので、眉間のしわをさらに深くした。「いったいおまえはだれだ？」

「香辛料の商人です」ショーナクが代わりに答えた。「ジャスパーがこの男の馬を驚かせ、荷馬車をひっくり返してしまったので、けがをしまして」

ロスは小声で悪態をついた。

「ジャスパーというのは？」アナベルが興味を覚えてきいた。

「父が飼っていた犬だ」ロスが言った。「父が亡くなるまではとても優秀な狩猟犬で、父から片時も離れなかった。だが父の死後は手に負えなくなってしまった」

アナベルはまじめな顔でうなずいた。振り返ると、コックが急いで厨房から出てきて、新しいウイスキーのゴブレットを手にこちらに向かっているところだった。「ありがとう」とつぶやいてそれを受け取るころには、先ほどのコックに対するアナベルの怒りは跡形もなく消えていた。

アンガスはうなずき、不安そうにアナベルからロスへ、そしてまたアナベルへと視線を移したあと、向きを変えて安全な厨房へと急いで戻っていった。

「どうやって――うわあああ！」商人は話の途中で大声をあげた。アナベルが脚を縛っていた布をほどき、開いた傷にたっぷりとウイスキーをかけたからだ。商人はいきなり起きあがり、アナベルに向かって手を伸ばした。ひどい痛みをもたらした彼女の首を絞めようとしたのだろうが、ロスがその肩をつかんで無理やりまた寝かせた。

彼の妻は男の行動に気づいてもいないようだった。ただ中身が半分になったゴブレットをショーナクにわたして言った。「針と糸を何分かこのなかに浸してちょうだい」

ショーナクはうなずくと、すぐに言われたことにとりかかり、そのあいだにアナベルはかがみこんで湿らせたばかりの傷を調べた。ロスが商人を押さえつけながら黙って見ていると、彼の妻は慎重に傷を消毒し、ショーナクにわたされた膏薬を塗り、傷口を縫って閉じた。

商人はその試練の終わり近くで気を失った。痛みのせいか、失血のせいかは、ロスにはわからなかった。ただ、男が静かになってくれてほっとした。治療のあいだじゅうわめいたりうなったりしていたからだ。それでもロスは、アナベルが作業をやめて体を起こし、そこが痛むのか、片手を腰にやるまで男を押さえつけていた。

「けが人の手当てがうまいな」ロスは褒めた。真実を口にしたにすぎなかった。彼女の仕事は丁寧かつ正確で、縫い目は細かくてまっすぐだった。商人はいかした傷跡と土産話とともにここを去ることになるだろう。めったにあることではない。感染症で簡単に脚を失っていたかもしれないし、ときには死ぬことすらありうるのに、アナベルの骨折りのおかげで、そのどちらも避けることができたのだと、ロスは確信していた。

「ありがとう」アナベルは腰のまんなかあたりをさするのをやめて、彼に言われたことばのせいで赤くなった顔を隠すように下を向いた。それを見て、ロスは彼女にキスしたくなった。

計画のことを思い出し、ロスは急に向きを変えて厨房のドアに向かった。ドアを開けて頭をつっこみ、コックに注文をどなり終えると、玄関扉に向かった。外に出てあたりを見まわし、呼び止められるほど近くにいる人びとをさがす。ギリーとリアムが近づいてくるのを察知すると、叫ばなくても聞こえる距離まで近づくのを辛抱強く待ってから、商人を運ぶようふたりに指示したあと、城のなかに入れた。

アナベルとショーナクはまだテーブルの上の男のそばにいた。ふたりの声が聞こえるところまでロスが近づくと、商人をどうしたものかと話し合っているのがわかった。

「リアムとギリーに彼を階上の部屋に運ばせる」ロスはふたりの話し合いに割りこんで言った。「そうすれば容体を確認するのに都合がいいだろう。ジャスパーが起こしたことなら、せめてそれぐらいはしなければ」

「そうですね」ショーナクがため息をついて同意した。「ほかの商人たちにこの城は危険だから近づくなと言われないように、なだめておかないと」

「あら、この人はそんなことしないわ」アナベルは断言したあと、心配になってきいた。「そうよね?」

「ほかの城ではもっとささいなことが原因で、そういうことが起こっているらしい」ロスは暗い顔つきで認めた。もしあの男がほかの商人に警告したら、アナベルはずっと母のドレスを着ることになってしまう。彼は妻の露出しすぎの胸元に目をやって眉をひそめた。自分が見ているぶんには楽しいが、ほかの者たちを楽しませたくはなかった。

「わたしがそばについて、世話を焼いてやりますよ」ショーナクが安心させるように言った。ロスはうなずき、リアムとギリーが男を持ちあげて階段のほうに向かうのを見守った。すぐにショーナクがあとを追った。

「わたしも見張っていたほうがいいわね」アナベルはそう判断した。

階段に向かおうとすると、ロスに手をつかまれたので足を止めた。

「いや、それより——」そのとき、厨房の扉が開いて、袋を手にしたアンガスが駆け寄ってきたので、ロスは彼女を離して振り返った。

「さあ、どうぞ、領主さま。用意できましたよ。よりすぐりのものを集めました」とコックは請け合った。

ロスはうなずいて「ありがとう」とつぶやくと、袋を受け取った。空いている手でアナベルの腕をつかみ、城の玄関扉に向かわせる。「さあ、行くぞ」

「どこに行くの？」アナベルはきいた。

ロスは答えなかった。それはあとのお楽しみだ。


「ピクニックね」アナベルは雌馬の上で弾みながら驚いて言った。夫はかたわらで自分の馬に乗っている。「ピクニックなんて初めて」

「おれたちの土地の一部を見てもらうのにいい機会だと思ってね」ロスが言った。「今ではきみのうちなんだから」

わたしたちの土地……そして、うち。そう思うとアナベルの顔に自然と笑みが広がった。生まれてから七年はウェイヴァリーに住み、その後の十四年は修道院に住んだが、ウェイヴァリーを故郷だと思いこそすれ、覚えていることはあまりなかった。修道院にいたっては、わが家だと思ったこともなかった。初めの何年かは、両親が迎えにきてくれるのを、ひたすら待っていた。そんなことはありえないと言った修道院長はまちがっていると思っていた。何年かたってその夢をあきらめ、自分が修道院を出ることはないのだと受け入れてからも、わが家とは思えなかった。いつも場ちがいな感じがし、自分がそこに属しているとか、受け入れられていると感じたことはなかった。アナベルには修道女になるほどの威厳がないのだから。

「それでもなんとかして、あなたが修道女になれるよう導かなくてはなりません」修道院長はそう言って、長いこと苦労してきた。

修道院長はたしかに努力した。必死に教え導こうとすることで、アナベルの人生をみじめにした。アナベルも懸命に学ぼうとした。ほんとうに努力したのだ。だが、いくら一生懸命がんばっても、いつもそれでは足りないのだった。

そこで現在の状況について考えた。ここでもきっとわたしは期待に添えないだろう。その場合、マッケイがいつまでもわが家であるとはかぎらない。夫は自分を遠ざけるかもしれないし、追い払うかもしれないし、あるいは……とにかく、彼に何ができるのかは知らないが、彼女にとってうれしくないことであるのはたしかだ。

そのとき、夫が馬を止めていたことに気づき、不愉快な考えごとはすっと消えた。アナベルは雌馬を止めて、興味深くあたりを見まわした。ふたりは城を取り囲んでいる木の生えていない谷間を抜けて、少しまえから森にはいっていた。そして今は川のほとりの空き地にいた――見たところ小川ではなく、大きくて立派な川だ。夫が馬からおりると、アナベルも手綱を離して馬からすべりおりようとした。ひとりでできたのはそこまでで、ロスが彼女の脇に手を伸ばし、ウェストをつかんで抱きおろした。

彼女を地面におろすとき、互いの体がこすれ合って、ふたりの目が合った。その動きでアナベルのなかに予期していなかった感覚がほとばしった。そのせいで息ができなくなった。でもそれを言うなら、ロスのそばにいるとたびたび息ができなくなる。まるで彼が彼女の体から息を奪う魔法の呪文を唱えたみたいに。

「ありがとう」彼女はうつむきながらつぶやき、足が地面に着くと彼からゆっくり離れた。

「どういたしまして」彼の声は低いうなりのようで、口に出されたことば以外にも伝わるものがあった。彼は自分の馬のところに戻り、毛皮を取ってきてアナベルにわたした。「さあ、ピクニックにふさわしいと思う場所にこれを敷いておいてくれ。おれは食べ物のはいった袋を取ってくる」

アナベルはうなずいて毛皮を受け取った。空き地をざっと見まわして、川辺の草が生えている場所に決めた。毛皮を敷いて振り向くと、コックにわたされた小さな袋を持って、ロスが近づいてきた。

「座って」とロスは言い、彼女が毛皮の上に座るのを待って、自分もその隣に座った。自分のまえに置いた袋を開けてなかをのぞき、うっと声をあげて重いワインの革袋を取り出す。

さらに布に包まれたローストチキン、パン、果物、チーズとつづき、最後にやはり布に包まれたペストリーがいくつか出てきた。

出されたものを眺めながら、アナベルは思わず唇をなめていた。どれもまちがいなくおいしそうだった。でも、このチキンは今夜の夕食になるはずのものだったのかしら？　もしそうだとしても、別のものを焼く時間はあるわよね。

「ごちそうね」アナベルは微笑みを浮かべて言った。

ロスもかすかに微笑んでうなずいた。「コックはさっきのひどい態度の埋め合わせをしたいようだ」

「彼はたしかにウイスキーのことでは頑固だったけれど、わたしもかんしゃくを起こすべきじゃなかったわ」アナベルは静かに言った。

「かんしゃくを起こしてあの程度なのか？」彼はおもしろそうに尋ねた。「おれの母なら、ああいうさし迫った状況ですぐに命令に従わない者には、鞭をくれていただろうな」

アナベルはそれを聞いて目をぱちくりさせた。少なくとも、自分のおこないについて叱責は受けるだろうと思っていたのだ。修道院長があれを見ていたら、まちがいなくアナベルに、最低十二回は自分を鞭打つよう命じていただろう。もう修道院にいなくてよかったと思った。アナベルは痛みが大好きというわけではなく、自分を鞭打つたびにいやでたまらなかったからだ。

「マッケイのことを話して」アナベルが言った。ロスは袋から木皿を二枚出し、それにチキンやそのほかのものを盛った。

「何が知りたい？」と彼がきく。

「何もかも」彼女はにっこりして言った。どういうわけか、それが彼をくすっと笑わせた。アナベルは自分の皿からチキンをひとつ取って食べたが、彼の笑いが収まると、こう尋ねた。

「兄弟か姉妹はいないの？」

「弟がひとりいた」ロスの答えはアナベルを驚かせた。チキンの脚をつかんでかじり、かんで飲みこんだあとに付け加える。「子どものころに死んだが」

「どうして？」彼女はチーズを手にしていることも忘れて、眉をひそめて尋ねた。

「初めての狩りで、イノシシに突き殺された」ロスは静かに言った。

「お気の毒に」アナベルは心から言った。

「ずっと昔のことだ」ロスは肩をすくめながら、こう言い添えた。「妹もいる。こっちは大人になった今も生きている」

「ほんとに？」彼女は興味を惹かれてきいた。

「ああ。ジョーサルだ。隣人のビーンと結婚している」

「ビーン？」アナベルは不思議そうにその短い名前を繰り返した。

「ビーサムを縮めたものだ」彼は説明した。「近隣のマクドナルドの領主だよ。よくここに来るんだ。おれが花嫁を連れて戻ったと妹が知ったら、すぐにきみもふたりに会うことになるだろう。遅くとも明日までには」と皮肉っぽく付け加える。

アナベルはかすかに微笑んでうなずき、彼がチーズとパンを口に放りこむのを見守ったが、彼のことばを聞いて自分の姉のことを考えてしまい、どうしているだろうと思った。ケイトには厩番の青年と幸せになってほしかったし、母の予言は当たらないでほしかった。アナベルはいつもケイトを尊敬し、あがめていたのだ。

「ジョーサルとビーンには子どもがいる。幼いブライソンが」ロスが教えると、アナベルは驚いて彼を見た。

「じゃあ、あなたはおじさんなの？」

彼はうなずいた。「そしてきみはおばさんだ」

アナベルは数回目をぱちくりさせたあと、彼の言うとおりだと気づいた。今は結婚しているのだから、彼の甥《おい》は彼女の甥だった。首を振りながらチーズを飲みこみ、たったひとつの行動で人生がこれほど変わってしまうなんて、不思議なものだと思った。結婚の誓いひとつで家族の数が二倍以上にも増えるとは。

「きみに兄弟はいないのか？」

アナベルはその質問に顔を上げ、急いで首を振った。「いないわ」

「でも姉妹がひとりいるね」

そのことばを聞いて、アナベルは息をのんだ。両親が子どもたちの話題を出さないようにして、アナベルを長女として嫁がせようとしていたのは知っていたが、子どもがひとりではないことを隠そうとするのは、行きすぎのような気がした。

「ええ。姉妹はひとりいるわ。キャサリンよ」彼女は静かに言った。

「どちらが姉なのかな？」

アナベルは頭をたれ、今や目を閉じていた。母ならまちがいなく彼にうそをつき、自分が姉だと言えと助言するだろう。ほんとうのことを話せば彼を激怒させるかもしれないこともわかっていたが、どうしてもうそをつくことはできなかった。

急に食欲がなくなったアナベルは食べ物を置き、チキンの肉汁で汚れた手を洗いに川に行こうと立ちあがった。今朝は靴を履いておらず、そのせいで修道院ではよくトラブルに見舞われていたが、夫は気にしていないようだった。あるいは、彼女を馬に乗せるとき、気づかなかっただけかもしれない。裸足で走るとよく修道院長に小言を食らったが、スカートをたくし上げてそのまま水にはいり、かがんで手を洗うことができるので、今はこのほうが都合よかった。

ずっと便利だわ。手を洗いおえ、体を起こしながら思う。川を見わたすと勇気がわいてきて、アナベルは言った。「わたしは妹なの。ケイトが長女」

ロスが背後に近づいてくるのを感じ、彼女は急いで付け加えた。「でも、姉は勘当されたから、今はわたしが長女よ」

背中に彼を感じ、いつの間にブーツを脱いだのだろうと驚いた。肩に両手を置かれると、彼女は唇をかんでただ待った。

「そのことならもう知っていたよ」両手をウェストにすべらせながら彼は言った。

アナベルは反射的に振り向こうとしたが、彼に抱かれているせいでそれができず、仕方なく肩越しに彼を見て尋ねた。「そのことって？」

「きみが長女ではないことだ」

彼女は眉をひそめた。「それならなぜきいたの？」

「きみがほんとうのことを話すかどうかたしかめるために」

「そう」アナベルはため息をついてまたまえを向き、真実を話すことにしてよかったと思った。だが、すぐに眉間にしわを寄せ、また肩越しに彼を見て尋ねた。「どうして知っていたの？」

ロスは「人びとが話していた」とだけ言った。

「結婚するときには知っていたってこと？」そんなはずはないと思いながらきいた。

だが彼はむっつりしたままうなずいた。

アナベルはどう解釈すればいいかわからないまま、またまえを向いた。そしてようやく尋ねた。「それならなぜわたしと結婚したの？　なぜ契約違反だと言わなかったの？」

「きみがほしかったからだ」

簡潔なことばだったが、アナベルにはまったく意味がわからなかった。わたしがほしかった？　どうして？　太りすぎだし、教育も受けていないし、技術もないのに。いったいどうしてこんなわたしを妻にしたいの？

「どうして？」唇からすべり出たことばは、実際よりも当惑しているように聞こえた。驚いたことに彼は笑っているらしく、背中に彼の胸の振動が伝わってきた。やがて両手がウェストから上に移動し、アナベルは彼の大きなごつい手が布地越しに乳房をつかんでいるのを見て驚いた。

「きみがほしかったからだ」ロスは彼女の耳元で繰り返し、両手でやわらかな肉をもみはじめた。彼は耳にもちょっかいを出して、そっとかんだりなめたりしはじめ、それが乳房への愛撫《あいぶ》と同じくらいの興奮をもたらしたため、アナベルはさらに混乱した。乳房と耳元を同時に愛撫されたことで、お腹とそのもっと下あたりに、何かがはためくような奇妙な感覚が生まれていた。

「あなた？」アナベルは不安になって言った。すると、彼の片方の手が下りてきて、ドレス越しに脚のあいだにすべりこんだので、思わず声をあげた。胸と股をつかまれたまま川から抱えあげられ、背中が彼に押しつけられると、お尻のあたりに硬いものが当たるのがわかった。

ロスは片方の乳房をつかんでいた手を離し、アナベルの頭をうしろに傾けさせて唇を奪った。結婚式の夜に初めて交わしたキスとはまったくちがうキスだった。ふたりの初めてのキスは、結婚式のあとに交わしたもので、初めはやさしかったが、だんだんと激しさを増していった。今度のキスは最初から濃厚で荒々しく、なんであれ手に触れるものをつかんでいないと、まっすぐ立っていられないほどだった。そこで舌で口のなかをさぐられながら、ロスの手の片方に自分の手を重ね、もう片方の手をうしろにまわしてプレードの腰のあたりをつかんだ。

キスをするために顔に添えられていたロスの手はいつのまにか消え、アナベルは乳房に冷たい空気を感じて初めて、その手がドレスのきつい胸元を引きさげているのに気づいた。キスをやめて下を見ると、待っていたように乳房が飛び出しており、その片方を彼が手に収め、せわしなくもんでいた。

「だめ、今日は水曜日よ」アナベルはうめいた。乳首をつままれると、ロスがまだ手を当てている脚のあいだまで、興奮が矢のように走りぬけた。「水曜日に床入り《ベッディング》をすれば戒律を破ることになるわ」

そう言わなければならないのはとても残念だった。彼にされていることを心から楽しんでいたからだ。

「ここにベッドはない」ロスが耳元で言った。彼女がキスをやめたので、また耳をついばんでいたのだ。脚のあいだに入れた手を動かせるように、アナベルを水のなかに立たせたが、手を離すのかと思ったらそうはせず、すばやく何度かスカートをたくしあげてその下に手がはいるようにし、脚のあいだに直接触れた。

その効果はてきめんで、アナベルはうめき声を上げて彼に背中を押しつけた。そのあいだも彼の指は、これまで彼女自身でさえ一度も触れたことのない部分を舞った。これほどみだらに反応したのは、おそらく初めて触れられたからだろう。その部分は彼の愛撫に熱く高まり、触れる指とともに躍っているようだった。

「あなた?」興奮が高まるにつれて、愛撫に合わせて腰を動かすのをやめられなくなり、アナベルは不安になって声をあげた。

「なんだい?」ロスは乳房の愛撫をやめて、もう片方の乳房に注意を移し、すでに熱を帯びたその肉をつかんだりこねたりしたので、アナベルはうめき、彼の唇を求めて頭を傾けた。唇が重なるとほっとして、大きく口を開けて彼の舌を迎え入れた。少しのあいだ自分の舌とからみ合わせたあとは、ただ彼の舌を吸いながらキスをつづけた。

今やアナベルは、脚のあいだに手を当てた彼の腕をつかみ、熱い興奮をもたらす愛撫をさらに求めていたが、指らしきものを突然挿入されて驚愕した。興奮の度合いが耐えられないほどにまで上がり、ぎょっとして声が出てしまった。そのため彼の舌をかんでしまわないように、キスをやめなければならず、そのあとは彼の胸に預けた頭をよじり、息も絶え絶えに意味のないことばを発しながら、彼の手に身をまかせた。やがて、脚のあいだで高まっていた切迫感がいきなりはじけて体じゅうを駆けめぐり、アナベルは快楽の叫びをあげながら体をけいれんさせた。

6

アナベルの体がまだ絶頂にうち震えているあいだに、ロスは急いで彼女を抱きあげ、川から運び出した。濡れたスカートの裾が脚を打ったが、たった今起こったことのせいで茫然《ぼうぜん》としていたアナベルには気にならなかった。

修道院長やガーダー神父のどんなお説教でも、ほかの修道生活志願者たちとひそかに交わした会話でも、彼女がいま経験したようなことが起こるという話は一度も聞いたことがなかった。それはかなりの衝撃だった。こういうものだと知っていたら、多くの女性たちが不安やあからさまな恐怖を感じることなく床入りに臨むだろう。実際、ロスに酔いつぶされたせいで、初めてのときのことを覚えていないのは、ちょっと残念な気がした。

やがて、ロスが毛皮の上にひざまずいて彼女を座らせ、ドレスのひもと格闘しはじめたので、何も考えられなくなった。顔を赤くして、彼の両手を止めようと手を伸ばす。裸を見られるのだと思うと急に恥ずかしくなったのだ。ばかげたことだった。乳房はもう露出していたし、スカートは腰のあたりでからまっていたのだから。

ロスのけげんそうな表情に気づき、全裸をさらしたくないというばかげた感情を認めたくなかったアナベルは、思いつくただひとつのことをした。彼女がほんとうにしたかったこと、それは……彼にキスすることだった。口を押しつけると、うれしいことに彼はすぐにそれに応え、彼女の唇を開かせてしっかりとキスをした。

口づけをしたまま安堵の息をもらし、首に両腕をまわしてしっかりとしがみつくアナベルを、ロスはゆっくりと毛皮の上に押し倒して上になった。彼がまだブレードをつけているのに、脚のあいだに硬くなったものを感じてアナベルは驚いた。だが、その部分に彼の指がもたらす快感を経験したあとなので、恐れずに脚を開いた。すると、たちまち彼のものが濡れた肉の上をすべり、ようやく鎮まっていた先ほどの興奮にまた火をつけられて、アナベルはあえいだ。

その声に気をよくしたらしく、ロスはそれを二度、三度と繰り返した。

「お願い」彼女はうめき、脚を落ちつきなく動かしたあと、本能的に彼の腰にからめた。自分が何をお願いしているのか口にできなかったのに、夫はそれをしてくれた。アナベルは衝撃に目を見開いた。みんなが話していた破瓜の痛みとはこのことだったのか。まるで体のなかに剣を突き入れられたかのようで、アナベルは自分が小さな苦悶《くもん》の声をあげていることに気づき、すぐに抑えた。だが、ロスは彼女のなかにはいったまま動きを止め、顔が見える程度に体を起こした。

「大丈夫か？」心配そうに問いかける。

アナベルは唇をかんだ。〝大丈夫じゃないわ！〟そう叫びたかったが、代わりにうなずき、笑みを浮かべようとした。だが、それはみじめにも失敗したようだった。

「やめたほうがいいか？」とロスはきいたが、そのつらそうな顔を見れば、やめたくないのがアナベルにはわかった。

彼女はためらったあと、こうきいた。「もうすんだの？」

ロスが首を振ったので、アナベルはひどくがっかりした。少しのあいだ目を閉じて、ひどい痛みがやわらぐまで待ったあと、首を振った。「いいえ、やめないで」

ロスは言われたとおりにした。必死で痛みを感じさせまいと、ゆっくりと彼女の体からすべり出たあと、またすべりこんだ。アナベルは痛みを訴えないように、歯を食いしばっていなければならなかった。三たび突かれるころには、こんなことはもう二度としたくないと思いそうになったが、そのときロスがふたりのあいだに手を入れて、また彼女を愛撫しはじめた。

そんなことしないでいいのに、と言いそうになった。何かが変わるとは思えなかった。先ほどの快感はもう消えて、過去のものとなっていた。だがそのとき、残り火が閃光《せんこう》を発し、体のなかに先ほどの興奮が広がりはじめた。アナベルは息をのんだ。興奮が大きくなるにつれて、反対に痛みは消えていく。やがて、ロスが突き入れる動きを止めて、唇を合わせてきた。

アナベルはキスを返した。腰が彼の愛撫に合わせて動きはじめ、彼のものを入れたまま無意識に躍った。

ロスは彼女の口のなかにうめくと、キスをやめて体を起こし、愛撫に集中した。腰を動かすのをやめ、指で彼女を燃えあがらせることにすべての意識を向けてもだめだった。アナベルは今、腰を突きあげて、彼の手に身をまかせながら硬くなったものにも身をゆだねていた。体のなかでまた緊迫感が高まると、両側の毛皮を必死でつかみ、彼の手に向かってさらに腰を突きあげ、それが彼の硬いものをさらに深く受け入れることになった。彼女のなかで高まりがふたたびはじけたちょうどそのとき、ロスは愛撫をやめて彼女の腰をつかみ、最後に一度深く突いて、近くの木々にいた鳥を驚かすほどの叫び声をあげた。

アナベルは立てた膝に肘をつき、手のひらにあごをのせて夫をじっと眺めた。毛皮の上に並んで倒れこみ、彼女を半分胸に引きあげた恰好《かっこう》で、ロスは眠ってしまった。アナベルは自分も眠ろうとしたが、疲れていないことに気づいた。落ちつかない気分でしばらく横になっていたが、やがて慎重に彼の腕から逃れて起きあがった。そして今、ただうっとりと彼を見つめているのだった。

初夜以来、ロスはいつもアナベルよりあとに眠り、先に起きていた。そのため眠っている彼を見るのはこれが初めてだった。興味深い経験だ。眠っているロスの顔は無防備で、やわらかな表情をしていた。そのためずっと若く見えた。死人も目を覚ますほどのいびきもかいていた。今後の結婚生活では、毎晩先に休んだほうがいいだろう。

そう思ってかすかに微笑んだが、アナベルを次女だと知りながら結婚したというロスの告白を思い出すと、微笑みは消えた。それを知って気が楽になったのはたしかだ。少なくとも、彼は怒っていないのだから。だが、結婚に関しての不安がすべて消えたわけでなかった。修道院育ちのアナベルが妻として無能なことを、彼はまだ知らないのだ。

ため息をついて足元を見ると、ドレスのスカート部分は乾いていたが、直しようがないほどしわくちゃになっていたので、思わず顔をしかめた。ドレスの襟ぐりを引っぱりあげて、なんとか乳房を収めようとした。だが、胴着のひもをほどいてやり直さないかぎり、無理なようだった。

ドレスを肩から落とし、急いでひもをほどいたとき、体内から液体が流れ出て、腿の内側をたどるのがわかった。急いで川に浸かって洗い流そうと決め、毛皮の上にドレスを脱ぎすてた。そのときは恥ずかしくはなく、ひどく大胆な気分だったが、川で水浴びをしているあいだにロスが目を覚ましたら、彼に見られながら裸で毛皮のところにドレスを取りに戻らなければならない。川まで持っていったほうがいいだろうと思い、かがんでドレスを拾った。

裾が芝生につかないようにして大きな石の上にドレスを広げ、恐る恐る水のなかにはいった。山から流れてくる水らしく、とても冷たく澄んでいて、なめらかだった。流れも驚くほど速く、足をすくわれないように気をつけなければと思った。

　それを心に留めて、ゆっくりと水のなかを進んだが、腰のあたりまで浸かるのに、それほど時間はかからなかった。岸から急に深くなっていて、一歩進むたびに流れも激しくなるので、それ以上進む危険は冒さず、立ち止まって体を洗い、向きを変えて岸に戻った。

　冷たくていつまでもはいっていられないので、川からあがるスピードは、川にはいったときよりずっと速かった。岸に着くと、そよ風で体が乾くまで待っていられず、冷えた肌をおおうためにすぐにドレスを着ようとした。失敗だった。数分後、ドレスを着ようともがきながら、アナベルはそれに気づかされた。頭からかぶって引きさげようとしたのだが、体が乾いていた今朝は比較的簡単だったその作業が、今はそう簡単にはいかなかった。ウェスト部分が肩と胸のあたりで引っかかり、両手は袖のなかにとらわれ、頭は胴着部分におおわれてしまった。

　小声でぶつぶつ言いながら、せめて両手だけでも自由になれば、ドレスを脱ぐか、胴着部分を首まで引きおろして顔を出すことができるので、袖を引きおろそうとがんばった。そのとき、小枝を踏む音がしてアナベルは動きを止めた。布におおわれたままの頭をめぐらせて耳を澄ますと、一瞬衣擦れの音とまた小枝を踏む音が聞こえて、心臓が止まりそうになった。

「ロスなの？」不安な思いでささやく。いびきはやんでいたので、ひょっとしたら彼が目を覚まして……いやだ、もしそうなら恥ずかしいわ。だが、もしまだ空き地に足を踏み入れておらず、そこに夫婦がいることを知らないほかのだれかなら、注意を引きたくはなかった。

唇をかみながら返事を待ったが、何も聞こえないので心が沈んだ。ロスならきっと答えてくれたはずよね？　苦境に陥っている彼女を見つけて死ぬほど笑っているのでなければ。でも、それなら笑い声が聞こえるはずだ。それに、急に静かになったのはいいしるしではない。さっき耳にした音の主は、先ほどの彼女のささやきを聞いて、その居場所をたしかめるためにアナベルがもう一声発するのを待っているのかもしれない。居場所は絶対に知られたくなかった。見ず知らずの者にはもちろんのこと、夫にもこんな姿は見られたくない。

そうでなければ、あの音は空き地にいた自分たちに忍び寄ろうとしていた者がたてた音で、彼女の声を聞いて警戒し、だれもいないと思わせるために動きを止めたのかもしれない。だが、両腕と胸に鳥肌が立っているということは、まちがいなくだれかが近くにいる。

深呼吸をして、頭をうしろに傾けると、ドレスの襟ぐりから外が見えることに気づいた。それを発見したかしないかのうちに、衣擦れの音が聞こえた。さっきの音よりも近い。だれにせよ、すぐ近くに来ているのだ。とっさに音のしたほうを向き、腰を折って身をかがめながら、頭の角度は変えずに音のした場所を特定しようとした。

大きな人影が向かってくるのがちらりと見えた。アナベルは立ち止まってよく見ることなく、悲鳴をあげて体を起こし、反対方向に向かって一目散に走りはじめた。

ロスは甲高い悲鳴で目覚めた。ぱっと目を開け、すぐに起きあがったが、自分がどこにいるのかを理解するのに時間がかかった。やがて空き地のことや、妻のことや、ようやく床入りの儀がすんだことを思い出した。その記憶で彼の顔に笑みが浮かびそうになったとき、また悲鳴が聞こえ、横を見た。目にした光景に肝をつぶした。だれかが――頭と肩にからまっているのは妻のドレスのようだから、おそらく妻だろう――すごい速さで空き地を走っていた。ドレスのスカートは大事な部分をかろうじて隠していたが、裸の脚はむき出しの状態だ。そんな姿の妻を見てあまりにも驚いたため、彼女を追いかけている人物に気づくのが一瞬遅れた。男だ。大柄で残忍そうな男。プレードと白い綿のシャツ姿の男が、両手をまえに伸ばして、妻を追いかけていた。

ドンという音がして妻のほうに目を戻すと、アナベルが木の幹にぶつかって跳ね飛ばされ、森の地面に倒れるところだった。ロスはすぐさま立ちあがり、戦に向かうまえの雄叫びをあげた。もう少しでアナベルに手が届くというところで、その声に妻の追跡者が振り向いた。向かってくるロスを見た男は、賢い男ならだれでもすることをした……アナベルをその場に残して、全力で反対方向に走ったのだ。

ロスは男が森のなかに消えるのを確認したが、あとは追わずに妻のそばに急いだ。アナベルのことが心配でたまらなかった。激しく木にぶつかったらしく、頭があると思われるあたりのドレスはすでに血で汚れていた。しかも、ぴくりとも動かずに倒れている。どう見ても彼女を最優先にするべきだ。

「アナベル？」ロスは彼女のかたわらの草地にひざまずき、心配そうに呼びかけた。

うめき声が返ってきて、安堵感に満たされた。少なくとも生きてはいるぞ、と自分を安心させ、どれだけひどいけがなのか確認するために、ドレスと格闘をはじめた。結局、からまったドレスを取り去ることはできず、短刀を取り出して頑固な生地を切り裂き、アナベルを救い出した。

頭の傷を見て、悪態がもれた。額のまんなかが早くも盛りあがって大きなこぶになり、醜い黒と青のまだらのこぶの中心にある赤い切り傷からは、血がにじみ出ていた。ロスは彼女を抱えあげて馬のところに運んだ。そこで立ち止まり、プレードと剣が置かれた毛皮のほうに目を移した。また悪態をつきながら彼女を毛皮に運んでそこに寝かせ、シャツとプレードをつかむ。シャツは着たものの、プレードはひだをたたまないまま腰に巻きつけた。そして剣をつかみ、空き地を歩いて馬のところまで行き、鞍についた輪に武器を収めてから、妻を連れに戻った。

だめになったドレスの上に半裸で横たわるアナベルを、毛皮ごと抱きあげた。赤ん坊のおくるみのように毛皮でアナベルを包み、馬のところまで運んで、はたとまた立ち止まった。こんなふうに彼女を抱いたままで馬に乗ることはできない。意識を失っている彼女に小さな声で謝ってから、うつ伏せに鞍に投げあげ、妻の雌馬の手綱を取って、アナベルのうしろに乗りこんだ。

鞍にまたがると、すぐに彼女をまた腕に抱いた。そして馬を急がせて空き地を抜け、城を目指して走った。アナベルをショーナクの手にゆだねなければ。彼女ならどうすればいいか知っているはずだ。

目覚めると、アナベルの頭はずきずきしていた。目を開けようとすると光が襲いかかってきて、痛みがひどくなり、うめき声をあげて急いでまた目を閉じた。頭に手をやろうとすると、途中でがっちりと手をつかまれた。

「ああ、奥さま。それはやめておいたほうがいいですよ。傷はまだふさがっていませんから、痛みが増すだけです」

「ショーナク？」今はまだ目を開けたくなかったので、アナベルは確認の意味で声をかけたが、老侍女の声だということはわかっていた。

「はい。そうです。もうおうちに着きましたから安全ですよ」侍女はなだめるように言った。

「うちに」アナベルはわけがわからないままそのことばを繰り返した。「何があったの？どうしてこんなに頭が痛いの？」

「覚えておられないのですか？」ショーナクがきいた。

アナベルは相手の声にはっきりと心配を感じ取って眉をひそめ、思い出そうとした。しばらくしてからゆっくりと言った。「ロスがピクニックに連れていってくれたの」

「はい」ショーナクは安堵をにじませて言った。

「それで、わたしたち……その……ピクニックをしたの」ほかにふたりで何をしたのかは話したくなかったので、あいまいに言った。そして急いでこうつづけてごまかした。「ロスは眠りこんだわ」

「殿方はピクニックのあとよくそうなります」

〝ピクニック〟ということばを口にしたとき、侍女の声はたしかにおもしろがっていた。ピクニック以上のことがおこなわれたのを知っているのではないかと思ったが、アナベルはつづけた。「それでわたしは川でひと泳ぎすることにしたの」

「川で？」ショーナクは驚いて甲高い声をあげた。「なんてことを。流されなくて幸運でしたよ。二度とそんなことはしないでくださいましね、奥さま」

「しないわ」アナベルは約束した。そのことばにうそはなかったが、ショーナクに警告されたからではなかった。水がひどく冷たかったからだ。そして、川に浸かったあとに起こったことをいま思い出して、もう二度とするまいと思ったのだった。「ドレスを着ようとしたけど、体が濡れていたからドレスがからまってしまったの」

「そうでしたか」その説明でわからなかったことが解明されたかのように、ショーナクが言った。

「そのとき、だれかが近づいてきたような、小枝が折れる音と衣擦れの音がした」アナベルは記憶が戻るのにまかせ、ゆっくりとつづけた。「頭をうしろにそらすとドレスの襟ぐりから外が見えたから、音のしたほうに体をそらしたの」

「そいつを見たんですか？」ショーナクが尋ねた。

「だれかが近づいてきてるってことしかわからなかった」アナベルは顔をしかめて言った。ちらりと見えた記憶があるのは、こちらに向かってくるプレードの帯だけだった。

「イングランド人でしたか？　それともプレードをつけていましたか？」ショーナクが眉をひそめてきく。

「プレードをつけていたわ」アナベルは答えた。

「ふむ」ショーナクが一瞬ことばを切ったので、うなずいているのだろうとアナベルが思っていると、侍女はさらに言った。「そう、領主さまもそう言っておられました。プレードをつけた男だと」

「ロスはその人を見たの？」アナベルは驚いてきき返し、一瞬ぱっちりと目を開けたが、光が目にはいるとふたたび刺すような痛みが頭の奥まで走ったので、また閉じた。

「はい。でも最初に目にはいったのは奥さまだそうです」短い間のあと、侍女はためらいがちに言った。「奥さまは首をはねられた鶏のように、空き地を走っておられたとのことです。

頭にドレスをかぶって、何も見えていない状態で」

「まあ」アナベルはため息まじりに言った。ショーナクの話から浮かぶ光景は、すばらしいものではなかった。彼女はひどく無様《ぶざま》に見えたにちがいない。

「すごい勢いで木にぶつかったと、領主さまはお話しでしたけど？」ショーナクは思い出させるように言った。冒険のその部分を覚えているか確認しようとしているのだろう。

「あれは木だったの？」アナベルは弱々しく言った。「覚えているのは、何か硬いものにぶつかって、すごい痛みが頭に広がったことだけよ」

「ふうむ。もうそこまで思い出されたんですね」ショーナクはほっとしたように言った。

アナベルはなんとも答えず、こう尋ねるだけにした。「夫はその人をつかまえたの？」

「いいえ」ショーナクは答えた。「領主さまは追いかけなかったそうです。あなたを城に連れて帰って、けがの手当てをすることのほうが気にかかっていらしたのでしょう。でも今は部下たちとおもてに出て、あたりをくまなくさがしていますよ。そいつを見つけようと」

「そう」アナベルはつぶやいた。ロスがここに残って彼女が目覚めるのを待ち、無事を確認する代わりに、ショーナクに世話をまかせて出ていったことに、不思議なほど気落ちしていた。ばかげたことなのだろうが、森のなかでふたりがしたことを思えば――。

「領主さまは残りたがったんですよ」ショーナクが付け加えた。「でも、檻《おり》に入れられた動物みたいにいらいらと歩きまわったり、わたしが傷を洗おうとしていると肩越しにのぞきこんだりして、うっとうしいったらないんで、部屋から出ていってくださいと言ったんです。ここから出ていって、ことの張本人をつかまえに行かないなら、作業をやめてコックにあとを引き継がせますよとね。コックは傷の手当てなんかできやしませんからね。そうしたら出ていきましたよ」

「まあ」アナベルはつぶやいた。事情を聞いて少し気分がよくなった。彼は部屋から出ていったものの、心配そうに廊下をうろうろしながら、妻を思うあまり幽霊のようにドアから離れられずにいると聞いたほうが、もっと気分がよくなっただろうが。それもばかげた話だが、ついついそう願ってしまうのだった。

「もう目を開けられますか？」ショーナクが突然きいた。

アナベルはためらったが、ゆっくりと目を開け、すぐにまた閉じた。「だめ」

「もっとゆっくりやってみてください」ショーナクが提案した。「ほんの少しだけ開けて、また少し開けるんです」

彼女は顔をしかめたが、ほんの少しだけ目を開けてみた。痛みはあったが、大きく開いたときほどではなかったので、さらにもう少しだけゆっくりと開けてみた。少し時間がかかったものの、最後にはそれほど苦痛を覚えずにすっかり目を開けることができた。

「よくできました」ショーナクはアナベルを褒め、ベッド脇のテーブルからゴブレットを取って尋ねた。「これを飲んでいただけますか？」

「それは何？」アナベルがきく。

「セイヨウシロヤナギの樹皮の煎じ薬です」ショーナクが言った。「痛みに効きます」

「そう」アナベルはもごもごと言った。シスター・クララとの仕事を通して、セイヨウシロヤナギのことは知っていた。善良なるシスターは痛みをやわらげたり熱を下げるために、よくそれを使っていた。

ショーナクに手を貸してもらって起きあがり、唇に押し当てられたゴブレットから薬を飲んだ。

「これでよし」薬がなくなると、ショーナクはアナベルをまたベッドに寝かせて言った。「薬が効いてくるまで少しお休みください」

「わかったわ」アナベルはつぶやいた。頭の痛みがひどいので、眠って忘れたいと思ったが、こんなにずきずきしていては眠れるとは思えなかった。それでも、目を閉じて体を楽にしようとした。


「何もなしか？」ギリーが空き地にはいってきて馬からおりると、ロスは眉をひそめて尋ねた。彼自身、付近の捜索から戻ってきたばかりだった。道はいくつか見つけたが、妻を追いかけていた男の姿はちらとも見かけなかった。

ギリーは暗い表情で首を振った。「ですが、野営の跡を見つけました。だれかがここの領地を通りかかったようです。あなたのかわいい奥方を見かけ、彼女がひとりだと思って——」肩をすくめたあと、さらに意見する。「あるいは、ドレスに手こずっていた彼女を助けようとしたのかもしれません。ドレスがからまって難儀していたのでしょう?」

ロスはどちらの説にも眉をひそめ、首を振った。「どちらもありうると思うが」としぶしぶ認めたあと、皮肉っぽく付け加える。「最初の説のほうが、二番目よりはありそうだ」

「ええ」ギリーはうなずいたあと、眉を上げてきいた。「でも?」

ロスはためらったが、結局認めた。「ここに戻る旅の途中で、最初の夜にアナベルに近づいた男を見つけられなかったときも、おれはその結論に達した」

「そのことは忘れていました」ギリーが眉をひそめて認めた。

「おれは忘れていなかった」ロスは静かに言ったあと、さらにつづけた。「一度なら、たまたま旅人に出会うこともあるかもしれない。だが二度となると?」

「ふうむ」ギリーはしばらく考えこんでいたが、やがて指摘した。「でも、最初の男はイングランド人のなりをしていたんですよね?」

「おれは見ていない——見たのはそいつがつけた道だけだ。アナベルがあとになってから言ったんだ。ブライズを穿《は》いていたと」ロスがギリーに思い出させる。その晩たき火を囲んで彼女が見たものについてさらに質問したが、自分が見た男はイングランド人の服装をしていた、汚れた白いシャツとブライズ姿だったと、アナベルははっきりと言ったのだった。

「ええ、そうでした」ギリーはうなずいた。「そして今度の男はプレードをつけていたんですよね？」

「ああ」ロスは言った。そしてしぶしぶ認めた。「ふたつの事件は無関係のようだな」

「おそらくは」とギリーが言った。だが今度は彼のほうが疑わしそうだ。

ロスはしばし彼を見つめていたが、やがて首を振って自分の馬のほうに向かった。ここではもう何も見つからないだろうから、アナベルの様子を見にいきたかった。手当てのじゃまだからとショーナクに部屋から追い出されてしまい、大広間を行ったり来たりしていても何の役にも立たないので、仕方なく外に出たのだ。妻を木に追いつめた男の捜索は、老人のように両手をもみしぼりながら歩きまわるよりは、たしかにましな時間の使い方だったようだ。だが、捜索をしても、何も見つからなかった。今は妻に会いたかった……ショーナクが気に入ろうと気に入るまいと。

7

アナベルは眠たげにため息をつき、目を開けた。そして、先ほど目覚めたときその動きがもたらした痛みを思い出して、はっきりと目が覚めた。幸いにも、今回は痛まなかった。実際、遠くからかろうじて聞こえてくる声のような、軽い頭のうずきをのぞけば、気分はよかった。

「気分はどうだ？」

お腹に響く低い声で問いかけられ、驚いて横を向くと、夫をぽかんと見つめることになった。ロスはベッド脇の椅子に座ってもどかしげに身を乗り出し、心配そうに彼女を見つめていた。

「いいわ、あなた」アナベルはそう告げたあと、顔をしかめてつづけた。「なんだかばかみたい」

夫が驚いて眉を上げる。「どうして？」

「だって、自分から木にぶつかって気絶したのよ」アナベルは揶揄《やゆ》するように指摘し、彼女の試練について彼がなんと説明したか、ショーナクから聞いた話を思い出して付け加えた。

おいながら咳をした。

「あんなみっともない恰好で」

ロスは一瞬、唇をゆがめて座ったまま完全に動きを止め、やがて顔をそむけて手で口をおおいながら咳をした。

その動きにアナベルは目をすがめた。なんだか笑いを隠そうとして咳をしたように聞こえる。苦しむわたしを笑っているわけじゃないわよね？　そう考えて顔をしかめたが、すぐに首を振って目を閉じた。ドレスが頭に引っかかったまま、やみくもに走っていたにちがいない自分の姿を頭に思い浮かべると、口元が笑みでゆがんだ。空き地で見知らぬ人影から逃げていたときはおかしいとは思えなかったけれど、今はたしかにおかしいかもしれない……多少は。

「きみを襲った男をさがしてみた」気を落ちつける必要があったのだろう、少ししてからロスが言った。

そろそろと目を開けて、今度は眉をひそめながら彼のほうをうかがった。「わたし、襲われたの？　ただ木にぶつかっただけかと思ってたけど」

「いや、そうなんだが」ロスは説明した。「わめき声で目が覚めたとき、だれかがきみを追いかけているのを見た」

「わめき声？」アナベルはむっとして聞き返した。「わたしはわめいたりしないわ、あなた」

一瞬彼の口が動いたが、また顔をそむけてうその咳をしたあと、ロスはまじめな顔でうなずいた。「悲鳴と言いたかったんだ。おれはきみの悲鳴で目が覚めた」

「ふーん」アナベルは言った。まだ気は治まらなかったが、すぐに興味を惹かれて尋ねた。

「あの人、いったいだれだったの？　あそこで何をしていたの？」

愉快そうな表情がすっかり消えた暗い顔で、ロスは認めた。「わからない。きみを追いかけているようだったが、木にぶつかるのを止めようとしていたのかもしれない。いずれにせよ、彼は逃げた」つらそうに言ったあと、さらにつづけた。「城に戻ってきみの世話をショーナクに託したあと付近を捜索したが、野営の跡が見つかっただけだった。もうこの付近にはいないだろう」

「まあ」アナベルはつぶやいた。そして尋ねた。「じゃあ、わたしを追いかけていたのはたしかなのね？」

「ああ」ロスは首をかしげたあと、こうきいた。「おれが起きるまえに何があった？　そいつに何かされたのか？　それできみは逃げていたのか？」

「いいえ」アナベルはすぐに否定した。不幸なことが起こったと思わせないために。自分がよその男の手で汚されたと彼に思われたくなかった。「あなたが眠ったあと、川にはいったの。そして――」

「川に？」ロスは鋭く話をさえぎったあと、きびしく言った。「川では絶対に泳ぐな、アナベル。まえもって注意しておくべきだった。危険だから」

「ええ、ショーナクにも言われたわ」彼女はなだめるように言った。「もう二度としません。それに、そんなに深いところまでは行かなかったのよ。流れが速いことに気づいたから」

ロスはため息をつき、片手で顔をこすって椅子に背を預けると、うなずいて先をうながした。

「とにかく、体が乾くのを待ってからドレスを着るべきだったわ。でもそうしなかったから、引っかかって、頭と肩のあたりでからまってしまったの」彼の顔に愉快そうな表情を認め、その姿の彼女を思い出しているのだろうと見当がついたが、無視してつづけた。「小枝が折れる音がしたから、あなたが起きて近づいてきたのかと思ったけれど、声をかけても返事はなかった。それでのけぞってドレスの襟ぐりから外を見たら、プレードをつけた大柄な人の姿がちらっと見えて――」彼女は顔をしかめた。「それで、気が動転してしまって。悲鳴をあげて逃げだしたの」

そのあとに何が起こったかは彼も知っているので、話す必要はなかった。

ロスはしばらく無言だったが、やがてきいた。「では、だれなのかはわからなかったんだな？」

「ええ。大きくて、プレードをつけていたことしか」

ロスはうなずいてまたきいた。「そして、そいつはきみに触れなかったんだね？」

アナベルは真剣に首を振った。それには確信があった。音を聞き、人影を目にし、一目散に逃げて、自分から木に激突しただけだ。謎の人物に汚されたということはありえない……。それが目的ではなかったのかもしれない、という気もしていた。すぐ近くにロスが寝ているのにアナベルを襲うのは、賢いやり方ではない。悪いことをするのが目的なら、まずロスに近づいて、殴るか殺すかしていたはずだ。そうされたとしても彼女は気づかなかっただろう、あのときは目が見えていなかったのだから。

「たぶんなんでもなかったのよ」アナベルはため息まじりに言った。「ドレスを着る途中でからまってしまって、何も見えなかったものだから、大げさに反応してしまったのかもしれない。彼がわたしを怖がらせたのと同じくらい、わたしも気の毒なその人を怖がらせてしまったのかもしれないわ」

今やロスは眉をひそめ、とても納得しているようには見えなかったが、正直アナベルはこんなことはすべて忘れたかった。とんだ恥をさらしてしまった。頭にドレスをからませたまま走りまわる自分の姿は、これからずっと夫の記憶に残るだろう。彼に思い起こしてもらうのが、そんな姿の自分だなんていやだった。

アナベルはシーツと毛皮を跳ねのけようとしたが、自分が裸なのに気づいて、すぐにまた引き寄せた。ため息をついて尋ねる。「わたしのドレスはどこ?」

「脱がせるために切ってしまった」ロスが申し訳なさそうに言った。

「そう」アナベルは弱々しく言ったあと、またきいた。「わたしが目覚めたときに着るものを、ショーナクは用意しておいてくれなかったかしら？　階下《した》に行きたいんだけれど」

「なぜだ？」彼は質問に質問で返した。

「寝ていたくないの」とだけ言ってからつづけた。「頭はもう痛くないし、気分もいいわ。それに、もうみんな夕食のために、テーブルに集まっているでしょう」

「いいや」ロスは首を左右に振って言った。「テーブルには集まらないよ。夕食の時間ではないから」

「そうなの？」アナベルはがっかりしてきき返した。そうあるべきではないようだが、お腹がすいていた。今日は一日食べてばかりだったような気がする。風呂を使うまえにペストリーの朝食をとり、商人を助けたあとは、ロスと空き地でピクニックをし、そこで彼に抱かれ、みずから昏倒《こんとう》した。そして今また何か食べたがっている。どうしても。空腹だった。修道院長にいつも非難されていたように、たぶん夫にも食いしん坊だと思われただろう。

「ああ、もうとっくにすぎている」ロスが彼女の物思いをさえぎって告げた。「みんな何時間もまえにすませた」

「まあ」アナベルは空腹でも無理はないのだと知ってひどくほっとし、彼ににっこり微笑みかけた。「それなら、階下に行って、食べるものをさがすわ。でも、まずはドレスを見つけないと――」

「その必要はない」ロスはそう言って、シーツと毛皮ごと彼女を抱きあげた。

まえの部分はシーツと毛皮で隠れているが、裸の背中とお尻にまわされた彼の手がやたらと気になる。唇をかんで、赤くなるまいとしながら、彼の肩につかまっていると、暖炉の右側のテーブルと椅子のある隅に運ばれた。

「きみが目覚めたら空腹かもしれないと思って、ショーナクが食べ物を運んできてくれた」ロスは彼女をテーブルのまえの椅子に座らせて言った。作業を終えた彼が体を起こすと、木の椀《わん》にはいったシチューと、パリパリしたパンと、チーズと、リンゴ酒のゴブレットが用意してあるのが見えた。

「まあ」アナベルは食べ物を見わたしてささやいた。おいしそうだし、お腹もすいているけれど、いぜんとして横に立っているロスをけげんそうに見あげた。「こんなにたくさんあるのよ。あなたは食べないの？」

「食べ物はいらない」彼は意味ありげに告げたあと、付け加えた。「きみが食事をすませたら、おれの渇きを癒《いや》すことにするよ」

彼女が食事を終えて無事にベッドに戻ったら、自分はひとりで階下に行き、男たちと飲むという意味だろう、とアナベルは思った。そう思うとなぜかがっかりした。別に、すべての時間をいっしょにすごしてほしいというわけではない。それに、夫が妻よりも男たちとすごすのを好むというのは普通のことなのだろう——よくは知らないけれど。世の夫は妻とともに暖炉のそばに座るのではなく、男たちとエールを飲みながら、笑ったり語ったりして夜をすごすものなのかもしれないが、アナベルは夫といっしょにすごしたかった。

そんなことをつらつら考えていたら、食欲がたちまちしぼんでいくのがわかった。長いこと置いてあったためにシチューは冷め、チーズは硬くなっていたせいもあった。アナベルはほとんど手を付けずに食べ物を押しやり、毛皮を床に落とすと、古代ローマ人のようにシーツを体に巻きつけて、立ちあがった。

「空腹だと思っていたが」ロスが言った。テーブルと椅子のあいだから出たアナベルに近づき、また抱きあげる。

「わたしもそう思ってた」アナベルはすぐに返し、彼の首に両腕をまわしてベッドまで運ばれていった。

そのことばを聞いたロスは、ベッドの足元で立ち止まり、心配そうに彼女を見た。「また頭が痛むのか？　最初は起きるとひどく痛むだろうから、それに効くものを飲ませたとショーナクは言っていたが」

「飲ませてもらったわ。もう痛くない。食べたくなくなっただけよ」アナベルは肩をすくめて言った。

「気分が悪いわけじゃないのか？」彼がしつこくきく。

「ええ。わたしの心配はいいから、あなたはご自分の渇きを癒しに行ってちょうだい」アナベルは彼を安心させようと言った。

ロスはそれを聞いて満足げにのどを鳴らすと、すぐさま彼女をベッドの足元の床に座らせた。アナベルはちょっと驚いた。せめてベッドに座らせてくれてもいいのに、と憤慨しながら思う。でも、男たちのところに行って遊んでいいと言ったのだから、彼は気兼ねする必要もないのだ……。

その考えがとまどいのうちに消えたのは、ロスがドアに向かわず、ピンをはずしてブレードを床に落としたことにアナベルが気づいたときだった。目をまるくして彼を見ると、彼はさらにブーツを蹴って脱ぎ、シャツをむしり取ってやはり床に落とし、すっかり裸になってしまった。彼女はもごもごと言った。「あの……あなた……何を——？」

ロスがブレードのうえに膝をつき、唇を重ねようとアナベルに身を寄せてきたので、質問はとぎれた。

アナベルはすぐに気づいた。夫が言っていた渇きとは、エールが飲みたいということではなく、妻をひとり残して男たちのもとに行くつもりだったわけでもなかったのだ。唇を奪われながらいつのまにか微笑んでしまったが、今日が水曜日だということを思い出した。今回はどう見てもベッドが必要で、これは床入りではないという言い訳は通用しない。

かなり苦労しながらなんとか彼の唇から逃れてアナベルはささやいた。「あなた？」

「ん？」ロスはのどから胸へと唇を這わせつつ、彼女が指で押さえているやわらかなシーツを両手で引っぱって、乳房をあらわにしながら応えた。

「今日は——ああ！」片方の乳首を口に含まれて、彼女はあえいだ。そして、まだ気力が残っているうちになんとしてでも彼を止めようと、一気に言った。「今日は水曜日よ！」

ロスは愛撫をやめて顔を上げ、にやりと笑ったので、アナベルはすっかり混乱した。「いや。もう真夜中をとっくにすぎた。今は木曜日だ」

「まあ」それだけ言ったところでアナベルの唇はまた彼に奪われた。今度のキスは逃れようとしたところで、逃れることはできなかっただろう。片手で後頭部をがっちりつかまれ、唇と舌でむさぼられるキスだった。

ロスが唇を離すと、彼女は荒い息をしながら、がっかりしたような長いうめき声をあげた。目を開けると、自分がベッドの端に仰向けになっているのに気づいて驚いた。頭を上げると、ロスの頭のてっぺんが見えた。胸の上をすべっていた彼の唇が動きを止め、乳首を片方ずつ吸ったあと、お腹のほうへとおりていく。おへそで止まった舌がそこをぺろりとなめると、アナベルはあっと声をあげ、すぐにくすくす笑った。彼は頭を脇に移動させて、腰骨をそっとかんだ。それがもたらした感覚は、ふざけた気分を吹き飛ばし、ロスが腰骨をたどって腿の付け根に向かうあいだ、アナベルは息を吸いこんで、全身に走る興奮に耐えた。

彼の頭が脚のあいだに沈み、舌でそこをさっとなめられると、アナベルは叫び声をあげ、ぎょっとして体を起こそうとした。反射的に両手を彼の頭に伸ばして押しやろうとする。だがそれはまるで城を動かそうとするようなものだった。夫はそこにがんとして居座り、動こうとしなかった。脚を閉じて彼をはさみこもうとしたが、ロスは両手で脚を押し広げ、彼女から息を奪うような作業を熱心につづけている。

アナベルは彼の頭を押しやるというより、今や彼の髪の毛をつかんでいることに不意に気づいた。痛い思いをさせているのではないかと思って、長くて黒っぽい髪の房から手を離し、体の下のシーツをつかんだ。そのあいだもロスは、司祭に懺悔《ざんげ》したらまちがいなく際限のない苦行が待っているようなことをつづけていた。でもかまわなかった。快楽で人が殺せるなら、ロスは今にも彼女を殺しそうになっていた……終わってほしくない。だが、終わりが訪れたとき、彼女を襲ったのは落胆ではなかった。自分が爆発寸前のところにいると気づいたアナベルは、叫び声をあげ、崖から身を投げるように自分を解放した。すると拷問のような快感が襲い、けいれんと震えがつづいた。

アナベルがまだ余韻にひたっているうちに、夫は体を起こすと、いきり立ったものを挿入しようと、彼女の両膝をつかんでお尻をベッドの縁まで引き寄せた。アナベルは体を開いて彼を迎え入れ、自分から腰を突き出した。彼があわてて引き抜きかけると、締めつけて引き止めた。

ロスに脚をからませたまま体を起こし、両腕を首に巻きつけると、さっき経験したものとはちがうあらたな興奮が生まれた。ロスにかき立てられた緊張がふたたび彼女のなかではじけると、最後にひと突きして勝ち誇ったような叫びをあげながら彼ものぼりつめ、彼女をきつく抱きしめながら、その体のなかに精を注ぎこんだ……アナベルに考えられたのは、〝今日が木曜日でよかった〟ということだけだった。

アナベルはもぞもぞと動いて、かたわらで眠る男性をうかがった。彼は屋根も吹き飛ぶほどのいびきをかいているが、彼女は眠れずに横たわっていた……いびきのせいではない。それは気にならなかった。疲れていなかっただけだ。ショーナクが飲ませてくれた煎じ薬のおかげで、午後から夜までずっと眠っていたので、もう眠れそうになかった……それに空腹だった。

修道院長が知ったら非難するだろうと想像し、アナベルは鼻にしわを寄せた。修道院長はきっと、それは貪欲なことだとお説教するだろう。お説教されて当然だとも思った。いまの状態は、貪欲以外に言いようがないのだから……それに、求めているのは食べ物だけではなかった。ロスを起こしてもう一度愛の行為をしてもらえるなら、食べ物はがまんしてもよかった。だが、彼はひと晩じゅう寝ていなかったので疲れているらしい。

「なら食べ物ね」そうつぶやいてベッドからすべり出ると、消えかかっている火の明かりのなか、あたりを見まわして着るものをさがした。だれが火を熾《おこ》して燃えあがらせたのか、アナベルは知らなかった。おそらくショーナクかロスだろう。最初に目覚めたときに暖炉に火がはいっていたかどうかは覚えていないが、二度目に目覚めたときは火が陽気に燃えていた。

今はほとんどが燃えさしとなって、小さな炎がいくつかあがっているだけだが、部屋のなかの様子をうかがうにはそれで充分だった。残念ながらドレスは一着も見当たらなかった。ロスが切り裂いてしまったという、昨日着ていたドレスもだ。

もう一度ベッドにもぐりこんで、朝食まで待つべきなのかもしれないと思ったが、胃が抗議するようにぐうと鳴った。先ほどロスがテーブルに用意してくれた食事にほとんど手をつけなかっただけでなく、昨日の午後アンガスが用意してくれたすてきなピクニックのごちそうも、わずかにつまんだだけだったことを思い出した。

アナベルはテーブルのほうに目をやり、そこにある食べ物を調べるために近づいた。少し味見してみたところ、残念ながらシチューはますます冷め、チーズはさらに硬くなっていた。

小さく舌打ちをしてベッドのほうに向きなおると、夫のシャツとプレードが目にはいって動きを止めた。次の瞬間、歩いていって両方を手に取る。先にシャツを着てみた。大きすぎて小柄な彼女にはテントのようだが、すっかり体をおおってくれるので、レディ・マギーのドレスよりも見苦しくない。次にすばやくプレードを半分に折り、スカート代わりに腰に巻いた。あたりを見まわして、ロスがプレードを留めるのに使っていたピンが、床の上のイグサに埋もれかけているのを見つけると、かがんでそれを拾い、プレードを留めるのに使った。そして自分を見おろしてみた。

プレードは素足の甲のあたりまであった。これで間に合うだろう。

寝室のドアを開けて外に出ると、廊下は暗かった。あまりに暗くて、足元にあるものが目にはいらず、つまずいてしまった。ドア枠につかまって体を支え、なんとか転ばずにすんだ。目をこらして足元の黒いかたまりを見る。よくは見えないが、低いうなり声を発している。犬だ。もっと正確に言えば、ロスの父親の犬のジャスパーだ、とショーナクに教えてもらった名前を思い出した。この部屋は生前ロスの父親のものだったのだろう。それでこの犬はここで主人が戻るのを待っていたのだ。もう戻らないということが理解できずに。

アナベルは黒いかたまりをじっと見つめて、先代の領主が亡くなってから、この犬はどれだけ手に負えなくなったのだろう、危険なのだろうかと考えた。だが、もし危険ならロスが放っておかないだろうと思い、うなり声を無視してやさしく言った。「どうしたの、ジャスパー？　ご主人さまが恋しいの？」

うなり声がやみ、しっぽが床を打っているらしいぱたぱたという音が聞こえた。だが手を伸ばしてなでたりはしなかった。馬小屋の仕事で動物に接してきて、あまりすばやく動かないほうがいいと知っていたアナベルは、犬にかまわず静かにドアを引いて閉めた。目が慣れてきたので、階下の大広間にある暖炉からもれてくるほのかな明かりのなか、廊下にあるものの形や影が見えた。階段のほうを向き、進みながら小声で言った。「もし来たければ、いっしょに来てもいいわよ、ジャスパー。仲間がいてくれるとうれしいから」

こちらの言ったことを犬が理解するとは一瞬たりとも思わなかったが、犬には自分の名前が呼ばれたとわかっただけで充分だったらしく、立ちあがると、安全な距離を置いて興味深げに彼女についてきた。階段をおりているときは四歩ほどあとを歩いていたようだが、大広間の階に着いて、そこで眠っている人たちをよけて歩きはじめると、少し距離が狭まった。

アナベルは通りすぎながら、眠っている顔を興味津々で眺めた。マッケイに着いてから二十四時間ほどがたったはずだが、けがをした商人の手当てをしたときにいたひとにぎりの人たちとコックをのぞけば、自分が女主人となった城の人たちにほとんど会っていなかった。実際、商人の手当てをしていたあいだそこにいた人たちにさえ、ちゃんと会ったとはいえない。ただ同じ場所にいたというだけだ。それに、いま気づいたが、まだ夫以外のだれともいっしょに食事をしていない。マッケイの人たちにどう思われているだろう。みんなと同じテーブルにつけないほど、お高くとまっていると思われていなければいいのだが。もちろん、彼女が今日けがをしたことは、みんな知っているだろうが、朝食も昼食も彼らとともにしないことに決めたのは彼女ではないと、わかってくれているだろうか？　ロスの彼女のためを思っての判断だったことを？

顔をしかめながら、朝が来たらなんとしてでも大広間で朝食をとろうと決めた。この結婚で自分に課された仕事はうまくできないかもしれないが、少なくともみんなのまえに姿を見せて、マッケイの人びとの上に立つ、立派な女主人になるための努力はしなければ。

まだ二歩ほど間隔をあけてついてくるジャスパーを従えて、厨房の両開きのドアのところまで来た。犬を締め出したくはなかったので、ドアを開けてなかにはいると、脇に寄ってドアを押さえ、ジャスパーがはいってこられるようにした。犬がはいってきてどこかに行ってしまうと、そろそろとドアを閉め、厨房のなかを見まわした。部屋は大広間よりもずっと明るく、ずっと暖かかった。熱すぎるほどで、部屋の奥でまだ火がごうごうと燃え、鍋がかけられているのに気づいたとき、その理由がわかった。

鍋に近づいて何がはいっているのだろうと、なかをのぞくと、何かのスープがぐつぐついっていた。おいしそうなにおいに、一瞬木皿を見つけて少しもらおうかと思ったが、近くにちょうど使えそうな木皿は見当たらなかった。大広間を通って戻る途中でスープをこぼし、何も知らずに眠っているかわいそうな人たちにやけどをさせてしまうかもしれないと思ってあきらめ、ほかをざっとさがした。

やがてアナベルは、食料貯蔵室《パントリー》を見つけ、チーズと果物とロールパンを確保し、ジャスパーを従えて厨房をあとにすると、大広間を引き返した。帰り道の犬は、行きよりもはるかに距離をつめてついてきた。置いていかれまいとするように、踏まれそうになりながらすぐうしろを歩いているのが、なんだかおかしかった。チーズを切るとき、かけらを少し落としてやったのだ。小さな食べ物のわいろがこれほどの効果を発揮するとは驚きだった。犬は飢えたようにチーズをまる飲みし、それ以来彼女のそばを離れなかった。

ジャスパーは廊下で止まって座り、戦利品を持ちなおして寝室のドアを開けるアナベルを静かに見守った。部屋にはいった彼女が、振り返って「おいで」とささやくと、待ってましたとばかりに立ちあがって、犬が部屋に飛びこんできた。

よくしつけられているのがわかって軽く微笑みながら、アナベルはドアを閉め、犬を連れて暖炉のそばの椅子に向かった。彼女が椅子に座ると、ジャスパーは食べ物には断固として目を向けずに、その足元に落ちついた。食べ物をほしがらないようにしつけられているのだと気づいて感心し、ご褒美にチーズをもう少しと果物もやった。ジャスパーは彼女の手をかまないように気をつけながら食べ物を受け取り、どちらもぺろりと平らげると、彼女の膝に頭をのせた。それを誘いと受け取ったアナベルは、頭に手を置いて、いい子ねと言ってやった。その頭をなでながら、しばらく暖炉の火を見つめ、自分の人生がいかに変わったかに思いをはせた。まるで夢のようだ。自分はいつこの夢から覚めるのだろう。

「アナベル」

アナベルはゆるゆると眠りから覚めて、ため息をついた。温かな手が体の脇をすべりおり、シーツと毛皮の下の腰へと向かう。その手がまた上にのぼってきたので、寝返りを打って夫の胸に背中をくっつけると、まわり道をしてきた手が片方の乳房を見つけて愛撫した。

「うーん」熱があふれはじめるのを感じながら、アナベルはつぶやいた。「おはよう、あなた」

「おはよう」ロスはやさしくあいさつし、妻の耳にキスをしてからきいた。「どうしておれたちのベッドに犬がいるんだ?」

アナベルがぱっと目を開け、頭を動かしてあたりを見まわすと、ジャスパーがベッドの裾の隅のほうで寝そべっていた。頭を上げて彼女の目を見た犬がしっぽを振りはじめる。自分に向けられる犬なりの笑顔に、アナベルは唇をかんで笑いをこらえた。

「あなたのお父さまはこの子をここで眠らせていたのね」彼女は申し訳なさそうに言った。ようやく眠れそうになって、ロスの横に戻ろうと思ったとき、ジャスパーはベッドのそばの床に寝そべっていた。おそらく彼女が眠ったあとで移動したのだろう、ベッドにあがったのには気がつかなかった。

「なぜこの部屋にはいれた?」ロスがさらに尋ねる。

「それは」アナベルは困った顔になったが、認めて言った。「わたしが入れてやったの」

沈黙に迎えられたので、付け加える。「この子はお父さまを恋しがっているのよ、あなた」

「こいつは犬だぞ」ロスが冷ややかに言った。

アナベルはベッドのなかで寝返りを打ち、彼の顔を見て言った。「そうよ、でも犬は孤独を愛する生き物じゃないわ。仲間で行動するの。あなたのお父さまはジャスパーの仲間だったのよ。お父さまが亡くなって、ジャスパーは友人を失った。だから手に負えない状態だったのね。また仲間意識を持ちたいのよ」

また沈黙に押しつぶされそうになったのでことばを切り、何かほかに言うべきことはないか考えようとしていたとき、ロスが興味深げに尋ねた。「犬を育てたことがあるのか?」

「いいえ」としぶしぶ答える。犬は飼いたかったが、もちろん修道院長に許してもらえるわけがなかった。

「それならどうしてそんなに犬のことをよく知っている?」彼がきいた。

アナベルはため息をついてから言った。「シスター・クララがとても犬にくわしかったの。結婚していたころ飼っていて、自分の犬のことやその習性とかをよく教えてくれたわ」

「きみの姉妹の名前はケイトだと思ったが」ロスが眉をひそめて言ったとき、ノックの音がした。ドアのほうを見て、「はいれ」とロスが言うと、アナベルは急いで毛皮をあごまで引きあげた。
・すぐにギリーがドアから頭を突き出した。笑顔でアナベルに朝のあいさつをしたあと、ロスに向かって言う。「妹君のところから使者が到着しました。夫君とともに昼にはここに来られるそうです」
ロスはうなずき、礼のことばをつぶやいた。ギリーが頭を引っこめてドアを閉めてから、妻のほうに向きなおると、アナベルはすでにシーツと毛皮を跳ねのけてベッドから飛び出していた。

「何をしている?」けげんそうな声で彼が尋ねる。「ベッドに戻るんだ」

「どうして？」アナベルはびっくりして彼を見た。そして首を振り、向きを変えて彼のプレードをつかむと、古代ローマ人のように体に巻きつけながら言った。「ベッドには戻らないわ。あなたの妹さんが来るのよ。準備をしないと」

「来るのは何時間もあとだ」ロスは笑って抗議した。「ベッドに戻るんだ。今日は木曜日だぞ」

木曜日だからなんだというのだろう。アナベルはけげんそうに彼を見た。そして、胸の上でプレードを押さえながらドアに急いだ。「ドレスを手に入れなくちゃならないわ。あなたの妹さんにお会いしたとき、襟元から胸が飛び出したらいやだもの」

「それは――」とロスが言いかけたところで、アナベルがドアをぐいっと引いて開けた。するとそこには、ノックしようと手を上げた姿勢のショーナクがいた。

侍女は一瞬固まったものの、片手に数着のドレスを持って、すぐにせかせかと部屋にはいってきた。「昨日見つけたなかで、どうにかましなのをいくつか持ってきましたが、どれもお直しが必要です。昨日は奥さまと商人のあいだを行ったり来たりしていたもので、その時間が取れなくて」彼女は申し訳なさそうに付け加えた。

「ええ、それは当然よ」アナベルは理解を示して言いながら、ドアを押して閉めた。「気にしないで。お昼までには一着準備できるわよね？」

「はい」女主人が怒っていないので、ほっとした声でショーナクは答えた。

ベッドからため息が聞こえ、ふたりが目をやると、ロスが毛皮とシーツを跳ねのけて立ちあがっていた。

「おれがベッドにいても意味はないようだな」かがんでシャツを拾いながら、うらめしそうに言う。シャツを身につけると、アナベルのそばに行き、長い飢えたようなキスをした。彼女の手がプレードから離れて彼のほうに伸びる。そこでロスはすかさず唇を離し、プレードを奪って身を引いた。

「これはもらうよ。それに、その姿のきみのほうが好きだ」と言ってにやりと笑う。裸にされたアナベルは、驚いて息をのんだ。

「どう?」ショーナクが長いこと黙りこんでいるので、アナベルは不安になって尋ねた。

「申し分ありません」ショーナクはようやく言った。「胸まわりを広げたなんて、わかりませんよ」

アナベルはほっとして肩の力を抜いたものの、自分が着ている濃赤色のドレスを見おろして、心配そうに尋ねた。「この色、わたしに似合うかしら? こんなに派手な色のドレスは今まで着たことがなくて」

「それなら着るべきですよ」侍女はきっぱりと言った。「この色は奥さまにお似合いです。昨日お召しになっていたピンクは、奥さまには淡い色すぎました」

それを聞いて、アナベルは苦笑いをした。修道院ではいつも、淡い色やくすんだ色が好まれた。修道院長の機嫌をそこねるのが怖くて、だれもこんな派手な色を身につける度胸はなかっただろう。

幸いもうあの人の好き嫌いを気にする必要はないんだわ、と強く心に思いなおし、ジョーサルを迎えるにあたって、ほかに何をするべきかに意識を向けた。問題は、どんなことをすればいいのか、まったく見当がつかないことだった。

ショーナクとともに準備したドレスは身につけた。侍女は髪を結いなおすこともしてくれた。でも、ほかにするべきことって何？

食べ物だわ、と思って尋ねた。「お客さまがいらっしゃることを、だれかアンガスに知らせた？」

「はい。ギリーが階上に領主さまをさがしにいくまえに、コックとわたしに伝えました」侍女が安心させた。「わたしがこちらに向かったとき、アンガスは何をお出ししようか考えていましたよ」

「よかった」アナベルはつぶやいた。でも、準備するものについて、コックといっしょに検討するべきなのかしら？　そんなことをしたら侮辱と取られるだろうか？　食べ物についてはやはりコックにまかせることにしよう。アンガスも気づいているだろうが、この状況で求められているものについては、彼のほうがよく知っているのだから。

そんな思いに顔をゆがめながら、アナベルは残りのドレスを集めているショーナクを手伝おうとした。

「大丈夫ですから、奥さま」ショーナクはすぐに言ったが、アナベルは首を振った。

「いいえ、手伝うわ。どうせ階下に行かなければならないし、階段をおりるときドレスの生地を踏んで転んでほしくないから」

先ほどショーナクは、まだお直しの必要なドレスは、大広間の暖炉のそばにある繕い物用のかごにしまうと言っていたので、時間が許すかぎりふたりで作業をすることができるだろう。果たして全部そのかごに収まるのかしらと思っていたが、心配する必要はなかった。件《くだん》のかごは巨大だった。レディ・マギーは何年ものあいだ、大量の繕い物をしてきたのだろう。幸い、繕い物はアナベルにもできた。もう何年も自分の着るドレスは自分で作ってきたし、破れたりすれば繕ってきたのだ。作業が手早くないことはわかっていた。ショーナクと作業してみてそれがあらためて証明されたが、まっすぐ縫うことぐらいならできる。

「これでよし」ふたりでドレスをしまい終えて体を起こすと、ショーナクが言った。「もう朝食をあがってください、奥さま。わたしがお部屋にうかがったとき、何か食べるものをお持ちすればよかったですね。お腹がおすきになったでしょう」

「大丈夫よ」ふたりで架台式テーブルに向かいながら、アナベルは言った。「ゆうべは食事が遅かったから。でも温かいリンゴ酒をいただけるとうれしいわ。わたし――このにおいはなんなの？」話を途中でやめ、なんとも不快なにおいをとらえた鼻をうごめかせる。

「あのバカ犬ですよ」

アンガスに告げられて、アナベルは声のしたほうを向いた。テーブルと厨房のドアのあいだにコックが立っていた。肉切り包丁をにぎり、怖い顔でジャスパーをにらんでいる。隅にしゃがみこんで、明らかににおいのもとであるものをさらに製造しようとしていた。

「この犬畜生が厨房でやらかして、ひどいにおいにしてくれたんで、追い出したのさ。またやらないともかぎらないからな。ここでやるとは思わなかったが」コックは怒りを絶望に変えながらアナベルに向かって叫んだ。「このにおいのせいで、おれが昼食のために用意しているうまいひな鶏料理が台なしですよ」

「あらまあ」アナベルは暗い気持ちでジャスパーを見ながらつぶやいた。かわいそうに、何か消化器系の病気に苦しんでいるようだ。彼には心から同情したが、具合が悪くなるのは明日まで待ってくれたらよかったのにと思った。

「かわいそうに、ゴードン家の人たちがおいでになって、あのうちの坊ちゃんがチーズをやったとき以来、この犬がこんなにおいをさせたことはなかったんですけどねえ」ショーナクが眉をひそめて言った。

アナベルは罪悪感で身をこわばらせた。「えっ？　チーズ？」

「はい。この子はチーズが好きじゃないようですね。いずれにせよ、胃が受け付けないんですよ。食べるといつも何日も具合が悪くなるんです。だからまえの領主さまは、ご自分以外だれもえさをやらないようにと命じられました。お腹が弱いんですよ、ジャスパーは」

アナベルはそれを聞いて一瞬目を閉じた。この子をこんな状態にしてしまったのはわたしだ。昨夜チーズを食べさせたのだから。なんということをしてしまったの！

「どうしたらいいんでしょう？」コックがみじめな様子で尋ねた。「こいつに何もかも台なしにされますよ」

アナベルは傷に触れないようにしながら急に痛みだした額をさすった。そしてため息をつき、両手を力なく落とした。「この子を中庭に出して、この汚れをきれいにしましょう」

ロスとギリーとマラフは、戦の訓練をする部下たちを眺めながら話をしていた。部下ひとりひとりの長所と短所について話し合い、それぞれの技術を伸ばすにはどうすればいいか検討していると、厩番頭が急いでこちらに向かってくるのが見えた。男は赤い顔をして息を切らしていたが、到着するなりかまわずにまくしたてた。「彼女が消えました！」

「だれが消えたって？」ロスがけげんそうに尋ねたが、男は今の報告で息を使いきってしまったらしく、首を振るばかりだった。やがてかがみこみ、両手を膝に置いて、苦しげに息をした。

「おい、話せ」あまり辛抱強くないギリーが、かみつくように言った。

厩番頭はちょっと待ってくれとばかりに片手を上げたあと、体を起こしてロスのほうを向き、なんとか答えた。「あなたの花嫁が」

「なんだと？」彼は身をこわばらせてどなった。「いったい何を言っている？　アナベルがどこに行くというんだ？」

「イングランドに戻ったとか？」と言ったギリーを、ロスはにらみつけた。アナベルはイングランドに戻るような愚かなことはしない。もしそんなことをしたら首を絞めてやる。彼女はおれのものだ。だいたいどうしてあんなところに行きたがる？　あの冷血漢の両親との生活より、おれとの生活のほうがいいに決まっているのに——。

「ちがいます。花を摘みに行かれたんです」厩番頭はまだ少し息を切らしながら言った。

ロスは理解できないという顔を男に向け、当惑気味にきき返した。「花だと？」

「はい。ジャスパーが腹を下《くだ》したせいで、大広間はひどいにおいなんですよ。掃除をしてもにおいは消えないし、ジョーサルさまたちが来られることになっているんで、奥方さまは花を摘みに……」男の声が小さくなる。ロスはもう聞いていなかった。悪態をついて向きを変え、厩を目指して走っていた。ギリーとマラフが急いであとを追った。

「もう、ジャスパーったら、具合が悪くなるならどうしてチーズを食べたりしたの？」アナベルは手で鼻と口をおおいながら犬に問いかけた。犬がしていることを見まいとして顔をそむけたが、においからは逃れられなかった。

アナベルが城の玄関から出たとき、階段の上で待っていたジャスパーは、すぐに歩調を合わせて彼女の横を歩き、いっしょに厩に向かった。だから、雌馬に乗って中庭を出るアナベルのすぐあとから、彼がとことことついてきても驚かなかった。でも待っていろと命じるべきだったのだ。かわいそうな犬は苦しんでいた。出発以来、彼がしゃがみこんで腸を空にするのはこれで三度目だ。

ジャスパーが用事をすませて姿を現すと、アナベルはため息をついて片手をおろし、雌馬を前進させた。それでも、跳ねるように歩いているところを見ると、もうそれほど具合が悪いわけではないようだ。だが、ほかの人たちはそういうわけにはいかなかった。徹底的に掃除をしたあとでも、城内は涙が出るほど臭かった。アナベルに思いつけたのは、花を見つけてイグサに混ぜ、においを隠すことだけだった。だが、召使いたちは大広間の床をもう一度よく洗い、ほこりを取って磨いたり、突然のお客さまに昼食を出す準備をするために、厨房で忙しくコックの手伝いをしなければならないので人手が足りず、その仕事に出かけられる者はひとりもいなかった……。それに、この事態を引き起こした張本人として、においをごまかすための花は自分が摘みに行こう、とアナベルは決めたのだった。

止められると困るので、ショーナクには自分の計画を話さなかった。だが残念ながら、雌馬に鞍をつけなかったにもかかわらず、だれにも気づかれないまま厩を出ることはできず、老いた厩番頭に行く先を話すはめになった。もちろん領主さまにしかられますからとしつこく反対されたが、アナベルは肩をすくめただけで、かまわず意思を通した。厩番頭が身を挺《てい》して雌馬を止めようとしたときは、自分は城の女主人なのだから従わなければいけないのだと、思い出させなければならなかったが。

老人は顔を赤くしたかと思うと、アナベルにくるりと背を向けて走り去った。おそらく告げ口しにいくのだろう。

今ごろロスはいらいらと歩きまわり、妻が戻ったらどうしてやろうかと考えているはずだ。あまり大事にならなければいいと思った。なんといっても、夫は妻をたたくことが許されているのだから。

「さてと、ブルーベルはどこかしら?」アナベルはあたりを見まわしながらつぶやいた。ロスといっしょにピクニックをした空き地に向かうとき、たしかブルーベルの野原を通った。うっとりするほどいい香りだった。あれをイグサのなかに散らせば、ジャスパーが城内にもたらした悪臭を隠すことができるだろう。見た目もきれいだし。アナベルはそう考えたのだ。

香りがしたと思ったら、前方に花があった。木々の下のあちこちに生えている。野原とは言えないまでもかなりたくさん咲いているので、花畑と言えないこともない。ブルーベルは直射日光に弱く、頭上の枝のあいだからほのかに光が射しこむ程度の日陰を好むのだ。

アナベルは安堵《あんど》のため息をつき、手綱を引いて馬を止めると、鞍をつけない馬の背から森の地面におり立ち、腰に結びつけてきた袋を外した。スコットランドの植物は茎が硬いかもしれないので、念のためナイフを持参していた。花を入れて持ち帰るための大きな袋も。ジャスパーは好きに歩きまわらせておき、さっそく作業を開始した。香《かぐわ》しい花を腕いっぱいに集め、袋に詰めたらまた花を集める。

これで最後と三度目のひと抱えの花を、ぱんぱんの袋に詰めこもうとしていると、視界の隅で動くものがあったので目を向けた。きっとジャスパーだろう。アナベルが馬をおりると、すぐに犬はどこかに歩いていったので、いつ戻ってくるのだろうかと気にしていたのだ。ちゃんとひとりで戻ってきて、呼ばずにすめばいいと思っていた。

だが、ジャスパーではなかった。ブレード姿の大柄な男だった。アナベルは一瞬唖然《あぜん》として男を見たが、ここに来る旅の途中、最初の晩に空き地で近づいてきた男だとわかった。だがあれはイングランドでのことだ。それにあのときはイングランド人の身なりをしていた。これが偶然の遭遇のはずはない。

体を起こして袋を置いたが、ナイフはまだ持ったまま、アナベルはあとずさりながら尋ねた。「あなたはだれなの?」

「静かにしていたほうが身のためだぞ」男は言った。あまりにおだやかな話し方なので、ことばに含まれるおどしにあやうく気づかないところだった。「あんたを傷つけたくはないからな」そう言われるまでは。

そのことばを聞いて心を決めたアナベルは、あとずさるのをやめて、男に背を向け、雌馬に向かって走りだした。もう少しで着くというとき、あと二歩というところで、うしろから男が飛びかかってきた。アナベルは叫び声をあげて倒れ、馬を刺さないようにナイフを自分のほうに向けながら、馬の足元の地面に転がった。その動きで馬はおびえ、鳴き声をあげてうしろ足で立ちあがった。アナベルにできるのは、頭を抱えながら踏まれないように祈ることだけだった。

一瞬ののち、雌馬がおびえた声をあげながらあとずさると、馬が力いっぱい男を踏んでくれるように祈るべきだったわ、と思った。布の裂ける音が聞こえて、仰向けにひっくり返されたからだ。泥のなかに背中からたたきつけられたときは、新しく義理の妹になった女性に会うというのに、これで着るドレスがなくなってしまった、この男はわたしが着られる一着しかないドレスをだめにしている、ということしか考えられなかった。

そう思うと腹が立ち、男に向かって手を振りあげた。ナイフを持っていたことを思い出したのは、それが彼女の攻撃を食い止めようとして男が上げた腕に突き刺さってからだった。アナベルは凍りついて目を見開き、もう少しでごめんなさいと言いそうになった。だが、彼女がそんなばかげた行動に出るまえに、男はけがをしていないほうの腕のこぶしでアナベルの頭をなぐり、一瞬気を失わせた。

低いうなり声とほえ声がして目を開け、かすむ視界のなかに、全速力でこちらに向かってくるジャスパーの姿をやっとの思いでとらえた。男はあわてて立ちあがり、一目散に走り去った。ジャスパーは彼女をかすめてそのまま男を追いかけた。男が犬から逃げきることはできないだろうが、犬が頭を蹴られたりして痛めつけられるのを恐れ、アナベルは「ジャスパー！」と叫んだ。

犬はすぐに呼びかけに応え、とんぼ返りをしそうになりながら止まった。そしてしばらくその場に立って、アナベルを見てから男のほうを見る動作を二度繰り返したあと、向きを変えて彼女のほうにとことこと戻ってきた。

「いい子ね」アナベルはささやき、近くに来て座った犬を抱きしめた。追いかけたいという本能に逆らってまで、命令に従った彼をねぎらうために、軽く抱いてやるだけのつもりだったが、極度の疲労が波のように襲ってきて、体を支えるために犬にもたれることになった。

だが、近づいてくる馬の足音を耳がとらえると、極度の疲労はどこかへ飛んでいった。きっと夫とその部下たちだろう。叱責を受けるのを覚悟して無理やり起きあがった。だが、そうではなかった。近づいてくる人たちのなかに知った顔はひとつもない。アナベルは反射的に手をにぎりしめた……が、手のなかには何もなかった。この外出のために厨房から借りてきたナイフは消えていた。彼女を襲った男の腕に刺さったままなのだ。今ある武器は、足元の犬だけだった。

無防備なのを意識して口を固く結び、あごを上げて、自分のまえで立ち止まった六人ほどの一行を見た。男たちがアナベルを見つめるあいだ、空き地に沈黙が満ちた。それがあまりに長くつづいたので居心地が悪くなってきて、アナベルはとうとう言った。「おはようございます」

どういうわけか、その礼儀正しいあいさつは、何人かの男性からくすくす笑いを引き出した。笑わなかったのはひとりだけで、一行のリーダーらしかった。彼女のことばに眉をひそめて彼は言った。「イングランド人か」

「そうです」アナベルはさらにあごを上げて、用心しながら言った。

〝イングランド人〟ということばを聞いて、ほかの男たちが急に笑うのをやめ、何を考えているのか知らないがじっと彼女を見つめるなか、先頭の男が尋ねた。「ロス・マッケイの新妻ではないだろうな？」

アナベルは固まった。体内を疑惑の念が這いのぼりはじめる。馬に乗った女性が木々のあいだから飛び出し、そのすぐあとにやはり馬に乗った男性がつづくのを見て、はっきりと合点がいって、疑惑ははじけ飛んだ。

「こら、ジョーサル、待てと言っただろう」隣にやってきて馬を止めた女性に、リーダーの男がどなった。実のところ、驚いているというより、いらいらしているような口ぶりだった。少なくとも、彼女のうしろで馬を止めている男性に目を留めるまではそうだった。やがて彼は怒りで声をとがらせながら言った。「おれたちが状況を把握するまで、妻と安全なところにいろと言ったはずだぞ」

「ブロディを困らせないで、あなた」女性が笑って言った。「彼は精一杯やったわ。でもわたしは何が起こっているのか知りたかったのよ。なぜその娘さんが悲鳴をあげたのかも」

このやり取りを聞いて、恐れていたとおりのことになったのがわかり、アナベルの心は沈んだ。全員がけげんそうにまた目を向けてきたとき、反射的に片手を上げて顔にかかった髪をかきあげたが、その手に血がつき、ドレスの袖が濡れて光っているのを見て動きを止めた。

眉をひそめて自分を見おろしたアナベルは、屈辱感に悲鳴をあげたくなった。ドレスは破れ、血と草で汚れていた。泣きじゃくってもいいくらいだ。こんな状態で夫の妹に会うはずではなかったのに。

8

「まずいですね」

傷はないかと妻の裸馬の背中に両手をすべらせ、どこにいたのかを知るために蹄《ひづめ》を調べるマラフを見ながら、ギリーが言った。が、ロスは口元を引き締めただけで返事をしなかった。

彼がマラフとギリーを従えて中庭を出るころには、アナベルは森のなかに消えていた。三人は城を取り巻くせまく不毛な土地を抜け、彼女はこのあたりの地理にくわしくないので、そう遠くには行っていないだろうという考えのもと、跳ね橋をわたってすぐのあたりをさがしはじめた。だが何も見つからないので、別れてもっと遠くまでさがしにいこうかと相談をはじめたところ、アナベルの雌馬が森を抜けてこちらにやってきたので、立ち止まったのだった。雌馬は恐慌状態だった。彼らを見つけると大きく向きを変えて逃げようとしたが、男たちは追いかけてつかまえた。

「何かわかったか？」ロスは調べおえて体を起こしたマラフに尋ねた。

「けがはありませんが、何かにおびえたようです」なだめるように馬の背をなでながら、マラフは言った。「蹄の深くまで黒い土がはいっています」

「ふむ」とつぶやきながら、このあたりで黒い土があるのはどこだろうとロスは考えた。そういう場所はたくさんあった。焦りと不安で胃がよじれそうになりながら命じる。「マラフ、この雌馬を連れてマッケイに戻り、男たちを何人か連れてきて、捜索を手伝わせろ。ギリーとおれは馬が来たほうに向かってみる。もしアナベルが見つかったら——」そのとき、鈴の音のような笑い声が彼の耳に届き、話すのをやめて鞍の上で体をひねった。

「複数の女の声だ」さらに別の女性の笑い声が加わると、マラフが言った。

「ショーナクかな？」ギリーが自信なさそうに言う。

ロスは考えてみてから言った。「厩番頭は妻に同行者がいたとは言っていなかった」

「ええ、そうですね」マラフが同意した。やがて木々のあいだから馬に乗った一行が見えてくると、さらに言った。「女ふたりだけでもないようです」

「ああ」一行をよく見ようと目をすがめながら、ロスはうなった。すぐにそれはマクドナルドの一行だとわかった。

「ああ、ジョーサルさまがいらしたのか」ギリーも一行のことがわかったらしい。「妹君と奥方はあっという間に仲よくなったようですね」

「それならなぜ妹と同じ馬に乗っていないんだ？」小柄な妻が義理の弟の馬のまえに乗っているのを見て、ロスがとげのある声で尋ねた。アナベルが頭をのけぞらしてまた笑うと、黒っぽい髪がうしろになびいて、ビーンのクリーム色のシャツとダークグリーンのプレードに跳ねかかり、ロスは手綱をにぎりしめながらのどの奥で低くうなった。

「よい面を見れば、奥方は無傷で元気のようですよ」ギリーがなぜだかおもしろがっているような声で指摘した。

ロスはうなり声で応じると、一行に合流するため馬を進ませた。

ビーンが最初に彼を見つけた。マクドナルドの領主はアナベルの頭越しに厳粛にうなずいて見せた。ジョーサルは何やらアナベルの話を聞いてにこにこしていたが、夫の動作に気づいてロスのほうを向いた。たちまち口元に大きな笑みが広がり、「お兄さま！」と叫ぶと、必死で馬を走らせてきた。そして、向こう見ずな子どものように、自分の馬から身を躍らせて兄に抱きついたので、ロスはもう少しで落馬するところだった。幸い、ロスは妹のことがよくわかっており、彼女が馬を駆ってきたときから身がまえていた。衝撃に対する準備ができていたし、すばやく妹を胸に抱えたため、ジョーサルは地面に落ちずにすんだ。

「お兄さまの花嫁さん、気に入ったわ」ジョーサルは笑い、息ができなくなるほどきつく兄を抱きしめた。やがて、兄の膝の上に座ると、真顔になって言った。「でも、彼女を襲いつづけているのがだれなのか、早くつきとめたほうがいいわよ。次はこんなに運がいいとはかぎらないから」

ロスは身をこわばらせ、ジョーサルを脇にずらして、妻をよく見ようとした。ビーンは荒っぽい作法で兄にあいさつする妻を辛抱強い表情で見守りながら、おだやかな歩調で馬を進めつづけていた。すぐそばまで近づくと、初めに思ったほど妻が元気ではないことに気づいた。髪の毛は乱れているし、左のこめかみあたりに濃い色のあざができている。おとといできた額のまんなかの傷と同じぐらいの色だ。ドレスは破れ、襟ぐりがゆがんで、胸が露出しそうになっていた。

「これは彼女の血じゃないの」ジョーサルが安心させるように言い、ドレスの赤が部分的に濃い赤になっていることに、ロスは不意に気づいた。右の袖と襟ぐりと身ごろだ。乾いた血。ドレスの色のせいで、よく見ないとわからなかった。

「襲撃者の血か?」ロスは目をすがめて尋ねた。昨日空き地で彼女を追いかけていた大柄で危険な男のような、だれだかわからないやつを相手に、かわいい妻がひとり必死に闘ったのかと思うと、体内に怒りがわきあがる。

「ええ。彼女は男の腕を刺したの。そのあとジャスパーが男を追い払ったのよ」ジョーサルが言った。そこで初めてロスは、ビーンの馬の横を、ジャスパーがとことこ並走しているのに気づいた。犬は頭を上げてアナベルを見ては、前方の道に目を向け、またアナベルを見あげている。この犬がいつもこうやって父を追っていたことを思い出した。犬のなかで、父親の位置は妻に取って代わったようだ。

そんなことを考えていると、ジョーサルがつづけた。「彼女の悲鳴を聞いて、何事かと行ってみたけど、男はもう去ったあとだったわ。男衆は捜索するつもりだったけど、その必要はないと彼女が言ったの。男が現れるたびにお兄さまや部下たちが捜索してるけど、忽然《こつぜん》と消えちゃうみたいだって」

ロスは眉をひそめた。アナベルは昨日空き地で追いかけてきた男を見ていないと言った。ここに向かう旅の途中、彼女が用を足そうとしているときに、男が近づいてきたのはまた別の話だ。どちらのときも男は忽然と姿を消したようだが、三回とも同じ男が関わっていると言いたいのか？　イングランドで近づいてきた男はイングランド人だったし、昨日の男はスコットランド人だ。少なくともアナベルによれば、イングランドの男はイングランド人の服装をしていたという。ロスはその男を見ていない。だが昨日の男は見た。ブレードをつけていたのを確認している。

「妻を返してもらえるかな？」

そうきかれてロスは考え事をひとまず置き、目をしばたたいて義理の弟を見た。彼のまえにもうアナベルが乗っていないのを見て眉をひそめる。あたりを見まわし、彼女がマラフに脚を持ってもらって、雌馬の裸の背に体を引きあげようとしているのに気づいて、彼の顔つきはさらに暗くなった。花を詰めこんだらしいふくらんだ袋を片手に提げている。ロスはすぐに妹を抱きあげて、一・五メートルほど離れた義弟のほうに放った。ビーンが彼女を受けとめたかどうかたしかめるのもそこそこに、馬を妻の馬のそばに寄せた。そして、苦労して馬の背に落ちつき、満足げに息をついた彼女を抱きあげた。

「あなた」アナベルは抗議した。「わたし、ひとりで馬に乗れるわ。けがをしているわけじゃないもの」

「きみのドレスは破れて血がついているし、きれいな顔にまたあざができているじゃないか。けがをしていないなんて言わせないぞ」彼はきびしく言うと、彼女を自分のまえに乗せて、股のあいだに座らせた。彼女が落ちつくと、ほかの者たちについてくるように合図をして、馬を城へ向けた。いきなりスピードをあげ、ほかの者たちより少し先に出てから言った。

「昨日空き地では男を見なかったと言ったな」

「ええ、見なかったわ」アナベルは体をひねり、昨日の出来事を思い起こしてちょっと興奮しながら、彼を見て答えた。「でもプレードは見たし、今日の人も同じ色のプレードをつけていた。大柄なところも同じだわ。それに、彼はここに来る旅の途中、イングランドでわたしを驚かせた人だった。つまり、三回とも同じ人だったんじゃないかという気がするの」

「イングランドの男と同一人物だというのはたしかなのか？」彼はその考えが気に入らないようだ。

「ええ。最初のときはちらっと見ただけだけど、まちがいないと思う」彼女は自信をもって言った。「とても大柄できれいな顔をしていたから」

それを聞いてロスは口元をゆがめた。アナベルがよその男を魅力的だと思っているのが気に入らなかった。ばかばかしい。別に彼女が襲撃者と逃げようとしているわけでもないのに。ジョーサルによると、アナベルは男を刺したのだ。それに、彼自身、顔がきれいだと言われてよろこぶような男ではなかった。

「ハンサムだということか？」彼は言ってみた。

「いいえ。ハンサムなのはあなたよ。彼はきれいなの」これだけははっきりさせておきたいという口調で、彼女は言った。だがロスにはよくわからなかった。

「ちがいがあるのか？」ロスは用心深く尋ねた。

「あるわ」アナベルはわかりきったことだとばかりに言った。「ハンサムというのはたくましくて男らしくて……要するに……ハンサムなのよ」不器用に説明したあと、つづけた。「きれいというのは、目が大きくて、あごが彫刻のようで、髪が目の上にはらりとかかっているような感じよ」そこで少し間をおき、ちょっと考えてから付け加える。「肩や胸にそれほど筋肉がついていなかったら、かわいい女の子に見えてしまうような」

「なるほど」ロスはこらえきれずににやりとした。気づいているにしろいないにしろ、妻はロスのことを性的魅力のある獣だと思っていて、例の美男子は……きれいだけれどとくに魅力的だとは思わない、と言ったのだから。気に入った。

だが、彼の笑みは長くはつづかなかった。襲撃者が美男子だということはいいとして、彼女があげた男の特徴が、昨日彼女を追いかけていた男のそれと合致することについて考えた。

やはり三件ともすべて同じ男ということのようだ。「口はきいたか？」

「ええ」アナベルは答え、記憶をたどった。「スコットランド訛りだった」

ロスは落胆のため息をもらした。ここハイランドの地で注意を引くまいとしているイングランド人であってほしいと思っていたのだ。最初のとき、イングランド人だと思わせようとして、わざわざイングランドの服装をしていたスコットランド人ではなくて。だがスコットランド人だとすると、こうした出来事は花嫁よりもロスのほうに関係がありそうだ。だれかが妻を利用して彼に迫ろうとしているのだ。

「彼は、静かにしていたほうが身のためだと言ったの」アナベルが突然言った。「わたしを傷つけたくないみたいだったけど、傷つけることになった。頭を殴られたのはわたしのせいなの」

「やつを見つけたら、おれが痛めつけてやる」ロスが無慈悲に言った。

「もうわたしがしたわ」アナベルはため息をついて言った。「腕を刺したみたい」

ロスは彼女にまわした腕に力をこめた。彼女の声は後悔しているようだったが、ロスは誇らしかった。おれの妻は戦士だ。

「そんなつもりはなかったの。ナイフを持っていたのを忘れていて……それにねらったのは頭なのよ」彼女は顔をしかめてつづけた。「彼が腕を上げてくれてよかったわ。頭を刺していたら、ひどいことになっていたでしょうから」

「そうだな」ロスは同意した。それなら戦場で一度ならず経験していたが、ねらってしたことだった。耳や目やあごの下へのひと刺しは、とどめの一撃となる。いやなのはナイフを引き抜くときだ。引き抜くときに聞こえる何かを吸いこむような音は不気味だし、目を刺したときは、刃といっしょに目玉が出てきてしまって、それを外さなければならないときもある……それもまた不気味だった。

「昔の争いがらみということは？」ギリーがきいた。

そう質問されて、横とうしろを見やったロスは、ふたりきりではなかったことに気づいた。ギリーとマラフはちゃんとついてきており、話もすべて聞いていたようだった。ロスはギリーのことばに暗い表情になり、またまえを向いた。クランの長をめぐる争いはまだ終わっておらず、だれかがアナベルを使ってロスに領主の地位をあきらめさせようとしているのでは、と言っているのだ。だが、もしそうなら、襲撃者はおじかフィンガルということになる。ロスは空き地で男を見ていたが――「おれの知らない顔だった。クランの者ではない」

「ほかの者に雇われてやったのかもしれません」ギリーが静かに指摘した。

その可能性はたしかにあった。考えたくはなかったが、考えてみた。デレクを殺したことですべての決着がついたと思っていたし、たしかに当時クランの長の座を競い合っていたほかの三人は、競争からおり、矛《ほこ》を収めたように見えた。デレクの亡き父とロスの父は双子の兄弟で、いとこのデレクは年齢を理由に、自分のほうがすぐれたクランの長になると訴えたが、デレクはロスより四歳上なだけだった。デレクが年齢を理由にあげたとたん、残りのふたりのおじ、エインズリーとオウエンがそれぞれしゃしゃり出て、ふたりの若者のどちらよりも、自分たちのほうが年齢も上だし分別もあるのだから、長になるべきだと訴えた。クランの長の座を手に入れようとした最後の人物はフィンガルで、彼は村の鍛冶屋であり、ロスの祖父の庶子だった。彼も同様に、自分にはその座を求めるあらゆる権利があると思っていた。

ロスがデレクと戦って勝つと、三人の年長者たちは全員競争から降りた。デレクはロスを待ち伏せして奇襲作戦に出たのだ。そのときギリーとマラフは狩りに出かけていた。奇襲はデレクに有利には働かなかった。十二人の男たちを兵士として連れてきたことも役には立たなかった。ロスは兵士たちのあいだを猛然と駆け抜け、兵士たちに戦《いくさ》をまかせて後方にいたいとこのもとに向かい、さっさと殺して戦いを終わらせた。これほど臆病な敵将は見たことがなかった。デレクが逃げるために馬の向きを変えようとしたとき、ロスはその胸に致命傷を負わせたのだった。

指揮者の臆病なふるまいを恥じたのか、単なる自己防衛のためか、デレクが死ぬと、すぐに兵士たちは武器を収めてロスに忠誠を誓った。

フィンガルとおじたちも、知らせを聞くと同様のことをした。三人とも、四つ歳上だからといってデレクに長が務まるわけがない、大切なのは指導力と勇気だ、年齢ではない、ということをしきりに主張しようとした。

　おじのエインズリーは、まえの冬に心臓の病《やまい》で他界していたが、オウエンとフィンガルはまだ生きていた。オウエンは村の郊外に小さな農場を持っており、フィンガルは今も村の鍛治屋として働いている。問題は、どちらかがまだクランの長の座をねらっているのか、もしそうなら、アナベルを使ってどうやってそれを手に入れようとしているのか、ということだ。


「ありがとう」アナベルは馬からおろしてくれたロスにつぶやいた。走り寄ってきたジャスパーに手を伸ばし、ぼんやりとなでる。振り返って見ると、ほかの者たちは跳ね橋をわたっているところだった。一行が城に到着するまであとわずかしかない。袋をにぎりしめて城に向かい、ロスとジャスパーがついてきていることを意識しながら階段を駆けあがった。

　大広間のにおいはさっきよりはましになっていたものの、まだ幽霊のようにただよっており、かすかではあるがはっきりと認識できて、かなり不快だった。アナベルは顔をしかめながら、先ほどジャスパーが落とし物をしたさまざまな場所を再度掃除している十人ほどの女たちを見やった。ショーナクをさがすと、侍女はちょうど顔を上げてこちらを見た。女主人といっしょにいるジャスパーに気づいてしばしにらんだあと、アナベルが手にしている袋を見つけると、不快な表情が安堵の表情に変わった。だが、立ちあがるのに難儀するうちに、安堵の表情はしかめ面に変わった。侍女がこちらに来ようと足を引きずってよろよろ進みはじめると、アナベルは心配で眉をひそめながら、急いで駆け寄った。

冷たい石の床に長いこと膝をついているには、ショーナクは歳を取りすぎていた。手伝うのではなく、女たちに指示を出すだけでよかったのに、とアナベルは言おうとしたが、そのまえにショーナクが言った。「ああ、よかった。花を摘んできてくださったんですね。これで――」アナベルの状態が見えるほど近づくと、急にことばを切って、驚きの声をあげた。

「そのひどいけがはどうしたんです？」

「何者かに襲われたのだ」ロスが答えた。その声はあまりうれしそうではなかった。

「またですか？」ショーナクは動揺してきいた。

マクドナルドの一行がもうすぐやってくるというのに、こんなことをしている場合ではないとじりじりしていたアナベルは、答えることを拒否した。「その話はあと。早くこのブルーベルを散らさないと。ロスの妹さんとそのご主人の一行がすぐあとからこちらに向かっていて、今にも玄関からはいってくるというのに、ここはまだにおうわ」

「はい。徹底的にこすり洗いをしましたが、においがなかなかとれなくて」ショーナクが言った。だがその口調は心ここにあらずで、アナベルの額から気をそらすことができないらしく、たまらずこう尋ねた。「また木にぶつかったんですか？」

アナベルはその質問にあきれ、やがてため息をついた。どうもこれは避けて通れないようだ。夫が彼女のけがについて説明する必要を感じ、みんなに告げたりしないといいのだが。

とはいえ、ショーナクには話さないわけにはいかないだろう。彼女がいま何に直面しているかわかってもらわなければ。もっとも、これまでの事件についてはもうみんな知っているだろう。城のなかで秘密を守るのは不可能だ。

「何者かに襲われて、頭を殴られたんだ」ロスが説明した。「ほかにも傷やあざがあるだろう。妻を階上に連れていって、けがの程度をたしかめてやってくれ。そのあとで着替えさせるんだ。おれは――」

「今はそんなことをしているときじゃないわ」アナベルはすぐに抗議した。「このブルーベルを撒《ま》かなくちゃならないのよ。あなたの妹さんとご主人が――」

「花のことはおれがやる」ロスがさえぎって言った。彼女から袋を奪い取り、階段のほうに向かわせる。「ショーナクに診てもらって、着替えさせてもらうんだ……さもないとそれもおれがやるぞ」

間をおいて突然彼女を見おろし、最後のことばを言ったとき、ロスがくすぶるような目つきをしたので、アナベルは思わず目を見開いた。その目を見て、彼に診てもらったらほかにもいろいろなことをすることになり、ショーナクよりもずっと時間がかかるだろうことはすぐにわかった。おそらく彼も裸になるのだろうと思い、一瞬そそられたが、ショーナクがいらいらと舌打ちし、ロスから引き離そうとアナベルの腕を取った。

「あなたがお調べをする時間はあとでたんとありますよ。お客さまがお帰りになってからね」侍女はロスにそう言うと、階段をのぼるようアナベルをせかした。そして振り返り、肩越しに言った。「ご自分でやらないで、その花は侍女たちにわたして撒かせてくださいね。妹君がいらしたとき、ご自分のうちで奥さまに恥をかかせたくないでしょう」

現状を思い起こし、アナベルはかかとを引きずるのをやめて、急いで階段をのぼった。階段をのぼりきり、踊り場を歩きながら、手すり越しに大広間を見ると、夫は侍女のひとりに袋をわたすのではなく、自ら袋を開けて口を傾け、歩きながら袋を振って、イグサの上に花を撒きはじめた。

「大丈夫ですよ」ショーナクがなぐさめる。

「そうね」アナベルは同意し、主寝室へと向かった。

「いまいましい犬ころめ」ドアを閉めるまえにジャスパーが駆けこんできて、ショーナクがつぶやいた。

アナベルは唇をかみ、駆け寄ってきたジャスパーをなでてやった。少ししてから言う。「ジャスパーにつらく当たらないで、ショーナク。お腹を壊したのはこの子のせいじゃないの。具合が悪くなるとは知らずに、わたしがチーズを食べさせたのよ」侍女がその話を理解するまで待ってからつづけた。「それに、森のなかで襲われたとき、わたしを助けてくれたのはこの子よ」

ショーナクはしかめ面を少しやわらげ、ため息をついて言った。「今朝のお湯がまだたらいにはいっています。もう冷めているでしょうけど、それでがまんするしかありませんね。奥さまがドレスを脱いで体を洗っているあいだに、何か着るものをさがしてきます。そのあとでおけがの具合を調べて、お着替えを手伝います」

言われたことで頭がいっぱいになり、アナベルは目を見開いた。何か着るものをさがす？　わたしが持っているのはロスの母親のドレスだけで、それらはみんな胸まわりがきつすぎる。着るためには――。

「ここに来るとき着てきたドレスはもう洗濯がすんでいるかしら？」期待をこめてきいた。

「まだです。申し訳ありません」ショーナクが謝る。

侍女はベッドのそばの大きなかごのところに行った。たしかあれは大広間の暖炉のそばにあった、修繕可能なドレスをすべて入れたかごだ。アナベルは気づいていなかったが、彼女が意識を失っていたあいだ、ショーナクはかごをここに持ちこんで作業をしていたのだろう。

「昨日すませておくべきだったんですけどねえ。そうすればもう乾いていたでしょうし」ショーナクは残念そうに言って、かごに残ったドレスをかき分けはじめた。「でも、あの商人の様子を見たりしているうちに、今度は奥さまが事故にあわれて。いま奥さまが着ておられるドレスの胸まわりを大きくするだけで手いっぱいだったんですよ」

「それをわたしはまただめにしてしまったのね」アナベルはそう言ってため息をつき、悲惨な状態のドレスを見おろした。

「いいんですよ。何か見つかるでしょう」ショーナクはそう言ったあと、辛辣に付け加えた。「奥さまの胸がドレスに収まりきれなくて、ロスさまがそれを気に入らないとしても、荷造りの時間も与えずに奥さまをここに引きずってきたあの方のせいなんですからね」

ショーナクの声にいらだちの響きを聞き取ったアナベルは唇をかんだ。すべてはロスのせいだと侍女は非難しているが、荷造りの時間を与えられなかったのは事実としても、どのみち荷造りするような持ち物はなかったのだ。すべてを侍女に打ち明けるべきか悩んでいると、ショーナクがアナベルのほうを見て、女主人が立ち尽くしているのに気づいた。

「水が冷たすぎますか？　新しいお湯を持ってこさせましょうか？」眉をひそめて尋ねる。

「いいえ」アナベルはすべてを告白したいという思いをやりすごし、たらいのほうを向いた。水差しに残ったお湯を朝からある冷めたお湯に注ぎ、すばやくドレスを脱いで、胸や両手や腕に飛び散った血を洗い落とす作業に取りかかった。忙しくしていたので、ショーナクがドレスを置いて手伝いに加わっていたのに気づいたのは、侍女が口を開いたときだった。

「ここにひどいあざがありますね」ショーナクが背中の下のほうに指をすべらせながら、心配そうに言った。

「地面に押し倒されたときにできたんだわ」アナベルはつぶやき、首をひねって見ようとしたが、見ることはできなかった。

「痛みますか？」ショーナクがきく。

「いいえ」アナベルはうそをつき、ショーナクが信じていないようなので、さらに言った。「そうね、ちょっと痛いかもしれないけど、すぐによくなるわ」

「ふむ」ショーナクは聞き流し、彼女の顔をじっと見た。「頭はいかがですか？　痛みますか？」

侍女の眉を上げた表情を見て、アナベルはもううそをつくのはやめることにした。「ええ。ちょっとずきずきする」

「階下に行ったら、またヤナギの樹皮の煎じ薬を作ってさしあげましょう」とショーナクは決め、自分が選んだダークブルーのドレスに注意を向けて言った。「これがいちばんましなドレスです。破れもほころびもありません」

「そのドレスの胸まわりが、ほかのより余裕があるといいけど」アナベルはつぶやいた。


「では、きみの奥方はひとりのスコットランド人に三度も襲われたのか？」

ロスは義弟のほうを見た。ビーンは考えこむような顔つきで座り、エールのジョッキを両手でぼんやりともてあそんでいた。

アナベルとショーナクが階上に消えたあと、ロスはブルーベルの花を撒き、侍女のひとりに命じて飲み物を出すようコックに伝えた。指示を出してすぐに、妹とその夫がはいってきた。ロスは彼らを歓迎し、座らせたところで、注文の飲み物を持った召使いが急いで大広間にはいってきた。そして今、三人はロスの妻に起きたことについて話し合っていた。

「ああ」ようやくロスが言った。「そのようだ」

「クランの長の座をめぐる、昔のいさかいがらみだろうか？」ビーンが尋ねる。

「ギリーもそう言っていた」ロスは認めた。

「でも、ちがうと？」彼の声に疑念を聞き取ったらしく、ビーンが尋ねる。

ロスは肩をすくめて言った。「アナベルを使って長の地位を得ようという考えが理解できない。彼女が安全に暮らせるなら地位を降りるのもやぶさかではないが、彼女に触れようとするやつは、だれであろうとおれが戦いを挑んで殺してやる」

「そうだな」ビーンはにやりとしてうなずいた。「きみの言うとおりだ。意図がわからん」

「意味なんてないのよ。オウエンかフィンガルがそんなことをするほど愚かじゃないなんて言うつもりはないし」ジョーサルが冷ややかに言った。「オウエンおじの頭がさえていたことなんてないもの。それを言うならフィンガルもね」

妹の辛辣なことばを聞いて、ロスはかすかに微笑んだ。「フィンガルが聡明かどうかなんて、どうして知っている？　彼に会ったことがあるのか？」

「いいえ。でも、お兄さまから長の座を奪おうとするなんてばかだけよ」

ロスは妹の信頼を得ていることににっこりし、ビーンのほうを見てから言った。「長の座が目的でないなら、ほかに何がある？　彼女はスコットランドに敵がいるのだろうか？」

ロスはそれについて考えたあと、ゆっくりと首を振った。「彼女はまだ敵を作るほど長くここにいない」

「それならイングランドから来た敵なのでは？」ビーンが意見したあと付け加える。「襲撃者がスコットランド人らしいということはわかっているが、イングランド人に雇われたのかもしれないぞ」

「そんなことがあるだろうか」ロスは疑わしそうに言った。「心のやさしい娘だぞ、アナベルは」

「それは関係ないだろう」ビーンはあっさりと言った。「きみもやさしい心の持ち主だが、敵はいる」

ロスは身をこわばらせ、義弟をにらんだ。「おれがきみの家できみを侮辱するか？　いや、しない」彼は自問自答した。「だからおれの家でおれを侮辱しないでくれ、よろしくたのむ。おれは心やさしいわけじゃない。公平ではあるかもしれないが、心やさしくはない」

ビーンはむきになった義兄のことばにくすっと笑った。「よくわかったよ。きみは公平であって、心やさしくはない」

「うむ」ロスはつぶやき、わずかながら落ちついた。心やさしいだのなんだのと吹聴されたくなかった。クランの者たちにやわになったと思われてしまう。

「アナベルにはいなくても、彼女のお父さまには敵がいるかもしれないわ」ジョーサルが言った。「わたしたちが小さいころ、一、二度訪ねてこられたわよね。まだお父さまとの友情が消えるまえのことよ。もしかしたらそのときに、ここスコットランドでだれかを怒らせたとか」

ロスはその考えを聞いてうなった。ロード・ウィズラムは二度マッケイを訪れていた。どちらもロスの父の命を救ってから五年以内のことだ。当時は彼の父も一、二度ウェイヴァリーを訪れたはずだ。だが、両家のあいだの距離や、家庭内での責任、それぞれの地位のせいで、それ以上の交際はかなわなかった。長い年月のあいだに彼らの友情が冷め、自然消滅を迎えたのも驚くことではなかった。

「ロード・ウィズラムが最後にスコットランドに来たのは十五年以上まえだぞ、ジョーサル」今度はロスが指摘した。「あの男が行く先々で敵を作るのはまちがいないが、十五年も恨みを持っているというのは長すぎる」

ビーンが片方の眉を上げた。「彼女の父上が嫌いなのか？」

「父親も母親も気に入らないね」ロスは重々しく白状した。

「どうして？」すぐにジョーサルがきく。

ロスは眉をひそめ、あれこれ考えてから言った。「彼女に冷たいし無関心なんだ。シーツを確認したあとは、あからさまにおれたちを追い出しにかかったし、それに……」

「それに？」兄が口ごもったので、ジョーサルが先をうながした。

彼はためらったが、結局言った。「初夜に見たんだが、彼女の背中にはみみず腫れがあった。最近鞭で打たれた痕だ。古い傷痕もあった」

ジョーサルは嫌悪感を顔に表して座りなおした。

「だが」ロスはつづけた。「これほど長くあの男に恨みを持っていて、彼の娘を使って恨みを晴らそうとする人間がいるとは思えない」

「それで、襲撃は彼女がここに来たせいで起こったという考えに戻るわけか」ビーンが冷静に言った。

「ああ」ロスは顔をしかめた。自分のせいで妻が痛めつけられたのが気に入らなかった。彼女を守り、愛情を示すこと以外何も望んでいないのに、彼女を傷つけ悩ます原因が自分にあるとは皮肉なものだ。たしかに、夫婦の契りを交わすために彼女を空き地に連れていかなかったら、彼女は木に激突することもなかったのだ。

ショーナクが現れて階段を駆けおり、大広間を横切って厨房に向かったので、ロスはそちらに気をとられた。侍女を目で追ったあと、階段に目を向けた。妻が出てくる様子がないので、彼は失礼すると言って立ちあがり、大股で厨房に向かった。

ロスがはいっていくと、ショーナクは火にかけた大鍋のまえで、湯気のたつ液体をすくってゴブレットに注いでいた。侍女はおたまを鍋に戻し、樹皮のかけらのようなものがはいったゴブレットのなかの液体をかき回しはじめた。ロスはそばに寄って、彼女がこしらえている飲み物をのぞきこんだ。

「それはなんだ？」

「ヤナギの樹皮のお茶、アナベルさまの頭痛のお薬です」と答えたあと、ショーナクはしかつめらしくつづけた。「戻る途中でお話しするつもりでしたが、奥さまから謝罪を言付《ことづ》かっています。今夜は夕食をごいっしょできないと」

「なぜだ？」ロスは侍女が作っている飲み物を見てさらにきいた。「頭が痛むからか？」

「ええ、ですが、それが理由ではありません」侍女はため息をついて言うと、首を振った。

「すべてわたしのせいです。奥さまのドレスを洗っておくよう侍女のひとりに命じるか、もっと早く繕い物をして、一着ではなく二着のドレスのお直しをすましておけば……」また首を振る。「せめてこれを奥さまにお持ちしようと思いまして。痛みが治まりますから。今できることといえばこれくらいしかないので」

ロスは侍女から飲み物を取りあげ、ドアに向かった。「おれが持っていこう」

9

アナベルはうっかり針で自分を刺してしまい、痛みに声をあげた。ずっとこらえていた涙が頬を流れ落ちるのがわかった。傷ついた指を口に入れたが、針で刺した痛みよりも自己憐憫《れんびん》からくる涙なのはわかっていた。

ほんとうに、今日はさんざんな日だった……その最悪な部分は、いまいましいことにすべて自分の失敗が原因だった。まず、ジャスパーにチーズを与えたせいで、大広間を悪臭で満たしてしまった。そのあとは森のなかで襲われた。だれかを連れて出かけていたら、おそらくは起こらなかったことだ。そして今は、手元にあるドレスを着るには胸が大きすぎるせいで、階下の人たちの仲間に加われずにいた。

膝の上のダークブルーのドレスをうらめしげに見おろした。着てみたところ、ドレスはとても美しかった……きつすぎて乳房がかなりはみ出てしまい、乳首まで見えてしまうことをのぞけば。そのあとに着てみたのは、ショーナクが選んだ緑色のドレスで、少しばかり裾を繕う必要があったが、それも同じようなものだった。別のドレスをさがそうと、急いでかごのところに戻る侍女に、アナベルはもういいからと言った。どうせどれも胸まわりが小さすぎるのだ。人前で着られるようにするには、すべて脇にマチを縫い足さなくてはならないだろう。それがすむまでは階下に行けないということだ。

ショーナクは自分もそう思うとしぶしぶ認めた。そして、アナベルの痛みに効くお茶を階下に取りにいき、戻ったら繕い物を手伝うと宣言した。ふたりでやれば、きっと早く終わるでしょうから、と励ますように付け加えて。

アナベルは同意してうなずいたが、ふたりでやったとしても、終わるまでに何時間もかかることはわかっていた。裾を切り取って縁をかがり、切り取った布をマチにして、ドレスに縫い付けなければならないのだ。ショーナクは仕事の速いお針子だったが、アナベルはちがった。作業が終わるころには、ジョーサルとその夫はとっくに帰ってしまっているだろう。

そう考えて、みじめに洟《はな》をすすった。ロスの妹に会うまえは気おくれしていたが、空き地で彼女とマクドナルドの領主のビーンに事情を説明した短い時間で、すっかりジョーサルが好きになっていた。その気持ちは、夫とその部下に出会うまで、彼らの一行と馬に乗っていたあいだもつのるばかりだった。

ジョーサルのような人には会ったことがなかった。明るい太陽のような娘で、楽しそうによくしゃべり、大きな声で笑った。大笑いをするおしゃべりなジョーサルが修道院にいたら、修道院長に忌み嫌われていただろう。アナベルと同じくらいたくさんの時間が罰に費やされたにちがいない。そう考えるとますますジョーサルのことが好きになった。階下に行って義妹夫婦とともにすごしたくてたまらなかったが、がまんして階上に残り、ブルーのドレスを人前で着られるようにするために、脇にはめこむマチを縫っている。

そのうえ頭痛がひどくなってきていた。ショーナクが早くヤナギのお茶を持ってきてくれるといいのだが。

そう思ったとき、ドアの開く音が聞こえた。アナベルはほっとして、そちらに顔を向けた。老侍女が部屋を横切って近づいてくるのだろうと思ったら、ロスだった。アナベルは目を見開き、急いで顔をそむけると、手にしている布地で頰に残る涙の跡を拭いた。平静な顔つきを心がけながら、夫に向きなおる。

「ショーナクに持ってこさせればよかったのに。あなたは階下で妹さんやビーンといっしょにいなくちゃだめじゃない」無理に笑みを浮かべてたしなめた。

「しばらく放っておいても大丈夫だよ」ロスは心配そうに目をすがめて言った。「それより、泣いていたようだな。そんなに頭が痛いのか？」

「大丈夫よ。ショーナクが作ったヤナギのお茶を飲めばすぐに治まるわ。それがそのお茶よね？」

「ああ、そうだ」彼は妻にゴブレットをわたし、飲み干すのを見届けてから空のゴブレットを受け取った。だが、部屋から出てはいかず、左右の足に体重を移動させながら尋ねた。

「ショーナクから聞いたが、きみがおりてこないのはドレスが理由なのか？　だが、それほど見苦しくはないんだろう？　階下に来てみんなで話を——」

アナベルが立ちあがり、両手を脇におろすと、不意にロスのことばがとぎれた。さっきまで繕い物で隠れていた胸は、今や緑色のドレスの襟ぐりの上にあらわになっていた。ロスの唇は語ることができなくなり、代わりに語っていたのは目だった。その目は顔から飛び出しそうになりながら、この光景を取りこもうとしていた。

「ああ、そうか、なるほど。これは……」ロスは話しながら片手を彼女のウェストに当てたが、その手はそのまま上に向かい、生地の上に見えている片方の乳首に人差し指を軽くすべらせた。「これは……」

「品がないでしょう？」彼の指がまた乳首に触れ、アナベルは息を弾ませながら言った。

「きれいだよ」彼はつぶやき、かがみこんで彼女にキスをした。

アナベルは唇を奪われながら、彼の口のなかにため息をもらした。彼にしなだれかかり、おのずと口を開きながら、わたしにはこれが必要だったんだわ、と気づいた。彼からキスと愛撫を受けるたびに、よけいな考えや不安はすべて心から拭い去られた。それこそいま彼女に必要なものだった。今朝の事件のおかげで、かなりの敗北感を覚えていたからだ。城や使用人を管理することが、自分にとってかなりたいへんな仕事なのはわかっていたが、修道院では馬小屋で動物相手の仕事をしていたのだ。特定の食べ物を受け付けない動物に出会ったのは、ジャスパーが初めてというわけではなかった。あの犬に与えてはいけないものがあるのかどうか知っている人に確認するまでは、肉でも与えておくべきだったのだ。

森のなかの一件について言えば、ぼんやりしているのではなく、男を見た瞬間に雌馬に駆け寄って跳び乗り、急いで逃げるべきだった。男を見た瞬間、動けなくなったシカのようにその場に立ち尽くしていなかったら、そうできたはずだった。

ほかにも欠点はあるが、今回の失敗で、とりわけ自分の無能さを痛感した。だがロスのキスはそれを忘れさせてくれた。彼の腕に抱かれて舌をからめ合わせていると、落伍者のような気分にならずにすんだ。もっとほしいと思うだけだった。やがて気づくとアナベルは、彼の首に腕をまわし、両脚を彼の腰にからめて、ぴったりとくっついていた。

ロスがあたりを見まわすために唇を離すと、アナベルはうめき声をあげてキスをせがみ、彼の首に吸いついて、窓敷居に運ばれるまでやめなかった。窓敷居に落ちつくと、ロスの頭を引き寄せてまた唇を合わせた。ドレスの襟ぐりを押しさげられて、あらわになった乳房を両手でつかまれ、彼の口のなかでうめきをもらした。

「ああ、あなた」乳房をもみしだかれながら、首筋に移動した彼の唇にキスされると、彼女はたまらず言った。両手で彼の頭をむんずとつかみ、長い髪の房を引っぱる。彼が頭を上げてまた唇を合わせてくると、激しく彼の舌を吸った。

キスをつづけながらも、体を押しつけてくる力がわずかにゆるみ、彼の片手が胸から離れて、スカートを押しのけながら脚をのぼってくるのがわかった。アナベルはその感覚に身をよじり、口はさらに激しく彼を求めた。だが、彼の手が腿の付け根にたどり着き、愛撫をはじめると、完全にキスをやめ、頭をのけぞらしてあえぎ声をあげた。

「ロス」その部分に炎がともったようになり、彼の愛撫に合わせて腰を動かしながら訴えた。

「頭はどうだ？」うなるような声がした。

「なんのこと？」わけがわからずに尋ねた。

ロスはくすっと笑い、彼女のなかに指を一本入れた。アナベルはうめき、彼が親指でそこを愛撫しながら指を出し入れするあいだ、質問のことを忘れた。驚くほど気持ちがよかったが、彼女が求めていたのは……。

恐る恐る手を下にやり、プレードの上から彼に触れると、硬くて大きなものが感じられてびっくりした。彼に触れたのは初めてで、すっかり夢中になり、ふと気づくといつの間にかロスの動きが止まっていた。不安になって目を開け、彼の顔を見た。彼は目を閉じ、苦しそうな顔つきのまま固まっていた。

「いけなかった――？」アナベルは自信なさげに口を開いた。

「いや、そんなことはない」と言って、ロスは目を開けた。そしてまた唇を重ね、空いているほうの手をおろしてプレードを開き、彼女が自由にさわれるようにした。アナベルはためらったのち、その硬いものをつかみ、なめらかな手触りを楽しんだ。硬くもあり、やわらかくもあった。

「くそっ」ロスはまたキスを中断してつぶやいた。

指を振り払われて、アナベルは心配そうに彼を見た。まちがったことをしてしまったのだろうかと思ったが、彼はさらに身を寄せてきて、下を見て眉をひそめている。つられて下を見ると、窓敷居が高すぎて目的にかなわなかったらしい。また抱きあげられ、ベッドに運ばれた。部屋を半分横切ったとき、ドアをノックする音がした。

「消えろ、ショーナク」ロスはまえに進みながらどなった。

「ショーナクじゃないわ、お兄さま」

ロスは判断に迷い、悪態をついて立ち止まった。

「ショーナクを厨房に追いつめて、アナベルのドレスの問題についてきき出したわ」ジョーサルはドア越しに言った。「それで助けにきたのよ。お兄さまはビーンと、今後のアナベルの安全策について話し合ってちょうだい」

ロスは頭をたれて負けたとばかりにため息をつき、アナベルをおろして、申し訳なさそうにもごもごと言った。「あの妹のことだ。てこでも動かないだろう」

アナベルはとりあえずうなずき、急いで乳房を可能なかぎりドレスのなかに収めた。それを終えて顔を上げると、彼は襟ぐりの上に盛りあがったふたつの球体を残念そうに見つめていた。

「ドアを開けてくれるの？　それとも勝手にはいっていいの？」ジョーサルがいらいらと呼びかける。

「いま開ける」ロスはまえに出ようとしたアナベルの腕をつかんで言った。彼女の額にすばやくキスしたあと、つかんだ腕を引いて、部屋にはいってきたとき彼女が座っていた椅子のほうに行かせると、自分はドアに向かった。

アナベルは椅子に座り、ロスがドアを開けるまでに、手にした繕い物を高く掲げて胸元を隠した。

「ああ、ようやく入れてもらえたわ」ジョーサルはさっさと部屋にはいってくると、兄に皮肉っぽく言った。

「ドアを開けてやっただけでも幸運に思え」ロスは妹に代わって廊下に出ながら、むっとしてつぶやいた。

「そうね、でもお兄さまに選択肢はなかったんじゃない？」ジョーサルはにやりとして言った。「いずれにせよわたしがはいってくるのはわかってたんだから」

「ああ、わかっていたよ」ロスは冷ややかに言い、妹の向こうにいるアナベルにうなずいて見せた。そしてふたりを残してドアを閉めた。

「さてと」ジョーサルは楽しげに言って、アナベルのそばに来た。「あなたをここに閉じこめている、ドレスの問題とやらを見せてもらおうかしら」

アナベルはためらったが、胸のまえの繕い物をおろした。

ジョーサルは目をまるくしてうなずいた。「なるほど。たしかに問題ね」そして急ににっこりしてつづけた。「殿方にとっては悲劇というより幸運だと思うけど」

アナベルはそれを聞いて赤くなり、思わず口元がほころんだ。

「それでドアを開けたとき、兄のプレードは妙なことになっていたのね」ジョーサルがからかい、アナベルの向かいの椅子に腰かけた。「あなたをなぐさめようとしていたところをじゃましちゃったみたいね。野獣から救ってあげたんだから、感謝してもらわなきゃ」

アナベルはその発言に目を見開き、まじめに言った。「いいえ、あの人は思いやりのあるやさしい夫よ。わたし——」

「落ちついて、アナベル、からかっただけよ」ジョーサルは愉快そうにさえぎった。「つらいときは笑わなきゃ。重荷が軽くなるわよ」

「そうね」アナベルは力を抜いて言った。そのとおりかもしれない。笑いに眉をひそめられる修道院では、試練が重荷だった。修道院長は楽しいことをいっさい認めず、神に仕えることはみじめに生きることだと思っているようだった。アナベルはそうは思わなかった。神は苦しめたりみじめにするために人間を造ったわけではないはずだ。人間の親が実の子の幸福を願うのと同じではないか？

まあ、すべての人間の親がそう願うわけではないが。アナベルは自分の親のことを思い出して訂正した。母はアナベルの幸せよりも醜聞を避けることに関心があるようだった。ケイトが無事かということよりも、ケイトの選択が自分と夫にどう影響するかのほうが、気になっているようだった。

「それで、何をすればいいの?」ジョーサルがアナベルの考え事に割りこんだ。「あなたの胸がちゃんとドレスに収まるように、当て布を作るのかしら?」

「ええ」アナベルは現在の問題に頭を切り替えた。「ドレスは丈が長すぎるから、ショーナクとわたしは裾を切り取ったの。その部分を使ってマチを作っているところよ。できたらこれをドレスに縫い足して、裾をかがらなくちゃならないの」

「三人でやればすぐにできるわ」ジョーサルは明るく言い、もうひとつのマチを作るために切り取られた、残り半分の裾を手に取った。「それで思い出したわ。ショーナクはわたしたちのために飲み物とペストリーを用意してくれているの。もうすぐお盆を持ってきてくれるわよ」そこで間をおき、鼻にしわを寄せてつづける。「ここのコックのペストリーが懐かしいわ。夫のことはすごく愛してるけど、もっとましなコックを見つけてくれないと、ここにとどまりたくなりそう」

訴えを聞いてアナベルはくすっと笑った。本気ではないとわかっていたが、「いつでも来てちょうだい」と言って安心させた。

「ありがとう。わたしもあなたが好きよ」ジョーサルはにやりと笑って言うと、こう打ち明けた。「こんなふうになるなんて思わなかった。だってあなたはイングランド人なんだもの。でもわたし、あなたが気に入ったわ。父親同士が結婚話をまとめてくれていて、兄は幸運だったわね」

アナベルはそれを聞くと、笑顔を少しくもらせて下を向き、仕事に戻りながらつぶやいた。

「彼はそう思わないかもしれないわ」

「どうして？」ジョーサルは驚いてきいた。「あなたはきれいで賢くておもしろいのに」

アナベルは力なく微笑み、ドレスを頭にからませたまま空き地をやみくもに走りまわったことを思い出して、「おもしろくするつもりはないときでもね」と言った。

ジョーサルはかすかに微笑んだが、すぐにまじめな口調で言った。「もっと自信を持てばいいのに」首をかしげる。「小さいころ、ご両親は励ましてくださらなかったの？　うちの親は励ましてくれたわ。でもビーンの親はそうじゃなかった。今でこそ彼はそれほど気にしていないようだけれど、彼の妹はなかなか自信が持てなくて悩んでいるわ」

「あの、両親に育てられたのは七歳までだから、自信がないのは自分のせいだと思うわ」アナベルは苦々しげに言った。

「どういう意味？」ジョーサルが驚いてきいた。「七歳からはだれに育てられたの？」

思わず秘密を明かしてしまったことに気づき、アナベルははっとして固まった。

「アニー？」ジョーサルがなおもきく。アナベルが手にした繕い物を見つめるばかりなので、彼女は解せない様子でつぶやいた。「あなたがご両親に育てられなかったなんて、兄から聞いてないわ。兄の話だと、おふたりともご存命なんでしょう。でも兄はあなたのご両親が好きじゃないみたい。ご両親はあなたの養育を放棄して、召使いに育てさせたの？」

　アナベルはその意見に眉をひそめ、しぶしぶ頭を上げた。秘密を守るために両親を悪く言いたくはないけど……。

「何かあるのね？」アナベルの表情に気づいて、ジョーサルがきいた。「話してちょうだい。あなたがいやなら兄には話さないと約束するから」アナベルがまだためらっていると、彼女はさらに言った。「あなたの背中には鞭で打たれてできたみみず腫れや、古い傷痕があると兄から聞いたわ。ご両親にやられたのね」

「いいえ、ちがうの」アナベルは暗い気持ちで言った。背中の傷痕のことはすっかり忘れていた。傷の痛みに慣れてしまい、彼に見られていたかもしれないということも、両親にされたと思われるかもしれないということも、想像できなかった。

「何がちがうの？」ジョーサルがきく。

　アナベルはため息をついて言った。「あれは両親にされたわけではないの。親にはぶたれたことも鞭打たれたこともないわ」そこで少し間をおいたが、真実を話さずにすむ方法が思い浮かばなかった。「ジョーサル、わたしは七歳で修道生活志願者として修道院に入れられ、ロスと結婚するその日までそこで暮らしていたの」

ジョーサルは一瞬ぽかんとアナベルを見つめてから、ゆっくりと言った。「修道生活志願者って、ふさわしい年齢になったら尼さんになるつもりでいる娘のことじゃないの？」

アナベルはうなずいた。これがジョーサルを混乱させたらしい。

「でも、どうしてご両親はうちの兄と結婚することになっているあなたを、修道院に入れて尼さんにしようとしたの？」

アナベルは顔をしかめた。どうやらすべてを話さなければならないようだ。

「つまり、この襲撃の裏にいるのがきみのおじ上かフィンガルなのかわかるまで、彼女のそばに見張りを置きたいと？」ビーンが尋ねた。「城のなかでも？」

「ああ」ロスはきっぱりと言った。「これまでは城壁の外でしか襲われていないにしても、彼女の警護に手を抜きたくない。つかまえられるところに彼女が現れないとわかれば、次は城壁のなかで襲ってくるかもしれない」

「中庭より外には出さないつもりなのか？」ビーンは驚いて尋ねた。

「これが解決するまで城からも出すつもりはない」ロスは宣言した。

「ふうむ」ビーンは疑わしそうに言った。

「何が言いたい？」ロスが眉をひそめて尋ねる。

ビーンは首を振った。「うまくいくとは思えない」

「なぜだ？」今度はロスが驚いて尋ねる。

「アナベルのことはよく知らないが、見張りに始終つきまとわれたら、ジョーサルならがまんできないに決まっている」ビーンは辛辣に言った。「ああ、彼女なら一日だってがまんできないだろう。城のなかに監禁することにいたっては……自分のうちで囚人になることを気に入るとは思えない」

ロスは緊張を解き、ビーンの意見を一蹴した。「アナベルはジョーサルとはちがう。それにこれは彼女の安全のためなんだ。わかってくれるさ。それに、彼女は城や召使いの管理で忙しい。中庭に出ていく理由はない」

「いずれわかるさ」ビーンはおもしろがっている様子で言った。

ロスのなかにふと疑惑が生じたが、すぐに顔をしかめて疑惑を追いやった。アナベルは分別のある女だ。きっと用心することの大切さをわかってくれるだろう。

「憎たらしい鬼ばばあね！」

アナベルはジョーサルの大胆な発言に息をのみ、縫い物をおろして心配そうにショーナクのほうを見ると、侍女はまじめくさった顔でうなずいていた。

「ほんとに。いやな鬼ばばあですね」侍女は同意し、それまでやっていた裾かがりに戻った。

「その修道院長みたいな性根の腐った女に育てられたのに、奥さまがこんなにやさしい性格になったのは驚きですよ」

アナベルは座りなおし、目をまるくしてふたりの女性を交互に見た。修道院で鞭打たれたのは、自分が不器用で失敗ばかりしていたからだと打ち明けたときは、こんな反応が返ってくるとは予想もしていなかった。そんなわけで修道女になる許しがもらえず、ケイトが恋人と駆け落ちしたとき、代わりにロスと結婚することができたのだと話したときもそうだ。

「落ちつくべきところに落ちついたってわけね」ジョーサルが満足げに言った。

アナベルは迷った末、不安そうに尋ねた。「何が落ちついたの？　落ちつくべきところに落ちつくって、どういう意味？」

「あなたは兄と結婚する運命だったってこと」ジョーサルは当然のことのように言った。

「そうなの？」アナベルは疑わしそうにきき返した。自分の不器用さがどうしてそこにつながるのかわからなかった。

「そうよ。だから修道院になじめなかったのよ」ジョーサルは説明した。「だから尼さんになれなかった。あなたは尼になってはいけなかったのよ、アナベル。レディ・マッケイになる運命だったんだから」

「そうですよ」ショーナクがうなずいた。彼女にとってもこれ以上明らかなことはないというように。

アナベルはしばらくふたりを見つめていたが、やがて首を振った。「でも、どうして？

わたしはロスと結婚するはずじゃなかったのよ。ほんとうはケイトだったの。彼と結婚する契約を結んでいたのは」

ジョーサルはそれを聞いて鼻を鳴らした。「いいえ、兄はケイトじゃなくて、あなたと結婚することになっていたのよ」

「でも契約では――」

「もう、契約なんて悪魔に食われればいいのよ」ジョーサルはどうでもいいとばかりに一蹴した。「兄はすばらしい人なんだから、あなたのようないい奥さんをもらう権利があるわ。最初に鳴いた雄鶏と逃げるような尻軽女じゃなくね」

その表現を聞いて、アナベルがのどを詰まらせたような声をあげると、ジョーサルは自分の額をぴしゃりとたたき、あわてて言った。「ごめんなさいね、あなたのお姉さんを尻軽女なんて呼ぶべきじゃなかったわ。わたしが言いたかったのは――」

「いいえ、いいの」アナベルは謝罪をさえぎった。ジョーサルの気持ちは理解していた。兄を愛する彼女は、兄のために最高のものを望んでいるのだ。そして、契約を無視して両親に逆らい、ほかの男と罪の暮らしをするために逃げるような女は、最高のものではない。そう言われたからといって怒るべきではないのも理解していた。だが、ジョーサルはわかっていないようだった。理由はちがうが、アナベルもそれほど有望な人材ではないということが。

ひとつ息をついてから、ことばを選んで言った。「でも、わかるでしょ？　わたしだってそれほどましとは言えないのよ。修道院にいたから、だれかの奥さんや、マッケイみたいな大きなお城の女主人になるための教育は受けていないし。写本をしたり、馬小屋で働いていただけで」

ジョーサルは気にするなとばかりに手を振った。「知る必要のあることはすぐに学べるわ。実際、もう身についていることもあるはずよ」

「そんなこと、ありえないわ」アナベルは言った。ジョーサルの言うとおりであってほしいと願うのさえ怖かった。

「だって、修道院で写本をしていたなら、読み書きはできるわけでしょ」ジョーサルが指摘する。

「ええ」アナベルは認めて言った。

「それなら騎士見習《ペイジ》いの教育ができるわ」とジョーサル。

「ペイジって？」アナベルは混乱して尋ねた。

「今はマッケイにはひとりもいないの。教育をする女主人がいなかったから。でも今はいる。あなたよ」彼女は明るく微笑んだ。「ペイジは音楽、ダンス、乗馬、狩り、読み書きと算術を身につけなければならないの。もちろん、狩りは兄が受け持ってくれるけど、あとはあなたが担当するのよ」

「わたし、ダンスはしたことがないの。楽器は何も弾けないし」アナベルは悲しそうに打ち明けた。

ジョーサルは肩をすくめた。「それについては教師を雇って、あなたが学べばいいわ。読み書きと算術は教えられるでしょ」

「ええ」アナベルは明るさを取り戻して言った。「乗馬も得意よ」

「あの……」ショーナクが何か言いかけて、すぐに口ごもった。

「なあに？」アナベルが尋ねた。

侍女はためらったが、ため息をついて縫い物をおろすと言った。「奥さまの乗馬術について、男衆たちが話しているのを耳にしたんですけどね、それほど上手だとは思っていないようでしたよ。カブの袋みたいに雌馬の背中で弾んでるだけだって」

アナベルは痛いところをつかれて説明した。「修道院では馬に乗らないことになっているのよ。わたしはいつも、馬を遠くの牧草地に連れていく係を買って出ていたの。修道院から見えないところまで行くと、すぐに馬によじのぼって、鞍なしで乗ったものよ。ときには夜にこっそり抜け出して馬に乗ったりもしたけど、だれかに聞きつけられたら困るから、そのときも鞍はつけなかった。だから片鞍に乗ったことがなかったの」彼女はそこで口を閉じたあと、つづけた。「あれはひどい道具だわ」

「ほんと」ジョーサルもいやそうに同意した。「わたしも馬にはまたがるほうが好き。鞍なしならなおいいわ」

アナベルはにっこりした。ふたりのあいだに共通点が見つかって、驚きとよろこびを同時に感じていた。

「馬にはちゃんと乗れるようになるわよ」ジョーサルはショーナクに言った。「でも、片鞍はやめてくれと兄に言わなくちゃね。それほどうるさいことは言われないと思うわ」そして、アナベルに微笑みかけながら言った。「幸い、彼にはわたしという妹がいますからね。わたしの影響力は絶大なの」

「ええ、そのとおりでございます」ショーナクが宣言した。

アナベルはジョーサルとともに、侍女の冷ややかなもの言いにくすくす笑ったが、やがて笑い声が消えた。「でも、騎士見習いの教育以外にも城主の妻にはやることがたくさんあるんでしょう。わたしはそれがなんなのかも知らないのよ」

「ほかのことだって簡単よ」ジョーサルが言った。「まずは使用人たちの監督ね。コックとその助手たち、侍女、糸つむぎ、機織《はた》り、刺繍《ししゅう》職人――」そこまで言うと、眉をひそめてショーナクを見た。「そう言えば、どうしてわたしたちがこんなことをしなくちゃならないの？　刺繍職人ならもっと早く針仕事ができていたはずなのに」舌打ちをしてつづける。「それより機織りに新しく生地を織ってもらって、アニーのための新しいドレスを作ればよかったのよ。お母さまの古いドレスを着せるんじゃなくて」

アナベルはショーナクを見た。侍女がなんと答えるのか興味があった。城に糸つむぎや機織りや刺繍職人がいるとは知らなかった。修道院にはそういう作業をおこなう女性たちがいたが、幼いころにウェイヴァリーを離れ、ずっと帰っていなかったので、大人になってもウェイヴァリーにそういう人たちがいるのかどうかはわからない。だが、マッケイでそういう人たちを見たことも聞いたこともないのはたしかだ。

「糸つむぎの頭《かしら》はデレクの母親でした」ショーナクはまじめな顔つきで言った。「そして、その姉妹や姪《めい》たちが機織りや刺繍をしていたんです」

「ああ、そうだったわね、忘れていたわ」ジョーサルはため息をつき、アナベルに説明した。「デレクというのはわたしたちのいとこよ。お父さまが亡くなったとき、デレクは立ちあがって兄からクランの長の座を奪おうとしたの。兄を殺して自分が長になるつもりで、ある晩仲間とともに待ち伏せまでしたけど、反対に兄に殺されてしまったのよ」

「それで、女性たちは？」アナベルは眉をひそめて尋ねた。「ロスはいとこがしたことのせいで、女性たちまで追放したわけじゃないわよね？」たしかにそれはここに糸つむぎも機織りも刺繍職人もいない説明にはなるが、不当な仕打ちにも思えたし、夫がそんなことをしたとは思いたくなかった。ジョーサルが激しく首を振ったので、アナベルはほっとした。

「もちろんちがうわ。兄は別の人がやったことでだれかを責めたりしないもの。デレクがあんなことをしたからといって、彼女たちに悪意は持っていないから、城に残ってほしいと話したの」

「でもデレクの母親のミリアムは、息子を殺したロスさまを憎んでいた」ショーナクが話を引き継いだ。「彼の顔につばを吐いたんですよ、文字どおりね。そして、荷物をまとめて出ていった。残りの者たちもあとにつづきました」

「兄はクランの長として、残れと命じることもできたけれど、彼女たちを行かせたのよ」ジョーサルが付け加える。

「そう、そしてそれ以来、姿も見なければ便りも聞かない」

「ふうん」彼女たちはどこに行ってしまったのだろうと思いながら、アナベルはうなった。

「つまり、新しい糸つむぎと機織りと刺繍職人をさがすのも、あなたの肩にかかっているのよ」ジョーサルが申し訳なさそうに言った。

「そうね」アナベルはつぶやいた。そのためにはいったい何をすればいいのか考えた。それを言うなら、いったいどうやって使用人を監督すればいいのだろう？　使用人ひとりひとりのそばをうろついて、ちゃんとやっているかどうかたしかめるの？　もしまちがったことをしていたら、わたしはどうするべきなの？

「ショーナクとわたしが手伝うから大丈夫よ」ジョーサルは励ますように言った。「今のわたしにできるかぎりのことを教えるし、あなたがうまくやっているかどうか、ちょくちょくたしかめに来るわ。それに、ショーナクは長いことここにいるから、何もかもわかっている。わたしがいないときは存分に力になってくれるはずよ」

「ええ」ショーナクがすぐに同意する。「お手伝いしますとも。大丈夫ですよ」

「ありがとう」アナベルは心から言った。そして、マッケイに到着して以来、初めてほんとうにくつろいだ笑みを浮かべた。もうひとりで悩まなくてもいいのだ。味方ができたのだから。

10

「城内にいるようにとの領主殿の命令です。外に出られては困ります」

アナベルはギリーの頑固さに顔をしかめたが、なんとかこらえようとしながら説得した。

「でもジャスパーは外に出てエネルギーを発散させないと、退屈しすぎて暴れるかもしれないわ。それに、わたしは村に行って、針仕事を手伝ってくれそうな女性と話をしなくちゃならないのよ。あなたたちふたりもついてくれれば、問題ないんじゃない？」

「ジャスパーは外に出たければ出られますし、ショーナクがあなたの代わりに村に行ってその女性と話せばいい。でもあなたはだめです」ギリーはかたくなに言った。

「申し訳ありません」助けを求めてアナベルに目を向けられると、マラフは肩をすくめた。

「あなたを城から出さないようにと、領主殿にきつく言われていますので」

アナベルは足を踏み鳴らして叫び声をあげたかった、だが、そうはせずにきびすを返し、大広間を横切って階段をのぼった。男たちがついてくるのに気づいてスピードを上げ、二階に着くと駆け寄るようにして寝室のドアに向かった。部屋に飛びこんで、ばたんとドアを閉めたので、彼女のすぐあとから駆けこんだジャスパーはあやうくはさまれるところだった。

「ごめんね、ジャスパー」とつぶやきながら、掛け金をすべらせて、男たちがはいってこられないようにする。なんとかそれを終えたとき、男たちのひとりがドアを開けようとした。

「奥方さま」ギリーが呼ばわった。「ドアを開けてください。領主殿が留守のあいだは、おれたちがずっとあなたのそばにいることになっているんですよ」

「だめよ。そんなことわたしは知らないもの」アナベルは愛らしく言った。「夫からは何も聞いていないから」

「でもおれたちは聞いています」マラフが指摘した。

「ふうん。あなたたちは聞いたって言うのね。でも、それがほんとうだとどうすればわかるの？　だいたい、そんな大事なことなら彼が自分でわたしに言うんじゃない？」彼女はきびしく指摘した。「それに、もしそんな命令をしたんだとしても、夫婦の私室にはいってまで監視させるつもりはないはずよ、わたしが」そこでことばを切り、夫が部下たちに見せたがらないと思われることをさがして言った。「裸になってお風呂にはいるところとか」

短い沈黙のあと、マラフが咳払いをして言った。「奥方さま、今は入浴されているわけではないでしょう」

「ええ、そうね」アナベルは言った。「じゃあ、やさしいあなたたちなら、ショーナクのところに行って、お風呂の用意をするよう伝えてくれるわよね。浴槽とお湯とせっけんと麻布なんかを持ってきてくれと」

これで少しでもひとりになれるなら、まだそれほど必要ではない風呂にだってはいってやる。実際、今ドアの外にいるふたりの男につきまとわれずにすごせるなら、何度でも風呂にはいっただろう。こんなばかげた朝を一度すごしただけで、彼らにはすでに我慢がならなくなっていた。

顔をしかめて向きを変え、窓のひとつにゆっくり歩み寄って、人通りの多い中庭を見おろした。ロスの妹が来てくれてほんとうによかった。最初のドレスが完成したあとも、三人は階下の男たちに合流せず、寝室で昼食をとり、二着目のドレスを繕いながら、ジョーサルとショーナクから城主夫人の仕事についての助言や情報をもらった。そして、ロスがやってきて、ビーンはもう帰る準備ができたと伝えられると、ようやく階下におりたのだった。

長い時間いっしょにいたのに、ジョーサルとの別れがつらく、階下まで行って見送った。ふたりは親しみをこめて抱き合い、ジョーサルはすぐにまた来ると約束してくれた。ビーンとロスは驚いた顔でこれを見守っていたが、何も言わなかった。だが、城のなかに戻ると、

「妹が気に入ったようだな」とだけ言った。

「ええ。かわいい人ね」アナベルはすぐに返した。「大好きになったわ」

ロスはうむと返事をすると、彼女を抱きあげて夫婦の部屋に運び、妹にじゃまされるまえにしていたことを再開した。ふたりが階下に戻ってくるころには、大広間は夕食の準備が

整ったテーブルに席を求める人びとでいっぱいだった。夕食のあと、アナベルはショーナクとともに暖炉のまえに座って縫い物をつづけ、そのあいだロスとギリーとマラフはテーブルで仕事のことなどを話し合った。

やがて、縫い物をしているアナベルのそばに、ロスがやってきた。彼は何も言わず、ただ彼女の手を取った。縫い物を置き、導かれるまま夫婦の部屋に行くと、彼はそこで木曜日の自由を存分に堪能した。あとになってアナベルは、荷造りの時間が与えられなかったことを感謝した。床入り用シュミーズは実家に置いてきてしまったので、ありがたいことに着ないですんだからだ。夫に触れられるのはいいものだわ。そんなことを考えながら、アナベルは笑顔で眠りについた。

翌日がどんな日になるか知っていたら、微笑んでもいられなかっただろう、とアナベルは陰気に思った。塔の見張りがラッパを吹いて城じゅうを目覚めさせたとき、ロスはもういなかった。急いで体を洗ってドレスを身につけ、廊下に出ると、ギリーとマラフが待っていた。ふたりの男はドアの両側の壁に寄りかかっていたが、アナベルを見るとすぐに姿勢を正した。

アナベルは当惑し、「おはよう」ともごもご言ったあと、階段に向かったが、ふたりがついてくるのがわかった。朝食をとるあいだ、ふたりの男は彼女の両側に座り、礼拝堂でミサに出たときも彼女の両側に立った。

「夫はどこ？」夫が姿を見せないままミサが終わると、アナベルは尋ねた。

「村で用事がありまして」彼女のあとから廊下を歩いて大広間に向かいながら、ギリーが答えた。ウェイヴァリーの礼拝堂は中庭の向こうの門番小屋のそばにあったが、マッケイでは城の内部の、大広間から長い廊下を進んだ先にあった。

アナベルは何も言わず、大広間まで男たちがついてくるにまかせた。だが、ショーナクを見つけて、彼女と話があると言うと、ふたりの男はテーブルにつき、その先はひとりで行かせてくれたのでほっとした。

ショーナクにききたかった主なことは、今日自分は何をすればいいのかということだった。大まかな考えはあったが、自信がなかったので指示をもらいたかった。村で針仕事がうまいと評判の女性を見つけたと、ショーナクに聞かされたときはうれしかった。実際、とても腕がよいので、多くの人が繕い物のあるときは彼女のところに行くらしい。その女性が充分な収入を得ているなら、城の刺繍職人という仕事に興味を示してくれるかどうかわからないが。

いい知らせに気をよくしたアナベルは、自分がその女性と話すとショーナクに伝え、すぐに村に行くつもりで城の玄関に向かった。テーブルを通りすぎたとき、ギリーとマラフが着いてこようと立ちあがったのにはなんとなく気づいていた。だが、玄関扉に手を伸ばすと、彼らが急にまえにまわって、行く手に立ちふさがったので、唖然としてしまった。そして、彼女を襲った男の問題を夫が片づけるまでは、城から出てはいけないと告げられたときは、心底驚いた。

今アナベルは窓敷居に両肘をつき、両手であごを支えていた。襲撃者の問題はなんともやっかいだった。城に閉じこめられるなんて、ばかばかしいことに思えた。あの男はこれまで城壁の外にしか現れていないのだ。中庭は申し分なく安全なはずだ。もちろん、村は城壁の外だが、よろこんでギリーとマラフを同行させるつもりなのに、彼らは村に行くことを許してくれない。必要なことをやらせてもらえないなら、どうして城主夫人の役割を果たせるだろう？

ため息をつきながら眺めていると、厩番頭が片手を上げて、姿の見えないだれかにあいさつをしていた。興味を覚え、だれに声をかけているのか見ようと、窓から身を乗り出した。かなり乗り出さなければならなかったが、一階のずっと先の戸口に司祭が立っているのが見えた。礼拝堂の第二の扉だろうか——第一の扉は領主とその妻が使うもので、城につづいているが、第二の扉は外から来る人たちのためのもので、中庭につづいている。

アナベルは一瞬動きを止め、すぐに体を起こして部屋のドアのほうを見た。

廊下に出るとギリーしかいなかったので、アナベルはジャスパーを連れてドアを閉めながら片方の眉を上げた。「マラフは？」

「あなたが風呂をご所望だとショーナクに伝えるために階下に行きました」

「ああ、そうだったわね」彼女はうなずいた。「懺悔《ざんげ》のあとではいるわ」

「懺悔？」ギリーは驚いてどなり、階段に向かうアナベルを急いで追いかけた。

「ええ。イングランドを出て以来、懺悔をしていないでしょ。懺悔したいことがひとつふたつあるのよ」アナベルはおだやかに言った。

「それはけっこうですが、マラフが戻るまで待っていただかないと」ギリーが眉をひそめて言う。

「懺悔にマラフは必要ないわ」アナベルはおもしろがって言った。「わたしに必要なのは司祭よ」

「そうですが——おお、来たか」ギリーがほっとしたように言ったので、見ると、マラフが厨房から大広間にはいってくるところだった。

何も言わずに階段をおりつづけるアナベルに、マラフが駆け寄る。

「風呂をご所望なのだと思いましたが？」と眉をひそめてきいてきた。

「先に懺悔をしたいそうだ」ギリーが代わりに答えた。

「今ですか？」マラフが顔をしかめたままきき返す。「風呂の準備をするようにと侍女に伝えたばかりですよ」

「申し分ないわ」アナベルは陽気に言った。「まず魂をきれいにしてから、体をきれいにしましょう。いいと思わない？」

マラフは女の気まぐれについて、何やら小声でぶつぶつとつぶやいたが、ギリーと並んで彼女のすぐあとからついてきた。

「レディ・マッケイ」ほどなくアナベルが男たちを引き連れて礼拝堂にはいっていくと、司祭は明らかに驚いた様子であいさつした。司祭のほうは彼女が戻ってきたことに驚いているのだとしたら、アナベルは〝レディ・マッケイ〟と呼ばれたことに少し驚いた。それは彼女の新しい称号で、その称号で呼ばれたのはこれが初めてだったが、なかなか悪くないと思った。「また戻ってきてしまいましたわ、ええと……」アナベルはそこで口ごもった。司祭の名前を知らないことに気づいて、恥ずかしくなったのだ。ミサに出たのも今朝が初めてだった。修道院長が聞いたら引きつけを起こしていただろう。

「ギブソンです」司祭が助け舟を出した。

「ギブソン神父さま」アナベルは相手ににっこりと微笑みかけた。「イングランドの方ですの？」

「はい」彼はうなずいた。「幸い、マッケイの方々は偏見をお持ちではありませんので」

アナベルはその軽口ににっこりしたあと、「実は、懺悔にまいりました」と言った。

「けっこうなことです」司祭はすぐにまじめな顔になり、厳かに言った。

「ありがとうございます」と言ったあと、アナベルは眉を上げてマラフとギリーを見た。

男たちはおずおずと顔を見合わせたあと、プライバシーを尊重しようとうしろに下がったが、アナベルににらみつけられただけだった。そこでさらに二歩下がり、ついにはドアまで後退した。そのあいだじゅう女主人ににらまれながら。

「わたしの声が聞こえる?」アナベルは真剣にきいた。

ふたりがうなずくと、アナベルはギブソン神父のほうを向き、残念そうに言った。「懺悔はやめておいたほうがよさそうですわ、司祭さま。申し訳ありません。でも感謝いたします――」

「いえ、いえ、いけません」司祭は彼女のことばをさえぎり、男たちに向かって手を振りはじめた。「さあ、行きなさい。出ていくのです。レディ・マッケイは懺悔をなさるためにおひとりになりたいのです。あなたたちは外で待っていればよろしい」

「でも、われわれは奥方をおひとりにしてはならないのです、司祭さま」ドアまで後退しながらも、マラフが抗議した。「奥方は昨日森のなかで襲われました。だからわれわれが――」

「ここなら奥方が襲われることはありません。礼拝堂のなかはまったく安全です。奥方が出てこられるまで外で待っていなさい」

「ですが――」ギリーが言いかけた。

「出なさい」司祭は繰り返し、男ふたりはしぶしぶ廊下に出た。

「このドアを出たところにいますから」ギリーが言った。

「わかった、わかった」司祭はもどかしげに言うと、彼の目の前でドアを閉めた。向きを変え、満足そうにアナベルに微笑みかけながら戻ってきて言った。「さあ。これで準備は整いました。よければ――」

「申し訳ありません、司祭さま、実は懺悔することはないのです」アナベルは急いで口をはさみ、彼の腕を取ってできるだけドアから離れさせた。そこで立ち止まり、顔をゆがめて言った。「でも、懺悔したいとうそをついたことを懺悔しなければなりませんわ」

「なんですと？」ギブソン神父は当惑して言った。

アナベルは彼の腕を軽くたたいて説明した。「ご存じのように、今のわたしは城主夫人です」

「ええ、そのとおりです、奥方さま」

「糸つむぎと機織りと刺繡職人を監督するのもわたしの仕事です。でもこの城には糸つむぎも機織りも刺繡職人もいません」

「はい、存じています」ギブソン師は悲しそうに言って、いくぶんすり切れた自分の祭服を見おろした。「ミリアムとその係累を失ったのはほんとうに痛手でした」

アナベルはまじめな顔でうなずいたが、内心は微笑んでいた。この男に計画を認めさせる方法がわかったからだ。「いいお知らせがあります。わたしは彼女たちの代わりを雇うつもりです。さらにいい知らせは、針仕事のとても上手な女性が村にいるらしいということです」

「ほんとうですか？」彼が興味深げにきいた。

「ええ。わたしはこっそり村まで行って彼女と話をし、城で働いてくれるように説得するつもりでした。これは城の衣料問題を解決するための最初の一歩になるでしょう。司祭さまの新しい祭服を作ることができるようになるための最初の一歩です」

「おお、それはすばらしい。この問題に関しては、去年から心を痛めているのです」

「でしょうね」アナベルは同意したあと、小さなため息をついて言った。「ですが、悲しいことに、この二日のあいだに二度ほどちょっとした事件が起きたせいで、わたしを城の外に出さないようにと、夫がギリーとマラフに命じたのです」

「ええ、奥方さまが襲われたことはわたしも聞いています」ギブソン神父はアナベルの腕を軽くたたいて首を振った。「せんさくするつもりはありませんでしたが、ご到着以来ミサにおいでにならないので不思議に思い、きいてまわったのです。あなたが襲われたと知って、たいへん心を乱されました」

「ええ、ミサに出ることができなくて、とても残念に思っています」アナベルはもごもごと言った。司祭に事情を話した人が、アナベルが襲われたせいで両日ともミサに出られなかったかのような言い方をしてくれたのはありがたかった。ほんとうは、初日は寝すごしたからで、二日目は犬の排泄物《はいせつぶつ》を掃除していたからなのだが。どちらもミサを休んだ言い訳としてはお粗末だし、自分を恥じるべきなのだろう。なんといっても、これまでの人生の大半を、朝の二時にはじまって一日に七回も礼拝がおこなわれる修道院ですごしてきたのだ。正直言って、礼拝のたびに作業を中断させられるので、何をしていても最後までやり終えることができなかった。そのためアナベルは、いつもよろこんで馬小屋の仕事を手伝った。病気の動物を置いて礼拝に出るわけにはいかないので、それを言い訳にして何年ものあいだにたびたび礼拝を休んでいた。

「あの襲撃のせいで夫は過剰に用心深くなりました。おかげで村に行って、ここで働いてくれるようにその女性を説得することもできません。ほんとうに困ったことですわ」アナベルは悲しげに言った。

「ええ、それは困りましたね」ギブソン神父はみじめそうに言った。「ほんとうに不運なことです」

「はい」アナベルは言った。「そういうわけなので、力になっていただけます？」

ギブソン神父はわけがわからない様子で目をぱちくりさせ、やがて眉をひそめた。「いったいどんなことで力になれと？」

「あら、なんでもないことですのよ」彼女は微笑んで言った。「司祭さまはここに立って、何も言わないでいてくだされればいいんです。わたしがこっそり厩に行って、雌馬に乗り、村に向かうまでのあいだ」

「はあ」彼は眉をひそめたまま言ったが、やがてわかったという顔になった。「なるほど！あの男たちにはあなたがここで懺悔をしていると思わせておいて——いいえ、だめです、そんなことはできません」

「でも、司祭さま、彼らにはわかりませんわ」アナベルは請け合った。

「あなたの身に何かあったらどうするのです？　また襲われたら？　いいえ、あなたを危険な道に送り出すことなどできません」彼はきっぱりと首を振った

「急いで行ってくるし、ジャスパーもついてきてくれるわ」アナベルの抗議を聞いて、司祭は彼女の足元にいる犬に注意を向けた。

司祭は自分の礼拝堂に動物がいることにいま気づいたかのように眉をひそめたあと、アナベルに注意を戻して強い口調で言った。「奥方さま、襲撃者に出くわしたせいで、あなたの顔にはすでにふたつのひじょうに痛々しい傷があります。三つ目の傷の責任を負いたくはありません。今度は命を落とすかもしれないのですよ」

アナベルは怒って片足を踏みならしながら考えたあと、考えこむように司祭をじっと見た。「わたしが雌馬のところに行って厩から出すあいだだけ、待ってもらうというのはどうかしら？　そのあとでギリーとマラフに報告に行くというのは？」彼が首を振りはじめたので、アナベルは急いでつづけた。「彼らは急いでわたしを追いかけるでしょう。わたしは彼らが近づくことを許し、監視されながら村まで行きます。これならわたしはその女性と話ができるし、安全でもいられるわ」

ギブソン神父は眉をひそめたが、少なくとももう首を振ってはいなかった。

「司祭さまの立派な、新しい、ぜいたくな祭服を、いちばんに作らせますわ」アナベルは甘

言で誘った。「わたし自身のドレスを作らせるよりもまえにね。わたしが着ていたドレス以外何も持たずにここに来たことはお聞きになっていますよね？」

「はい。あなたをひどい両親から早く引き離そうとあせるあまり、荷造りをする時間も与えなかったことを、ロスさまは懺悔しておられました」ギブソン神父がつぶやいた。

「そうなんですか？」アナベルはきき返した。急いでウェイヴァリーを出た理由がそれだったとは知らなかった。そう言えば、ロスはアナベルのみみず腫れを見て、両親にやられたと思ったようだと、ジョーサルが言っていた。それであんなに急いで出発したのだ。ときどき彼にはほんとうに驚かされる。これまでの人生で、ロスほどアナベルのことを気にかけ、心配してくれた人はいなかった。わたしはほんとうに幸運な――。

「わかりました」ギブソン神父がいきなり言った。「あなたが厩に行くまで見ています。でも、馬といっしょに出てきたら、すぐにギリーとマラフのところに行って報告します。わたしが背を向けた隙にあなたが礼拝堂を抜け出し、気づいたときにはもう中庭で馬に乗っていたと」

「ありがとうございます」アナベルは彼の両手をぎゅっとにぎって言った。

ギブソン神父は不本意そうにうなり、しかめ面のまま、中庭に出られるドアのところまで彼女についていった。そこで彼女の腕をつかんでつぶやいた。「男衆が追いつくまでは遠くに行かないと約束してください」

「約束します」

「村に着くまでずっと彼らの視界から出てはいけません」

「はい」アナベルはもう一度司祭の手をにぎりしめた。「大丈夫です。約束します」

「あなたのために祈りましょう」ギブソン神父は言った。

司祭の顔が疑いの色を帯びはじめたので、アナベルはうなずいただけで、礼拝堂からこっそり出た。これ以上とどまったり、何か言ったりすれば、司祭の気が変わってしまうのではと不安になったからだ。厩まで一目散に走った。呼び止められることもなく、叫び声や追いかけてくる足音も聞かずにたどり着けたので、ちょっと驚いた。それでも速度を落とさず、だれかいるかとあたりを見まわすより先に、雌馬のいる馬房に直行した。厩番頭が走ってきて計画を妨害することもなく、その姿さえ見えなかったのでちょっと驚いた。実際、だれもいなかった。厩は無人だった。

この幸運に気をよくして、アナベルはすばやく馬房を開け、雌馬を外に出した。あたりを見まわすと、厩の奥のほうに腰掛けがあったのでほっとした。馬をそこまで連れていき、腰掛けを使って馬に乗ると、舌を鳴らして前進させた。

厩から馬を出して礼拝堂のドアのほうを見た。ちょうどギブソン神父がきびすを返して、足早に消えるところだった。マラフとギリーに報告しにいくのだろう。アナベルは雌馬を見張り塔と跳ね橋のほうに向けて走らせた。

跳ね橋をわたってしまうと、速歩にまで落としたが、進みながら何度もうしろを振り返った。追いかけてくる男たちを見つけたら、ゆっくりと進むことにしよう。そうするとギブソン神父に約束したし、約束は破らないほうがいい。だが、別の理由もあった。警戒するようしつこく念を押されて、不安になっていたのだ。司祭の言うとおりだ。たしかにこれまでは幸運だった……次はそれほど幸運ではないかもしれない。刺繍職人を得るだけのために、またけがをしたり、死んだりしたくなかった。

「だから言っただろう、おれはクランの長の座になど興味がないのだよ」フィンガルがきっぱりと言った。これで四度目だった。「おれは老人だ。今の暮らしに満足している。重圧も苦労もないからな。クランの長になればそうはいかない」

「四年まえに長の地位を要求したときは、年齢は問題ではなかったようだが」ロスは静かに思い出させた。

「ああ、だが、おれのような老いぼれにとって、四年は長い時間だ」フィンガルはそっけなく言った。「クランをまとめるには若くて強い戦士が必要だ。おれはもう若くない。まあ、四年まえも若くはなかったが、年々視力が少しずつ衰えているし、あちこちに痛みを抱えている」彼はうんざりしたように首を振ってからつづけた。「それに、おまえがデレクを殺したあとで言ったと思うが、おれが名乗りを上げたのは、おまえは長には若すぎるとあの若造が訴えようとしていたからだ」顔に嫌悪感が広がる。「自分は四つ歳上だから大ちがいだとでも言うようにな。年齢は四歳上だったかもしれないが、あいつはあらゆる面でまだ若造だった。もっと悪いことに、臆病者だった。おまえを待ち伏せし、自分は奥に引っこんで、仲間がおまえを殺すのを待っていたんだからな」地面につばを吐いて、方法に対する嫌悪感を示したあと、さらに言った。「エインズリーもオウエンもおれも、長の座をねらっていたわけではない。ある晩大いに飲んだわれわれは、跡目争いに参加することで状況を混乱させることにした。だからおまえがデレクとの問題を解決すると、みんなよろこんで争いの座から退いたのだ」

ロスはため息をついた。鍛冶屋の言うことはほんとうだろうが、信じたくはなかった。アナベル襲撃の裏にいるのがフィンガルだったら、ことはずっと簡単だからだ。今この場で問題を解決できるのだから。だが、ロスにはまだやらなければならないことがあるようだ。

「おまえのおじのオウエンに話を聞きにいくといい」フィンガルが提案した。「彼もおれと同じことを話すだろう。酒がすぎたことと、あのいばりくさった若造をぎゃふんと言わせたかったこと、われわれが名乗りを上げた理由はそれだけだ」

ロスはうなずき、フィンガルの小屋から辞去しようとしたが、戸口で不意に動きを止めた。人を乗せた馬が通りすぎたからだ。

「アナベル？」彼はつぶやき、驚いて見つめた。するとそのあとから犬が疾走していった。

ジャスパーだ。

「おまえの妻のアナベルか？」フィンガルがかたわらまで歩いてきて尋ねた。彼女と馬を見送ったあとで言う。「見事な騎手だ」

「そんなはずはないんだが」ロスは眉をひそめて言った。「少なくともおれはそう思っていなかった」

「では、おまえがまちがっていたようだな」フィンガルがおもしろがっているように言い、ふたりはアナベルが馬に切り株を跳び越えさせ、小屋のまえで突然停止させるのを見守った。あまりにも急に停止させられたので、雌馬はなんとか止まろうと竿立ちになったが、アナベルは鞍から落ちなかった。そもそも鞍をつけていないようだ。彼女は馬の背に直接またがっていた。

「エフィに会いにきたようだな」雌馬の背からすべりおり、すぐうしろにジャスパーを従えて小屋の戸口に急ぐアナベルを見ながら、フィンガルが言った。

ロスはうなり声をあげたあと、左に頭を向けた。蹄の音が聞こえてくる。見ると、追跡の最中らしいギリーとマラフが、すごい勢いで村を駆け抜けようとしている。ロスは顔をしかめ、小道に出て片手を上げた。ふたりの男はすぐに速度を落としたが、ロスを轢《ひ》かないようにするには、先ほどのアナベルと同じくらい急激に手綱を引かなければならなかった。馬たちが反発して棹立ちになると、ふたりは互いにぶつかりそうになり、ロスは彼らの手際が妻より劣ることに気づかずにいられなかった。

「奥方にだまされました」ギリーが開口一番にぶちまけた。ひどく怒っているような口ぶりだ。「懺悔をしたいからと言って、礼拝堂から抜け出して消えたんです」

「おまえたちがそばにいたのに、どうやって消えたんだ?」ロスがおだやかに尋ねる。

「それは、彼女の懺悔を聞くために、司祭がおれたちを礼拝堂から追い出したからですよ」ギリーはお手上げとばかりに言った。「おれたちをドアの外の廊下で待たせておいて、奥方はこっそり中庭に出たんです」

ロスは片方の眉を上げ、どんな弁明をするのだろうとマラフのほうを見た。

マラフは顔をしかめて肩をすくめ、感心した声で言った。「なんともずる賢い」

「ああ、まったくだ」ギリーもいくらか感心しながら同意した。「しかも、思っていたより格段に乗馬がうまい」

マラフがうなずいた。「ここに来るまであなたも顔負けのスピードで馬を駆っていましたからね。それにあの勇敢さといったら」彼は首を振った。「なんでも馬に跳び越えさせるんです。彼女から目を離さないようにしているんじゃなかったら、おれでもあんなことはできなかったでしょうよ」小屋のまえで草を食んでいる雌馬に目をやり、もう一度首を振る。

「結局、例のお針子と話ができたようですね」

「お針子?」ロスが食いしばった歯のあいだからきいた。ギリーとマラフの話を聞けば聞くほど怒りがつのっていった。何がこれほど怒りをかき立てるのかわからなかった。アナベルを城から出すまいとした部下たちがものの見事に出し抜かれたことか、彼女がここに来るという危険を冒したことか、それとも部下たちがそれをやり遂げた彼女を賞賛していることか。こんな気持ちにさせる三人の首を絞めてやりたかった。

「エフィの裁縫の腕はたしかだ」背後でフィンガルが助け舟を出すようにつぶやいた。

「はい、お針子です。奥方の話によると」ギリーが言った。フィンガルの声はかなり低かったので聞こえなかったらしい。「城でお針子として働いてもらいたいとかで、村にいるその女と話をしたいとおっしゃって」ギリーは説明し、急いで付け加えた。「われわれはすぐに言ったんです、奥方を城から出さないようにとあなたに命じられたと……そしてわれわれは言いつけを守るつもりだと。そうだよな？」マラフを見て問いかける。

「それはもうきっぱりと」マラフはまじめにうなずきながら同意した。そして眉をひそめて付け加えた。「すると奥方は急いで寝室にあがられて、われわれを締め出したんです。ずっといっしょにいなければならないのだと説明すると、風呂にはいっているときは別だろうと言いだしました」

「ああ、別だ」ロスが簡潔に言った。

「そうだと思いました」マラフが言った。その口ぶりから、部下ががっかりしていることが、ロスにははっきりとわかった。ギリーの顔によぎった落胆も見誤りようがなかった。部下たちは領主がイングランド女と結婚することに不満を持っていたくせに、今ではそのイングランド女に感心し、入浴姿をのぞき見たいと思っているようだ。彼らを責めるつもりはなかった――アナベルは美しい。だが、彼女がいかに美しいかを見ようとするなら、ただではおかない。

「城に帰れ」ロスは重々しく言った。

部下たちは顔を見合わせた。ギリーが尋ねる。「奥方を待っていなくていいんですか？おれたちで送り届けますが――」

「帰れ！」ロスはぴしゃりと言った。

「わかりました、領主殿」ふたりは口々につぶやき、もと来たほうに馬を向けた。

ロスは顔をしかめてふたりを見送ったあと、背後でフィンガルがくすくす笑っているのに気づいた。「何がそんなにおかしい？」

「なんでもないよ」フィンガルは首を振りながら言ったが、すぐに口をすべらした。「少しまえにおまえの妹が巻きこまれた、これと似ていなくもない状況を思い出すよ……それとも、あれはおまえの母親だったかな」彼は考えこむように言ったあと、肩をすくめた。「とにかく、そのどちらかが、何か理由があって城を出なければならなかったのだが、マッケイの男たちがすごい勢いで村まで追いかけてきたのだ」彼は口をつぐんだが、やがて言った。「あれも見物《みもの》だった」

「なんてこった、おれは妹に似た娘と結婚してしまったのか」ぞっとする事実に目を閉じて、ロスがつぶやいた。

「母親かもしれんがな」フィンガルが間の手を入れ、腹を抱えて笑いだした。ロスはいっしょに笑うことができなかった。

11

「じゃあ、これで決まりね」アナベルはほっとしてエフィに微笑みかけながら言った。これほど簡単だったなんて信じられない。このところ問題つづきだったので、城で働いてもらうためには必死でたのみこみ、法外な報酬を約束しなければならないだろうと覚悟していた。ところがふたを開けてみると、エフィはよろこんで申し出を受けた。

「奥さまさえよければ、明日から働けますよ」エフィもにっこりしながら言った。

「まあ、それはすばらしいわ」とアナベルは答え、立ちあがってジャスパーを呼ぶために脚をたたいた。

「では朝いちばんにうかがいます」エフィが言った。よろこんでそうしたいと思っているようだ。

「朝食の時間に来てくれれば、コックにあなたのペストリーを取っておいてもらうわ」ふたりでドアに向かいながら、アナベルは言った。

「まあ、うれしい」エフィはささやいたあと、こう打ち明けた。「針仕事は得意ですが、残念ながら料理はからきしなんですよ。こげたパン以外の朝食がいただけるなんて、ありがたいことです」

「それなら、毎日あなたのためにペストリーを取っておくよう、コックに言っておきましょう」使用人は空腹でないときのほうがたいていよく働くものだ。少なくとも彼女自身はそうだった。

「ああ、なんてすばらしいお方なんだろうねえ」エフィはアナベルのためにドアを開けながらうれしそうに言った。「あなたのようなお方を奥方にされて、領主さまはお幸せですよ」

「領主はちゃんとそれをわかっているよ」

太い声を聞いてアナベルの笑顔は凍りつき、さっと頭をめぐらすと、ドア口に夫がいた。

「やあ」ロスは冷ややかに言った。エフィを見て微笑みながら、アナベルの腕をつかんで小屋から引きずり出す。「ふたりとも微笑んでいるということは、城で働くことを承諾してくれたようだね、エフィ。親切に感謝するよ。きみがとても必要なんだ」

「まあ、もったいないことです、領主さま」エフィは年老いた頬を染めながらうれしそうに言った。「こちらこそ感謝しております」

ロスはうなずいた。「では明日会おう」

「はい」エフィが小さな声で言うと、ロスはアナベルの向きを変えさせて馬のところに導いた。

アナベルは唇をかみ、横目で夫のほうをうかがった。エフィの家を辞してから、彼の顔は無表情だが、怒っているのはまちがいなかった。わからないのは、どれくらい怒っているのか……あるいはその怒りをどうするつもりなのかで、それがアナベルを不安にさせた。なんと言っても、たたく棒が親指より太くないかぎり、夫が妻をたたくのは法律で認められているのだ。

アナベルは自分のウェストをつかんで持ちあげ、雌馬に乗せる彼の両手を見おろして顔をしかめた。ロスの親指は大きかった。

「アナベル」

アナベルははっとして彼の顔に視線を向けた。「はい?」とけげんそうにきく。

「手綱を取って」彼は静かに言った。

「ああ、そうね」もごもごと言って手綱を取ると、彼は手を離し、少し離れたところで待っている自分の馬のほうに向かった。

しばらくはふたりとも無言で馬を歩かせた。あまりいいことではないわ、とアナベルは思った。これでは時間がありすぎて、彼の命令に逆らった自分はどんな罰を受けることになるのだろうと想像してしまう。

村はずれに来るころには、あれこれ考えすぎてすっかりおびえていた。そこで、彼が怒りを解き放ったとき、気をそらす方法はないかと考えはじめた。彼の気をそらすことができるかもしれない方法といえば、思いつくのはただひとつ、夫婦の営みだ。でも今日は金曜日。教会は金曜日の夫婦の営みを禁じているので、彼が城に着くまで待ってから怒りを爆発させるつもりなら、アナベルはうまくいくと確信している作戦をとれないことになる。城に着くまえになんとかしなくてはと気づいたアナベルは、急いでドレスを着くずしにかかった。コルセットのひもをほどいて襟ぐりを引きさげ、乳房を露出させたところで、ロスが彼女を見やっていきなり馬を止めた。そして、長すぎるほどの時間、ただただ彼女の乳房を見つめたあとで、当惑気味に尋ねた。「いったい何をやっているんだ?」

「よくわからない」アナベルは真っ赤になりながら打ち明けた。そして、あまりにも混乱していたので、つい言ってしまった。「ちょっと思ったの——つまり、あなたはわたしに腹を立てているでしょ、それで、あなたの気持ちを鎮めることができたら、ひょっとしてぶたれることはないんじゃないかと——」

「おれはきみをぶったりしない」ロスが重々しく口をはさんだ。「アナベル、きみが何をしようと、絶対に殴ったりしないよ」

「そう」アナベルはほっとしてささやいた。

「だが、きみが誓いをもっとまじめにとらえてくれるとありがたい」ロスはきびしく付け加えた。

アナベルはけげんそうに首をかしげた。「誓いって?」

「結婚式で、おれに従うと誓っただろう」彼は冷ややかに指摘した。

「わたしが？」彼女は驚いてきき返した。結婚式のことは今やぼんやりした記憶でしかない。あのときは、これから人生が大きく変わることに動揺していて、それどころではなかったのだ。

それを聞いて彼が口元をこわばらせたので、アナベルは急いで言った。「ええ、誓ったのでしょうね」だが、こうつづけずにはいられなかった。「でも、厳密に言えば、あなたに逆らったわけではないわ。城から出るなとわたしに命じたのはあなたじゃないもの」

「ギリーとマラフがわたしの命令をきみに伝えたのだ」ロスが言った。

「そうよ、でもあなたが直接言ったわけじゃないわ。だから従わなかったの」彼女は説明したあと、ちょっととげのある言い方をした。「あなたが直接それを伝えてくれていたら、わたしは自分の言い分を伝えられたし、あなたは自分の立場を説明することができて、お互い意見の一致を見ていたかもしれないわね」

ロスは少し彼女をにらんでから、ため息をついて手を伸ばし、アナベルを彼女の馬から自分の馬に移動させた。そして、自分のまえに彼女を座らせると、雌馬の手綱を取って、自分の馬をふたたび歩ませた。

アナベルはすぐにコルセットに手を伸ばして、ドレスをきちんと着なおそうとしたが、ロスに耳元で「だめだ」とささやかれた。

ごくわずかにためらったあと、アナベルはそれに従い、ドレスのまえを開けたまま、両手を膝の上におろした。

ロスは褒めことばらしきものをつぶやいたが、アナベルにははっきりとは聞き取れなかった。彼の空いているほうの手が急に体をのぼってきて、片方の乳房をつかんだのにいくぶん気を取られていたからだ。

「するときみは、おれの気を鎮めるために、大きな犠牲を払っておれと寝るつもりだったのか？」彼がおもしろがっているような声でつぶやいた。

「え――ええ」乳首をつままれたアナベルは、息を切らして答えたあと、告白した。「でも犠牲というわけじゃないわ。あなたとそうするのは好きだもの」

ロスは彼女の正直さに報いるために、手綱を引いて馬を止め、乳房から離した手で彼女に上を向かせてキスをした。

アナベルは彼の腕のなかで力を抜き、ほっとして体を預けた。もう彼が怒っていないのはまちがいなかった。不思議なことに、彼が怒っていると、体が拒否反応を起こすのだ。でもこのキスは気に入り、彼の舌に唇を開かれながらうめいた。

ロスがあまりにもすぐに唇を離したので、アナベルはがっかりしてぱっと目を開けた。そのとき不意に馬が方向転換し、彼女は驚いてあたりを見まわした。「どこに行くの？」

「また村を通ることになる」彼は答え、乳房を片方ずつ愛撫してから言った。「ドレスを直すんだ」

アナベルはコルセットのひもを結ぶと、村を通ってどこに行くのだろうと思いながら前方を見た。だが、もう一度尋ねるのはやめておいた。どうもロスは驚かせようとしているらしい。そうでなかったら、きいたときにちゃんと答えたはずだ。

ふたりは村に向かってはいたが、大きな円を描くようにしてわずかに道をはずれながら進んでいるようだった。何度か遠回りをしたあと、ようやくアナベルは気づいた。ロスはあとをつけられていないかたしかめているのだ。彼女がそれに気づいたとき、彼は危険防止のためのその行為をやめ、馬たちを操って村を通り抜けた。

「ジャスパーが行ってしまうわ」エフィの隣の小屋のまえで日光浴をしていた猫を、ジャスパーが追いかけていくのを見て、アナベルが心配そうに言った。

「いずれ追いつくさ」ロスが肩をすくめて言った。「それが無理なら、猫に逃げられるか一発たたかれたあとで、城に戻ってくるだろう」

アナベルは眉をひそめたが、そのとき自分たちが村から離れつつあることに気づいた。そこからいくらも行かないうちに、ロスはかなり大きな小屋と納屋のそばで馬を止めていた。

「だれかを訪ねるの？」アナベルは小屋の窓の鎧戸が閉まっているのを見て、けげんそうにきいた。

「いや。ここはカーニーの小屋だが、彼は留守だ。おれたちが城に着いた日に、ある仕事に送り出した」彼は馬をおりながら言った。

「そう」もう一度納屋に目をやって、彼女は言った。「そのカーニーという人は、とてもお金持ちなのね。こんな大きな納屋があるなんて」

「彼のものというわけではない」ロスは彼女の雌馬に近づきながら、その建物のほうを見て言った。「すぐ近くに彼の家があるから、カーニーの納屋と呼ばれているが、みんなで建てたもので、みんながここに作物を置いている」

「まあ」アナベルは言った。そして、彼女を馬から抱きおろそうと手を伸ばしてきた彼に尋ねた。「わたしたちはなぜここへ?」

「今カーニーの納屋には、いい干し草の束がたっぷりあることを、たまたま知っているからだ」

アナベルは地面におろしてもらいながら、ぽかんと彼を見つめた。「干し草?」柱に馬たちをつなぐ彼を見ながら尋ねる。干し草になんの関係があるというのだろう。

「今日は金曜日だから、城に戻ることはできない」彼は作業を終えて言った。彼女を抱きあげて、納屋に向かいながらつづける。「屋外でするのは危険だが、干し草の束がある居心地のいい納屋のなかなら……」

「ああ」アナベルはようやく理解して微笑んだ。「干し草はベッドじゃないものね」

「そういうことだ」ロスがにやりとして言った。

納屋にはいると、彼女は黙りこんだ。大きな建物で、石の壁とスレート葺《ぶ》きの屋根のせいで、内部は暗くて少しひんやりした。ロスの肩越しにうかがうと、薄明かりのなかに、何種類もの作物が見えた。小麦、オート麦、エンドウ豆、それ以外の豆類、大麦などだ。

夫がいきなり腕を開いて、その上に落とされるまで、干し草は目にはいらなかった。アナベルは驚いて、〝うっ〟と声をあげながら着地した。干し草に少し埋まってしまい、這い出さなければならなかった。

ロスはくすっと笑い、彼女が干し草のなかに膝をついてもがくのを眺めながら、腰の剣をはずして脇に置いた。アナベルがようやく脱出すると、彼はプレードをはぎ取って足元の床にふわりと落とした。彼女の顔つきと動きを止めて見つめる様子に微笑みながら、すばやくシャツを頭から脱ぎ、ブーツしか身につけていない状態で彼女のまえに立った。男性を美しいと表現することができるとは思わなかった。ロスの顔のことを言っているわけではない。彼の顔はハンサムで、力強くて、たくましくて、男らしかった。だが、彼の体は力強くて男らしいだけでなく、息をのむほど美しかった。

ロスは少しのあいだ薄明かりのなかで好きなだけ見せてやったあと、手を差し伸べた。

「おいで。きみが干し草のなかで遊ぶのに飽きたら、プレードを敷いて、〝ベッドでないもの〟を快適にしてやろう」

すでに干し草に体のあちこちをつつかれていたので、アナベルは彼の手を取り、膝立ちのままえに進んだ。だが、すぐ目のまえに彼のものがあるのに気づいて止まった。見つめているとそれはゆらゆらと動いたが、すぐ近くに彼女の顔がある今は息がかかっているにちがいなく、硬くなって力強く上を向いた。

それを見て、森のなかで彼が初めて口で歓ばせてくれたことを思い出したアナベルは、いきなりまえに身を乗り出してそれをなめた。大きくぺろりとペストリーのなかからあふれた果物がついた親指をなめるように。その動作にロスが息をのむ音が聞こえ、顔を上げると、彼は頭をのけぞらせて、痛みに耐えるように歯を食いしばっていた。両手もにぎりしめている。

最初に触れたときの反応から、気に入ってもらえたと思ったアナベルはもう一度、今度は先端をすっぽり口にふくみ、吸いながら引き抜いた。親指についたペストリーの中身の果物をすっかりなめとるように。

「アナベル」彼はうなるように言うと、いきなり腋の下をつかんで彼女を立ちあがらせた。目を合わせて警告する。「火遊びは危険だ」

「でも、わたしは火が好きよ」彼女は微笑んで言うと、真顔になって付け加えた。「とくにあなたにつけられる火は」

ロスは目を見開き、彼女を胸に引き寄せて口づけた。アナベルはすぐに両腕を彼の肩に預け、積極的にキスに応えた。硬くなったものがスカート越しのお腹のあたりに当たるのを感じ、下半身を左右に動かすことで、彼の高まりを愛撫した。

それに反応した彼は、両手ですばやくスカートをたくしあげ、腿の裏側まであらわにして、裸の尻をつかんだ。そしてそのまま彼女を持ちあげ、さらにぴったりと体を押しつけた。アナベルはうめいたが、それはほかでもない欲求不満からくるものだった。ふたりのあいだにはまだドレスがある。だが、彼の唇が離れて、浮いていた足が地面におろされると、ますます不機嫌になった。

「〝ベッドでないもの〟を作らないと」彼はアナベルから離れ、かがんで地面からプレードを拾った。干し草が少し生地にくっついているのを見て、アナベルは顔をしかめた。ロスがプレードを振って広げるあいだ、彼女はどこかにドレスを置く場所はないかとあたりを見まわした。プレードと同じ末路をたどってほしくなかった。横木をわたした二本の柱を見つけると、ドレスを地面に引きずっていくよりはと、そばに行ってすばやくひもをほどいて頭からドレスを脱いだ。柱にドレスを掛けたとき、両手が腰にまわされるのがわかった。驚いて飛びあがり、ゆがんだ笑みを浮かべて肩越しに夫を見た。

「びっくりしたじゃない」ぎこちなく微笑みながら言うと、背中を胸に引き寄せられた。両手が伸びてきて乳房を包む。見おろすと、日焼けした手のなかに真っ白な肌があり、その光景にうっとりとした。親指と人差し指に両の乳首を転がされ、軽くつままれて、アナベルはうめいた。背中をそらして、彼の愛撫に乳房を押しつけ、首を伸ばして彼の胸にもたれながら頭を左右に振った。

ロスがまえかがみになって額にキスをすると、アナベルは頭をうしろに傾けて唇を差し出した。彼はその誘いを受け、激しく唇を奪った。アナベルも同じ激しさでそれに応え、彼の唇を軽くかんだ。彼の舌がすべりこんでくる。同時に、乳房をつかんでいた手の片方がだんだん下におりてきて、腹部をすべりながら、さらに下へと向かうのに気づいた。彼女はうめきながらお尻を彼に押しつけ、姿勢を少しずらして、彼の魔法のような指が脚のあいだに届きやすくした。

「あなた」アナベルは唇を離してあえぎ、愛撫のせいで脚に力がはいらなくなって、彼の上腕をつかんだ。彼はもう片方の乳房の愛撫もやめ、その腕を乳房の下に当てて体を支えながら、彼女をさらにあおり立てた。アナベルの世界はバランスをくずし、すべての感覚は彼の指が踊っている脚のあいだに集中して、陶然としたまま頭を傾けて彼の腕にかみついた。それは自分を支えるためだったが、彼がうめき声をあげたのであごをゆるめた。興奮で頭が混乱していたとはいえ、うっかり彼を傷つけてしまったことに罪悪感を覚え、アナベルはうしろに手を伸ばして、彼の気をそらすことで償おうとした。

男のしるしを見つけるとすぐにつかんでやさしく手を上下させた。だがそのとき、彼が指を入れてきたので、思わず強くにぎりしめてしまった。ふたりはともにうめき声をあげ、アナベルの手のなかのものは硬さを増した。

次の瞬間、ロスは彼女をまえかがみにさせた。アナベルが空いている手で目のまえの柱をつかむと、男性自身が彼女の手から引き抜かれ、うしろから突き立てられた。驚いて声をあげる。彼女のほうがかなり背が低いので、挿入するためにはロスは脚を開いて中腰になる必要があった。彼にとっては快適とは言えない体勢のはずだ。そんなアナベルの心配は、彼が抜き差しを繰り返しながら、また脚のあいだを愛撫しはじめるとどこかへ行ってしまった。彼はいきなり動きを止め、自身を引き抜いて彼女を抱きあげ、干し草の上に広げたプレードに運んだ。

ロスはひざまずいて彼女をそこにいったんおろすと、プレードの上に寝かせておおいかぶさった。アナベルは彼に触れようとしたが、すぐに両手をつかまれて頭の両脇の地面に押しつけられてしまった。彼が顔を寄せてきて唇をそっとかんでから口づける。アナベルはぬめりを帯びた部分に彼が自分のものをすべらせるのを感じて、唇を重ねたままうめき、彼を迎え入れやすくしようと脚を開いて腰を浮かせた。だが、彼はまだ手順を味わいたかったらしく、すぐに入れようとはせずに、彼女をこわばったもので繰り返しこすることで、じらして楽しんでいた。

アナベルもしばらくは耐え、彼が与えつづけてくれる興奮を楽しんでいたが、やがて欲求がつのっていった。彼を自分のなかに感じたかった。どうしても……。

顔をそむけて唇を無理やり離し、あえぎながら言った。「早く、あなた。お願い！」

なぜかロスはそれを聞いて笑った。そして、彼女の手首を離し、開かれた脚のあいだで膝立ちになった。お尻をつかんで干し草から下半身を浮かせ、彼女のなかに突き立てる。「ああ、これよ」アナベルは安堵のうめきをもらした。彼はそのままの体勢で、片手でお尻を抱えながら、もう片方の手をふたりのあいだに伸ばして、彼を求めてむせぶつぼみを愛撫した。アナベルはまたもやうめくと、かかとを干し草のなかにめりこませて、彼の動かない硬い棒に向かって腰を突きあげ、彼の誘惑の指がつぼみの上で奏でる音楽に合わせて踊った。

興奮と激しい動きのせいであえぎながら、アナベルが目を開けると、彼が見つめていた。不意に恥ずかしくなって動きを止める。

ロスは体を離して彼女を干し草の上におろし、うつ伏せにさせると、うしろからおおいかぶさって首筋にキスしながら言った。「やめなくてよかったのに。きみが気持ちよくなっているのを見るのは楽しかったよ」

アナベルは自分がしていたことに気づいて目を見開いた。ロスはいきなり体を起こし、彼女の腰を持ちあげて膝をつかせ、うしろからまた突き入れて、アナベルをあえがせた。干し草のなかに両手をついて懸命に体を支えながら、彼に何度も突き立てられてあえぎ、アナベルはうめいた。だが、彼女のほうからキスしたり触れたりできないこの体勢を、彼が気に入っているのかどうかはわからなかった。やがて、彼が手をまわしてきてまた彼女に触れたので、体をこわばらせて「あっ」と叫んだ。

次の瞬間、ふたりとも歓びの声をあげながら、プレードを敷いた干し草のなかにくずれ落ちた。最初はロスが上だったが、すぐにおりると彼女の隣で横向きになった。そして、彼女も横向きにして腰に腕をまわし、背中が自分の胸にぴったりつくようにしてうしろから抱き寄せた。

呼吸がゆっくりと規則的になるのを聞いて、ロスが眠ったのだとわかった。アナベルもそのまま満ち足りてうとうとしたが、本格的に眠りに落ちるまえに、物音がして目が覚めた。目を開けてぼんやりと見ると、背後の開いた納屋の扉から、日光の筋が床に伸びていた。光の筋は長くて幅広く、そのなかに何かの影が認められた。光のまんなかにあるのはなんの影だろう、なぜ小さくなっていくのだろうと考えながら、アナベルは眉をひそめた。答えがわかったのは、影が動き、地面に向かって縮んで、アナベルとロスが作る影のなかに消えそうになったときだった。そのときすべてがわかった。光のなかの影は近づいてくる人影で、その人物は今、ふたりのかたわらにひざまずいているのだ。

アナベルは微動だにせずに横たわったまま耳を澄まし、光の帯を凝視した。すると、ふたりの体が落とす影のなかから、もっと細い、妙な形の影が浮きあがった。棍棒《こんぼう》のようなものを持った腕だとわかると、アナベルは悲鳴をあげて起きあがった。そのとき、どすっという音がして、プレードに座ったまま振り向くと、夫を棍棒で殴っていた男が顔を上げた。それは例の襲撃犯だった。

アナベルは急いでロスに目を向けた。血が出ている様子はないが、ぴくりともしていない。怒りと恐怖が混ざり合い、激しい悲鳴をあげながら、必死で武器をさがした。彼女の側の干し草と地面の境目に、ロスの剣があった。這ってそばに行き、重い金属の剣をつかみあげて、一度よろめいたもののなんとか立ちあがった。そして、震える腕で剣をかまえて振り向いた。

「やめろ、あんたはそんなことをしたくないはずだ」男は低くひびく声で言い、ロスのほうをぎこちなく見やってから体を起こし、倒れている彼のうしろに立った。

「ブルーベルを摘んでいたときは、あなたを刺したくなかったけど、刺したわ」アナベルは言い放った。そして冷たく付け加えた。「それに今、あなたは夫を痛めつけた。だからぜひともあなたを傷つけたいわ」

「なあ、待てよ」男は猫なで声で言い、横に移動してロスの体をよけると、アナベルのほうに進み出た。「ちょっと眠らせただけだ。じきに気がつくさ。けがをしないうちに武器をおろせ」

「地獄に行きなさい」アナベルは低い声で言うと、男に斬りかかった。自分もそこに行くことになると何度も言われていたが、この男にこそふさわしい場所、地獄に行けと男を呪ったことと、前回出会ったときに自分がナイフで刺した同じ腕に、実際に斬りかかったこと、どちらのほうが驚くべきことなのかわからなかった。前回は前腕を刺したが、今回はねらいをつけた上腕に見事な一筋の傷を負わせたあと、その勢いと剣の重みで、くるっと回転してしまい、男が視界から消えた。

悪態をつきながらもう一度男を見ようと向きを変えかけたとき、後頭部を殴打されてまえにつんのめった。一瞬目の奥がぱっと明るくなったが、意識を保って立ちつづけ、剣で自分の脚を切ってしまわないように、体から離す余裕もあった。

だが、完全に立ちなおるまえに、剣をにぎった手をつかまれた。しばらくは奪われるまいとがんばったが、指が押しつぶされそうになると、ついに悲鳴をあげて手を離し、納屋の隅のほうへ、そこにある闇のなかへよろよろと逃げた。

「逃げようとしても無駄だ」背後から襲撃者が言った。「おれたちはあんたらの馬をいただいた。すぐに追いつけるさ」

アナベルは何も言わず、闇のなかを歩きつづけた。周囲がどんどん暗くなるので、物にぶつからないように、両手をまえに突き出しながら。

「隠れることもできないぞ。あんたがここから出られないのはわかってるんだ。すぐに見つけてやる」男は指摘した。

手が何かにぶつかり、触れてみると木材だった。壁らしきものに沿ってすべりはじめている。地面に倒れたら自分の居場所を明かしてしまうと思い、急いで木材を押さえたが、幅広の厚板で、長さや頑丈さから判断して武器として使えそうなので手に取った。

「あんまり面倒をかけると、おれたちであんたの亭主を痛い目にあわせるぞ」男は今や警告していた。「そんなのはいやだろう?」

アナベルは何も考えずに、妖精バンシーのように叫びながら、木の板を頭上に掲げて男に突進した。その姿は見物だっただろう——髪をくしゃくしゃにした裸の女が、口を開けてやみくもに叫びながら、暗闇から飛び出してきたのだから。男はぎりぎりになるまで剣を上げることすら思いつかなかったらしい。もう少しで彼女にやられるというときまで、口をあんぐり開けて立ち尽くしていた。彼女が板を振りあげはじめると、ようやく武器を持ちあげたが、半分も上げないうちに、木材を力いっぱい頭に打ちおろされていた。

男は頭をゆらゆらさせ、衝撃で顔の皮膚を震わせていたが、まずは頭、次に体の順でぎこちなく向きを変えると、彼女から離れた。アナベルは男が倒れるのを待ったが、彼は倒れないまま、開いている納屋の扉までよろよろと数歩歩いて、しばらく木の戸枠にもたれた。アナベルは口を引き結んで、もう一度殴ってやろうと前進をはじめたが、二歩ほど進んだところで、男は戸枠をすべりながらまえにくずおれ、顔から土の上に倒れた。

もう一発殴るべきかとためらったが、そうはせずにロスのほうを見て、彼に走り寄った。

「あなた?」アナベルは彼のそばにひざまずいて心配そうに様子をうかがいながら、恐る恐る呼びかけた。そっと額をさぐるとこぶが見つかり、指先が血で濡れた。触れられても彼は目を開かず、手のひらで軽くたたいてもだめだった。「あなた、目を覚ましてちょうだい」

数分間彼を起こそうとしたあと、襲撃者のほうを見ると、さっきまで倒れていた場所から消えていた。一瞬心臓が止まり、木材をにぎりしめて無理やり立ちあがる。一歩足を踏み出したが、二歩目でつま先に何かが当たった。ぼんやり見おろすとそれはロスの剣で、男が落としたのだとようやくわかった。ためらったあと、かがんでそれを拾う。アナベルが武器として使うには重くてあつかいにくかったが、そのままにしてだれかに使われる危険を冒すわけにはいかない。片手に木材を持ち、もう片方の手で剣を引きずりながら、慎重にドアのところまで行って外をのぞいた。

納屋からよろよろと歩いていく、あるいは這っていく男が見えるものと思っていたが、男の姿はどこにもなく、彼が〝おれたちはあんたらの馬をいただいた。すぐに追いつけるさ〟と複数形を使っていたことを思い出した。そして、〝あんまり面倒をかけると、おれたちであんたの亭主を痛い目にあわせるぞ〟とも。

深呼吸をして気を落ちつかせ、それほど遠くない木立のほうをじっと見た。何も見えなかったが、急にだれかに見られているという気がした。

さっと目を走らせて、たしかに自分たちの馬が消えていることを確認すると、向きを変えて急いでロスのところに戻った。

「あなた、お願い」彼のそばにひざまずき、武器を放して夫の肩を揺すりながらささやく。「目を覚まして。わたしたち、ここを出なくちゃ」

そうしながらも、彼が目を覚ましてここから彼女を連れ出してくれるとは思っていなかった。自分の力で脱出しなければならないし、自分だけでなく、彼も救わなくてはならなかった。なんとかして意識を失った夫を納屋から引きずり出し、安全なところに行かなければ。彼をここに置いていくわけにはいかない。

歯を食いしばりながらあたりを見まわした。午後の日差しは弱まり、太陽は夜に場所を明けわたすべく地平線に向かっていた。すぐに暗くなるだろう。それまでここにいるつもりはなかった。ロスに向きなおり、剣を彼の腕の下にたくしこんで、見つからないようにした。戻ってきた襲撃者に使われないための用心だ。そして立ちあがり、まだドレスが掛かったままの二本の柱のところに行った。ドレスをつかんで持ちあげ、出っ張った釘からそっとはずす。ようやくドレスを回収すると、開いている納屋の扉から目を離さずに、急いで身につけた。

ドレスを着ると気分は少しましになったが、なおも神経質に扉のほうをうかがいながら、納屋のなかの探索をはじめた。数分間探索したあと、もう一枚の長い木の板やロープなど、使えそうなものが見つかった。見つけたものをロスのところに運び、もう一度彼を起こそうとした。

それでも目を覚まさないので、不安げに扉のほうをうかがったあと、あぐらをかいて座り、彼の頭の横のプレードの角を、木材の一方の端に結びつける作業に取りかかった。次に夫が横たわるプレードの足元のほうの角を、木材の反対側の端に同じように結びつけると、移動してプレードの反対側の角をもう一本の木材に同様に結びつけた。

ロープを取りあげ、次にどうするか考えるために立ちあがった。木材の上部にロープをくくりつける必要があるが、ロープがすっぽ抜けないようにしなければならない。迷ったすえ、横木をわたした二本の柱を見やり、走り寄って先ほどドレスを引っかけた釘を調べた。軽く引っぱってみても抜けないようなので、ロスの剣を取りに戻り、途中手を切り落としそうになりながら、それを使って釘をほじくり出した。

ひとつ釘を抜いたあとは、さがして、見つけて、抜くことを繰り返し、さらに三本の釘を調達すると、それを持って夫のもとに戻った。剣の柄をハンマー代わりにして、必要な場所に釘を打ちこんだ。二本の木材の端に打った釘に引っかけるようにしてロープをくくりつけ、すっぽ抜けないようにした。

次に、間に合わせの担架の上の夫が裸だという問題があった。そこで、かがんでひとつかみの干し草を拾い、それを彼の下腹部に落として陰部を隠した。できるだけのことはしたと思って満足し、夫の剣はブレードの上に置いて、彼の頭のほうにひざまずいた。ロープをつかみ、両肩と両の上腕にからませて、うなり声をあげながら体を起こす。

大柄な夫は重く、ロープが肌に食いこんで熱を帯び、燃えるようだったが、歯を食いしばって、夫を納屋から出すべく引きずりはじめた。扉にたどり着くころには、襲撃者のことよりも村までの距離のほうが気になっていた。

12

アナベルが目を開けると、ショーナクがベッドの足元に立っていた。両手を腰に当てて首をかしげ、唇を引き結んでアナベルとロスを見つめている。アナベルが目覚めたことに気づいた侍女は、「ふん」と鼻を鳴らして言った。「おふたりはお顔のあざまで、ひと組のブックエンドみたいにそっくりですこと」

アナベルは顔をしかめながら起きあがり、何キロにも思える距離を、昨夜自分が安全な村まで引きずっていった男性のほうを見た。ようやく到着したとき、太陽はとうに沈んで家々は暗く、住人たちは眠っているようだった。最初の小屋のまえで足を止め、なかの人たちを強引に起こして、領主に力を貸してくれとたのむつもりだったが、腕と肩からロープをはずそうとかがみかけたとき、馬の蹄の音が聞こえてきた。動きを止めて、静かな村とは反対の方向に恐る恐る目をやると、少なくとも十二人の男たちを引き連れたギリーとマラフが、馬に乗ってやってくるのが見えた。

たちまちアナベルは囲まれて、重荷から解き放たれた。とっくの昔に干し草のおおいを失っていたロスは、抱えあげられてギリーの馬にうつ伏せに乗せられ、アナベルはマラフのまえに乗せられた。馬で城に戻る途中、何があったかを説明し、何時間もまえにジャスパーが城に戻っていることを知った。最初はだれも気にしていなかったが、夜になってもアナベルとロスが戻らないので、捜索隊が結成された。六十人の男たちが四つのグループに別れて、別々の方角に馬で出ていった。そしてギリーとマラフは、領主と奥方を最後に見かけた村に向かったのだった。

アナベルは今、ロスの青白く動かない顔を見て尋ねた。「彼はひと晩じゅう目覚めなかったの？」

「わたしに尋ねておられるんですか？」ショーナクは冷ややかにきいた。「自分がずっとそばにいて見守るとおっしゃったのは奥さまですよ」

「ええ、そうしたわ」アナベルは言った。「日が昇るころにようやく彼の隣で横になったの。眠るつもりはなかった。でも椅子はひどく座り心地が悪かったし、あれだけ長いこと……」悲しげに肩をすくめ、ロスの顔から髪を払いのける。「横になるべきじゃなかったわ」

「まだ夜が明けたばかりですよ」ショーナクがなだめるように言った。「悪いことをしたなんて思う必要はありません。少し休まれたらどうですか？　領主さまはわたしが見ていますから」

アナベルはその申し出にそそられて迷ったが、首を振った。「大丈夫よ。でも、少しのあいだ彼のそばにいてもらえるかしら？　陛下に行って、朝食をとりたいの。そうすればたぶん、彼が目覚めるまで起きていられると思うから」

ショーナクはアナベルを休ませるために別の提案をしようとしたらしく口を開けたが、すぐにまた閉じてうなずいた。

「ありがとう」アナベルはつぶやくと、体を押しあげるようにしてベッドから立ちあがり、ドアに向かった。「すぐに戻るわ」

「ゆっくりなさってください」とショーナクは勧めた。「だんなさまがお目覚めになったらお呼びしますから」

アナベルは何も言わなかった。ロスが起きてから呼ばれたくなかったのだ。そばにいて手をにぎり、目を見ていたかった。だが、運の悪い彼女のことだから、部屋を出た瞬間にロスが目を開け、そばに妻が座っていないのを見た彼に、夫のけがをそれほど心配していないと思われてしまうのだろう。

そんな考えに顔をしかめながらドアを閉め、その場にしばしたたずんで耳を澄ました。突然のよろこびの叫びも、〝ようやく起きることになさったんですね〟というショーナクの皮肉っぽい声も聞こえないまま数分が経過すると、アナベルはしぶしぶドアに背を向け、階段に向かった。

大広間は朝食をとる召使いや兵士たちでいっぱいで、その全員が階段をおりるアナベルに目を向けているようだった。どの顔にも疑問が浮かんでおり、アナベルはテーブルに歩み寄りながら、ロスの状態について何か発表するべきではないかと考えたが、実際は何も言うことがなかった。彼はまだ目覚めていないし、目覚めるかどうかもわからないのだ。

そう思ってため息をつきながらテーブルの最上席につき、ギリーとマラフがすぐに立ちあがって彼女の両側の席に移動すると、またため息をついた。

「わたしを警護する必要はないわ。夫が意識を失っているんだから、城を離れるわけがないでしょう」と威厳を持って言った。

「まだ意識が戻らないんですね」マラフが不機嫌そうに言った。

アナベルは首を振ってパンをひとつ取ったが、ぼんやりとちぎるばかりで、視線は階段へと戻っていた。

「ふむ、どうもおかしいな」少ししてギリーがいきなり言ったので、アナベルがどういうことかとうかがうと、彼はつづけた。「小柄で弱い女性のあなたは、頭を二度殴られても快復しているのに、大柄で力も強いロスが、一発殴られただけで倒れるなんて」

「頭の傷は――」アナベルは反射的に口をひらいたが、すぐにさえぎられた。

「油断できない。ええ、知ってます」ギリーはむっとして言った。「それでもおかしいですよ」

アナベルは彼の手をなだめるように軽くたたいた。「あの人はきっとすぐに目覚めるわ。あなたも言っていたように、強い人だもの。とにかく待ちましょう」

「レディ・マッケイ？」

アナベルはそう呼ばれてゆっくりと向きを変えた。新しい名前で呼ばれるのにまだ慣れていないので、自分のことだと気づくのに時間がかかった。声のしたほうを肩越しに見ると、そこに立っていたのはギブソン神父だった。

「まあ、神父さま」アナベルはつぶやいて立ちあがった。

「お伝えしたいことがありまして。こんなことがあったあとですから、ミサに出られるよりもご主人のそばにいたいと思われるのは理解しております」

アナベルは罪悪感を覚えた。朝食をとるためにみずから夫のもとを離れてここに来ていたからだ。だが、神父が言ったように、ミサに出るつもりはなかった。ミサは時間がかかりすぎる。

「そこで、ご夫妻の寝室でミサをとりおこなってはどうかと思いまして」神父はつづけた。「そうすれば、とくに祈りが必要な今、おふたりともミサに出ることができます」

「そうねえ……」アナベルは口ごもった。目覚めたロスが、自分が伏しているベッドのまわりにみんなが集まってミサをあげているのを見て、よろこぶとは思えない。

「おふたりだけのためのミサです」とギブソン神父が言ったので、アナベルはほっとした。

「ありがとうございます」彼女はもごもごと言った。「ご親切なお申し出を」

「いいんですよ。困った人たちの力になるのがわたしの仕事です。たしかにあなた方は、度重なる襲撃のせいで困っておられますからね」

「ええ」アナベルは同意し、礼拝堂での通常のミサのあとで、夫婦の寝室に彼女とロスを訪ねてもいいかときかれると、それにも同意した。

アナベルはあらためて神父にお礼を言い、去っていく彼を見送ったあと、ベンチに腰をおろして陰鬱な気分で言った。「この襲撃の陰にいるのが何者なのか、さぐり出さないと」

マラフとギリーは視線を交わしたが、口を開いたのはマラフのほうだった。「昨日あなたがおれたちをだまして、馬でこっそり抜け出したとき、ロスさまは村でそれをしていたんですよ」

「そうなの？」彼女は興味を覚えてきいた。「具体的には何をしていたの？」

「フィンガルと話をしていたんです」ギリーが答えた。「鍛冶屋の」

「自分にもクランの長になる権利があると訴えた、ロスのおじいさまの庶子の？」そう尋ねると、ふたりとも驚いた顔をしたので、アナベルはぐるりと目をまわした。「ジョーサルから全部聞いたわ」

「ああ、なるほど」マラフが言った。

「何かわかったの？」とアナベルがきく。

ギリーは驚いて眉を上げた。「あなたがそれをきくんですか？　あのあとおれたちは領主殿と話していないんですよ。彼はあなたといっしょにいたから」

「ああ、そうだったわね」彼女がつぶやく。ロスからは何も聞いていなかった。フィンガルのことをあやしいと思っていたなら、話してくれていただろうか？　よくわからなかった。

「それならわたしがそのフィンガルという人と話すべきかもしれないわ」彼女は言った。

「ついさっき、ロスさまが寝こんでいるあいだは城を離れないと約束したばかりなのに？」

ギリーが怒って尋ねた。

「そうだけど、気が変わったの」彼女は詫《わ》びるように言った。

「気を変えるのは自由ですが、あなたを城から出すなというのが領主殿の命令で、おれは命令に従わなければなりません」

アナベルは彼に向かって眉をひそめた。「ギリー、わたしはだれ？」

「領主殿の奥方です」

「夫が病気や不在のとき、指揮をとるのはだれかしら？」

彼は小声で悪態をついて顔をそむけ、答えるのを拒否した。アナベルにとってはそれが答えになった。ギリーとマラフも、ほかのみんなも、今は彼女の命令に従わなければならないのだ。

「わたしだって必要がなければ城を離れたくないけど、真相はつきとめたいの。あなたたちのどちらかひとりが村まで行って、フィンガルを連れてきてくれないかしら。そうすれば彼と話ができるわ」彼女はさらにつづけた。「それと、おじさまも……オウエン、とジョーサルは言っていたかしら？」

「はい」ギリーがうなずく。「オウエンです」

「ふたりと同時に話したいわ」

「なぜです？」ギリーが尋ねた。「同時にふたりを観察することはできませんよ。片方を見ているあいだに、もう片方のあやしい表情を見逃すかもしれない」

「そうかもしれないけど、わたしが彼らと話しているあいだ、あなたたちふたりがいてくれれば大丈夫よ」と言ったあと、彼女は指摘した。「それに、別々よりもいっしょのほうがボロが出るかもしれないわ。とくに何かの話が出たときに視線を交わすとか、片方がうそをつけばもう片方が驚きや疑惑をあらわにするとか」彼女は肩をすくめた。「あなたたちがそれぞれひとりずつ観察すれば、あとでおのおのが見たことを報告し合えるわ」

「いい考えです」マラフは感心して言った。

「そうですね」ギリーもにやりとして同意した。「若さまはいい方と結婚したものだ」

アナベルは褒めことばに軽く微笑んだが、すぐに尋ねた。「デレクの母親についてはどう思う？」

「ミリアムですか？」マラフが驚いてきいた。

アナベルはうなずいたあと言った。「ジョーサルから聞いたの。彼女はデレクを殺したロスを憎んでいて、何もかも彼のせいにしてるって」

「それはたしかにそうですが――」

「復讐したいと思うほど憎んでいた？」アナベルがきく。

ふたりの男は眉をひそめて顔を見合わせた。やがてギリーが首を振った。「いいえ。たしかに憎んでいたかもしれませんが、それならロスさまを襲ったはずです。あなたではなく」

「そうよね」彼女も同意見だった。「ロスから何か、あるいはだれかを奪うという形で復讐しようとしたなら別だけど」男ふたりにぽかんと見つめられ、アナベルはため息をついて言った。「彼女にしてみれば、愛する息子をロスに奪われたのよ。復讐する可能性もあるわ――」

「ロスさまから愛する人を奪うことで」マラフが察してその先をつづけた。

「愛する人とは言えないかもしれないけど」アナベルはもごもごと言った。夫が自分を愛しているとは思わなかった。少なくとも、そんなようなことは口にしていない。それには確信があった。ただ、夫婦の営みは楽しんでいるようなので、好意は持っているだろうけど――。

「それはたしかに賢いな」ギリーが彼女の意見を吟味しながらゆっくりと言った。「陰険でいかにも女がやりそうだ」

侮辱的発言にアナベルがにらむと、彼は顔をしかめた。

「すみません、一部の女がやりそうだという意味です」彼はぶつぶつと言った。

「ふん」アナベルは不満そうな声をあげたあと、ため息をついて言った。「ミリアムの居所がわかるかどうか、きいてまわってちょうだい。このあたりで彼女を見かけた人がいるかどうかも」そこで少し間をおき、暗く付け加えた。「彼女を見かけていないからといって、この背後にいるのが彼女ではないとは言えない。なんと言っても、実行犯は男なのよ。彼女が雇ったということもありうるわ。その場合、彼女がこのあたりにいる必要はないでしょう」

「ミリアムは親族のもとに戻ったと聞いています」マラフが考えこむように言った。「彼女がだれかを送りこむとしたら、おそらく親族の者でしょう。親族のだれかを見かけた者がいないかきいてみます。空き地であなたを追いかけた男の人相に合う者が、親族のなかにいるかどうかも」と提案した。

「そうね。いい考えだわ」アナベルは褒め、立ちあがった。「階上に戻って夫の様子を見ないと」

「でもあなたの朝食がまだです」ギリーが眉をひそめて指摘した。

アナベルは自分の席に散らばっているパンのかけらを見おろした。パンをちぎってばらばらにしながら、ひと口も食べていなかった。肩をすくめて言った。「どうせそんなにお腹はすいていないから」

「侍女にリンゴ酒と食べ物を階上に持っていかせましょう」マラフが静かに言った。「力をつけなくてはいけません。これから必要になりますから」

「ありがとう」アナベルはつぶやき、階段に向かった。だが歩きながら、急にいま言われたことの意味が気になってきた。また襲撃されたときのために、力をつけておかなければならないという意味だったのだろうか？ それとも、ロスが死んだときのために？ ふたつ目の可能性に、彼女の心は縮みあがった。そんなことは考えたくもなかった。夫が好きだった。もしかしたら愛しはじめているのかもしれない。彼は大事にしてくれるし、思いやりを持って接してくれるし、血を燃えあがらせ、体を歌わせてくれる。それがもう二度と経験できなくなるなんて、考えたくなかった。


「ロスにも話したが、エインズリーとオウエンとおれは、クランの長の座を求めて立ちあがろうと決めた夜、飲んでおった」

アナベルはうなずいて、話をつづけるようにうながし、肩越しに振り返って、ギリーとマラフがともに注意を払っていることを確認した。オウエンが鼻を鳴らす音がして、アナベルはまえに向きなおった。

「ただ飲んでいたわけじゃない。へべれけだった」ロスのおじはつづけた。「われわれはカード遊びをしていたことになっているが、実のところデレクのことを三人でくさしていたのさ」

「そうだ」フィンガルが同意した。「自分は四歳上だから、ロスよりも賢くてすぐれたクランの長になれるとぬかすあのばかに、三人ともいらいらしていた」彼は顔をしかめた。「しかもやつに賛同する者たちまでいた」

「信じられないだろう？」オウエンがあきれたように言った。「父親が病気になり、位を降りると——彼の魂の安らかならんことを——結局ロスは、こつこつと努力し、領民の心をつかむことで、自分の力を証明した。あの若者は生まれながらの指導者だ」

「そうだ。だがデレクは何をした？」フィンガルがきいた。そして、オウエンと同時に答えた。「何もだ」

ともにうなずくふたりは兄弟のように見えた。やがてフィンガルがつぶやいた。「デレクがあまりにさわぎたてるので、われわれは頭にきた」

「そうとも」オウエンも言った。

「それで決めたんだ。あいつが年齢のことを持ち出すなら、年齢ではあいつに負けないわれわれが、長の候補として名乗りをあげてやろうとな」フィンガルがつづけた。「あの小倅《こせがれ》にひと泡吹かせてやるために」

「ああ」オウエンが同意してから、急いで付け加える。「だが、われわれはみんなほんとうにそれを望んでいたわけではなかった。わたしは根っからの百姓だ。ずっとそうだった。政治的なたわごとになどかかずらってはいられない。肥えたいい土を与えてくれるなら、村じゅうを食わせてやれる。だが剣を持たせたら、うっかり自分を突き刺しちまう」彼は顔をしかめて言った。「わたしはイングランド人や近隣のやつらにへつらうよりも、豚にえさをやるほうがいい……われわれの父もそれを知っていた。まだ子どもだったわたしに、父は耕す土地を与えてくれた。わたしはそこで立派に働いている。それに満足している」

「おれは鍛冶屋の仕事が好きだ」フィンガルも言った。「かっとしやすい性質《たち》だったが、鉄をたたいていればそれも収まる。おれがクランの長だったら、年じゅう戦をしていただろう」

「ああ、そうだろうな」オウエンがにやりとして言った。

「それはいいことじゃない」フィンガルが言った。「おれはいい剣を作ることができる。ハイランド一のな。だが、それを使うとなると？」彼は顔をしかめ、首を振った。「最初の戦で自分を刺し貫いてしまうだろう」

「ああ」オウエンが同意した。「わたしもだ」

ふたりはしばらく黙っていたが、やがてフィンガルが言った。「ロスがけがをするまえにやっていたように、あなたがこの襲撃の背後にいる人物をさがそうとしているのは知っているが、われわれをあやしいと見ているなら見当ちがいだよ。ロスはすぐれた指導者だ。おれは剣の使い手ではないが、彼のためなら剣を持つことを厭《いと》わんよ。だがそれを彼に向けることはしない」

オウエンはまじめな顔でうなずいたあと、尋ねた。「彼の容体は？　まだ意識は戻らないのか？」

「はい」アナベルは静かに認めた。

オウエンはため息をついた。急に老けたように見える。彼は首を振った。「不公平だ。あの子はこの五、六年たいへんな思いをしてきたのに」

「そうだな」フィンガルもため息をついた。「そこからもようやく抜けられそうだった。デレクを始末して、ここも落ちついてきたから、花嫁を迎えにいった。これからはいろいろなことが上向きになると思ったのに」

オウエンがうなずいた。「すぐに赤ん坊の泣き声を聞くことになって、領主も満足するだろうと。幸福な領主は領民を幸福にするからな」

「彼はすぐに目覚めると思います」アナベルはなぐさめるように言った。「強い人ですから」

「ああ、だが頭の傷は油断できない」オウエンが暗い声でつぶやく。

アナベルはそれを聞いて顔をしかめた。このところ自分も含め、みんなそればかり言っているので、聞き飽きていた。危険だろうとなかろうと、ロスには頭の傷から快復してもらわなければ。

「ミリアムのことは考えたか？」オウエンが不意に尋ね、こう付け加えた。「彼女はデレクの死に納得せず、すべて息子が引き起こしたことにもかかわらず、ロスを非難したのだ」

「いや、むしろ彼女がデレクをそそのかして長にさせようとしたのかもしれない」フィンガルがいやそうな顔で言った。「そうすれば領主の母親になれるし、城に住めるからな」

「それはいかにもありそうだな」オウエンはそう言ったあと、非難をこめて付け加えた。「ミリアムはつねに村での暮らしよりもっと快適な暮らしを求めていた。娘のころからレディ・マッケイになりたくて、兄のランソンを追いかけまわしていたよ。ロスの父親だ。ランソンがロスの母親を選んだときは、激怒していた」

「ほんとうに？」アナベルは興味を覚えてきいた。

「ああ。事実だ」オウエンは言った。「あの女なら、荘園の大奥さまになるという最後の希望をくじいたロスに、いやがらせをしかねないと思うね」

「もしかしたら彼女が――」アナベルはことばを切って、突然開いた玄関扉のほうを見た。はいってきた兵士には見覚えがあった。マッケイの一族の者で、たいてい正面の門のところで警備にあたっているが、名前は聞いていなかったので、彼があたりを見まわしたあと、テーブルにいる自分を見つけてまっすぐ近づいてくると、アナベルは少し警戒した。

「失礼します、奥方さま」兵士は彼女のそばまで来ると、軽く会釈してつぶやくように言った。「門にレディがいらして、あなたにお目にかかりたいと言っています」

「レディが？」アナベルは驚いてきき返し、スコットランドで自分に会いたがる女性がいるだろうかと考えた。これまでに知り合った女性たちといえば、ここの侍女たちとジョーサルだけで、ジョーサルなら門で待たされたりしない。

「イングランド人の女性です」兵士は告げた。

アナベルは目を見開き、すぐに立ちあがった。

「ちょっと待ちなさい」オウエンはあわてて立ちあがりながら言うと、兵士を見た。「ミリアムか？」

「ミリアム？」アナベルは驚いてきいた。「でも、彼女はスコットランド人……じゃないんですか？」と自信なさげに付け加える。

フィンガルとオウエンは首を振ったが、ことばを発したのはオウエンだった。「ちがう。ミリアムはイングランド人だ。父が彼女の父親をここのコックとして雇ったとき、彼女は十二歳だった。母親が死んだので、父親は娘を連れてきたのだ。厨房の奥に小さな部屋を与えられていた」

「彼女は城での暮らしが気に入った。暑い厨房から逃げ出して、城を切り盛りしたがっていた」フィンガルが付け加えた。

「なるほど」アナベルはつぶやき、兵士のほうを見た。「それで、ミリアムなの？」

「わかりません」兵士は申し訳なさそうに認めた。「おれは面識がないので」

「バーナードはマクドナルドの人間なんです」マラフがアナベルの背後から静かに言った。

「このあいだの春にマッケイイの娘と結婚して、ここに移ってきたばかりで」

「はい」バーナードがうなずいた。「ミリアムという人がどんな顔立ちなのか知らないんです。それに、レディはミリアムと名乗っているわけではありませんし」

「わたしはミリアムの顔を知っている」そう言って、オウエンがテーブルをまわってきた。

フィンガルもそれにつづく。「われわれがいっしょに行って、もし彼女ならあなたを危険から守ろう」

「まあ、それはご親切に」アナベルは驚いて言った。「でも、もしミリアムなら、ギリーとマラフがわかるでしょう」

「ギリーとマラフは親族ではない」オウエンはきびしく言い放ってアナベルの腕を取ると、ふたりの男のほうを見て言い添えた。「悪く思わないでくれ、おまえたち。だが、ロスが伏している今、彼の妻の安全を守るのは親族の役目だ。さあ、フィンガル」彼に促され、もうひとりの老人は急いで彼女のもう片方の腕を取った。そして三人で城の玄関へと向かった。

アナベルは振り返って、ギリーとマラフがついてきていることを肩越しに確認すると、オウエンとフィンガルを見比べながら言った。「おふたりはとても仲がいいんですね」

「兄弟だからな」オウエンが肩をすくめて言った。

「兄弟といっても半分だけだ」フィンガルが訂正した。「それに、いつもこんなに仲がいいわけではない。若いころは、おれが持てないものを持っているオウエンとエインズリーとランソンをひどく嫌っていた。おれはそうではないのに、領主の息子と認められている彼らを」

「何があって変わったんですか？」アナベルは興味を覚えてきいた。フィンガルが玄関の扉を開け、三人で外に出る。

「ランソンのおかげだ」中庭を横切りながら、フィンガルはおごそかに言った。「われわれの父親が亡くなり、ランソンが領主になると、彼はおれと話をするために村にやってきた。おれを腹ちがいの兄弟だと認め、兵士として働く気はないかと言った」彼はぎこちなく微笑んだ。「だが、さっきも言ったように、おれは剣術が苦手だ。彼はみずから訓練してやると言ってくれたが、おれは子どものころから鍛冶屋の修行を積んできたし、その仕事が好きだったから……」彼は肩をすくめた。

「週に一度、四人でゲームをする夕べをはじめたのはランソンだった」オウエンが言った。「交代でメレル（ふたり用の戦略ボードゲーム）をやるときもあれば、トランプをやるときもあった。そうやってよく四人で遊んだものだ。デレクの父親はそのころには仲間にはいることを拒んでいた」

「たいていは、飲んで笑って、楽しくすごした」フィンガルがアナベルに教えた。「ランソンを失った日はほんとうに悲しかったよ」

「ああ」オウエンはため息をついた。「ロスが領主になったら、ゲームの夕べに誘うつもりでいた。だが、デレクとの諍いが勃発し、愚かにもわれわれは、別に長の座を望んでいるわけではないのだと弁明する間もなく名乗りをあげてしまった。あなたの想像どおり、われわれがしゃしゃり出たことを、ロスはよろこばなかった」

「そんなことがあったわけだから、ロスが招待に応じるとは思っていなかった」フィンガルが皮肉っぽく言った。「だからしばらくは彼を放っておくことにした」

「やがてエインズリーが亡くなった」オウエンがそう言ってため息をついた。

「ああ」フィンガルが暗い顔でうなずき、みんな黙ったまま、残り少ない門までの道のりを進んだ。

ロスはスコットランドのブルーベルの野原でアナベルが襲われて以来、それなりの理由がないかぎりだれも中庭に入れるなと命じていた。マッケイに用事または商用がある村人や訪問者は、跳ね橋をわたることが許された。それ以外は、ロスか、今回の場合はアナベルがいいと言うまでそこで待たされた。

最初は門で待っている人影など認められなかったが、門が間近に迫ると、ぼろぼろの服を着て顔も髪も汚れたひとりの女が、見張り塔の壁の影から明かりのなかに出てくるのが見えた。

「ミリアムではない」フィンガルががっかりしたように言った。

「たしかに。かなり汚れてはいるが、若すぎるし美しすぎる」オウエンはそう同意したあと、アナベルに言った。「若いころはミリアムも美人だったが、歳をとるにつれて辛辣で気むずかしい顔つきの老女になってしまった」アナベルのほうを見て告げる。「貪欲と羨望と恨みのせいだろう。そういう感情を心のなかに閉じこめて、外に出さないようにしていれば、あなたは今と同じくらい美しいままでいられるよ」

「ありがとう、覚えておきます」アナベルはつぶやいた。褒めことばに頰が赤くなっているのがわかったが、無視した。美しいと思われることに慣れていなかった。美しいと言ってくれたのはロスが初めてだった。どうやら彼の親族も同意見らしい。太った女を好むのがこの一族の特徴なのだ、としか思えなかった。

「アナベル?」

振り向くと、件《くだん》の女性が急いで進み出ようとして、手を伸ばした門番に止められていた。見知らぬ女性は自分の胸のまえに伸ばされた腕を見おろしたあと、必死でアナベルに目を向けた。

「アナベル、わたしがわからないの?」問いかける声はイングランド訛りがあり、今にも泣きそうだった。「わたしよ。ケイトよ」

「ケイト?」アナベルは驚いてきき返し、目をすがめて相手の顔を見た。姉だと確認したかったが、何しろ十四年ぶりだし、最後に会ったときはふたりともまだほんの子どもだったのだ。

「お腹《べ》ちゃん《リ》」女性が訴えるように言った。アナベルはそのあだ名を覚えていた。子どものころケイトはアナベルをそう呼んでいたのだ。

「なかに入れてあげて。わたしの姉よ」アナベルはすぐに言った。

警備兵が腕を下げた瞬間、ケイトが突進してきた。アナベルは姉の手を取って迎えようと両手を上げかけたが、その機会はなかった。ケイトは子どものように抱きついてきて、胸を締め付けんばかりに大声で泣きだした。

アナベルは驚いて一瞬固まったが、すぐに姉の背中をたたいて、なぐさめのことばをつぶやいた。姉からただよう悪臭に、鼻にしわを寄せたり身を引くまいとして、ひどく苦労もした。ケイトは切実に入浴を必要としていた。

それに気づいたのはアナベルだけではなかった。女主人を守る気まんまんで、ぴったり寄り添うようにして、門までずっといっしょに来た男たちは、いっせいに何歩かうしろにさがった。アナベルはそんな彼らをにらんでから、姉をゆっくりと自分の横に移動させた。姉の背中に腕をまわして城に向かわせながら、「ほらほら」とか「もう大丈夫よ」などとつぶやいたが、どうすればなぐさめることができるのかまったくわからなかった。恋人が死んだのだろうか？　捨てられた？　それとも暴力を振るわれて、逃げてきたのだろうか？　なんにしろ、姉はすっかり打ちひしがれているようだ。彼とは家出をしてすぐに何かあったにちがいない。ケイトが恋人と駆け落ちしてから、まだ一週間しかたっていないのだ。見たところ、それ以来一度も入浴せず、着替えもしていないらしく、過酷な状況で暮らしていたようだ。

男たちがついてきているのはわかっていた。ケイトが大声で泣きつづけているにもかかわらず、ふたりのあとから中庭を横切り、城にはいりながら、ぶつぶつ話し合う声が聞こえた。それは当然のことだと思ったが、アナベルがケイトを二階に連れていこうとしたときもついてきたのにには驚いた。

「ほらほら」アナベルはケイトを主寝室の隣の空いている寝室に入れながら繰り返した。「お風呂と食べ物を用意させるわ。それでずっと気分がよくなるでしょう。話はそのあとよ」

「風呂と食べ物?」オウエンがうろたえてドアのところから尋ねた。「彼女はイングランド人だぞ」

アナベルは彼を無視してケイトをベッドに行かせた。しがみつく手を振りほどいて姉をベッドに座らせると、肩をたたいて言った。「お風呂と食べ物の用意をするよう、召使いに言いに行くわね。すぐに戻るわ。休んでいてちょうだい」

そして、四人の男たちが固まって彼女を見守っているドアのほうに向かった。

「こんなことで食べ物を無駄にしたり、召使いをわずらわせることはないぞ」オウエンがまじめくさって言った。「彼女はイングランド人なのだから」

アナベルはドアのところで立ち止まって顔をしかめた。「わたしの話し方にお気づきではないのかもしれませんけど、わたしもイングランド人です」

「いや、あなたはマッケイイの人間だ」オウエンが言い返す。

「それはそうですけど、イングランド人でもあります」彼女はいらいらしながら言い張った。

「ちがう」ロスのおじは強情だった。「イングランド育ちだが、マッケイと結婚したのだから、今はスコットランド人だ」

こんなことをしていても時間の無駄だと思ったアナベルは、いらいらと手を振って男たちに場所をあけさせると、彼らの脇を通りすぎて足早に階段に向かった。

「姉がいたとは初耳だな」護衛たちとともに彼女を追いながら、フィンガルが言った。

「いたんです。ウィイヴァリーの厩番頭の息子と駆け落ちしたんですよ」マラフが冷ややかに言った。「サー・サー・ウィズラムは姉娘から相続権を取りあげたうえで勘当し、アナベルさまを契約に記された長女として差し出したのです」

「われわれにとってはありがたいことです。われらが奥方はやさしい尼――」アナベルがぎょっとして振り返ったので、ギリーのことばは立ち消えになった。

「ジョーサルに聞いたの？」

「ジョーサル？」ギリーは心当たりがないようだ。「彼女も知っているのですか？」

「ちがいますよ、奥方さま」マラフが安心させた。「ウェイヴァリーに到着したあと、厩番頭が別の男に話しているのを聞いたのです」

「気にしているのはそのことじゃないわ」アナベルはいらいらと手を振った。会話から彼女が次女だと気づいていたということは、すでにロスから聞いていた。「わたしが修道院で育てられたこと、修道女になるつもりだったことを、ジョーサルから聞いたの?」

その質問は沈黙に迎えられた。ようやくギリーが咳払いをして言った。「おれは別にあなたが尼だと言おうとしていたわけではありません。ふしだらな生き方をする姉君に比べて、あなたはやさしい尼のようだと言おうとしただけで」彼はそう説明し、問いかけるようにマラフのほうを見たあとつづけた。「あなたが修道女だったとは、だれも知らないと思います。そうだよな?」

マラフは心配そうにアナベルを見ながら、無言で首を振った。

「わたしは修道女じゃないわ」アナベルはあわてて言った。早合点して、夫にもまだ話していないことを明かしてしまった自分を、心のなかでののしった。そして、ため息をつきながら認めた。「修道生活志願者よ」

一瞬の沈黙のあと、フィンガルがきいた。「修道生活志願者? 駆け出しの尼のことかな?」

「修道生活志願者というのは、修道女になるべく修道院で育てられる娘のことです。でも、正式な修道女になる儀式や、誓約を交わしたわけではないので、問題はありません」マラフが静かに言った。

「ああ、尼見習いか」オウエンが言った。

「尼だろうがなんだろうが、ロスはいいほうをもらったってわけだな」フィンガルがつぶやく。「もう一方はずいぶんひどいじゃないか」

目下の自分の仕事を思い出したアナベルは、彼らに背を向けて階段をおりながらぶつぶつ言った。「姉はお風呂と着替えが必要なだけよ。だれが見てもきれいなのは姉のほうなんだから」

母はその点をこれ以上ないほどはっきりさせていたし、姉に比べてアナベルが美しさに欠けることを、結婚式の準備をしながら嘆いていた。

「いいや」フィンガルは同意せず、こう予言した。「身ぎれいにしたところで、あんたのほうが美しいだろうよ。あの娘は顔が細すぎるし、鼻が高すぎるし、やせすぎている。抱きしめても骨の上に肉がないんじゃ、肝心なときクッションになるものが——」

彼はいきなりことばを切った。アナベルが振り返ると、オウエンがフィンガルの腹部から肘を引っこめたのが肩越しに見えた。首を振りながらまえに向きなおる。ケイトが清潔になれば、彼らも意見を変えるだろう。でもそんなことはどうでもよかった。アナベルは自分が家族のなかの見苦しい失敗作であるとあきらめていた。それに、ロスはありのままの彼女を好いてくれているようだ。もっとも、目覚めてケイトを見たら、どう思うかはわからない。彼はだまされたと思うかもしれない……アナベルが花嫁修業もしていない修道女見習いだったと聞いたあとはなおさらだ。そのことについては、たしかにこれまでは部下たちも知らなかったが、今では知っているのだから、ロスが目覚めたらきっと彼らが話すだろう。もし彼が目覚めたら。彼を失うことになるにしろ、そうでないにしろ、彼には目覚めてほしかった。彼が目覚めなかったら、世界はますます悲しい場所になってしまう。

13

「わたし、ひどいまちがいを犯したの」ケイトは顔の涙を拭きながら、疲れきった様子で言った。

「恋のせいよ」アナベルは同情するように言った。

入浴したケイトは、城門に現れたときの汚い放浪者とはまったく別人のようだった。髪はきれいな金色で、顔は細面、広く離れた目は大きくて、鼻筋が通っている。しかもとてもほっそりしていた。修道院長なら気に入っただろう、と思いながら、ケイトがいま着ているドレスを眺めた。それはショーナクとともに繕って改造した、白の縁取りがある黄色いドレスで、アナベルに合わせて胸まわりを広げてあった。出来あがったときは手袋のように、わたしの体にぴったり合っていたのに、と思ってアナベルは悲しくなった。自分よりはるかに細いケイトが着ると、身ごろが袋のようにだらんとたれさがっていたからだ。

「ええ、たしかに彼を愛していたわ」ケイトはみじめな様子で言った。「なんてばかだったのかしら」

「ああ、ケイト、そんなことを言ってはだめよ」アナベルは姉の手をぽんとたたいて、悲しそうに言った。姉妹は最初にケイトが連れてこられた部屋のベッドに座っていた。ふたりのあいだにある盆の食べ物には、まだどちらも手をつけていなかった。

「でも、わたしはほんとにばかよ」ケイトはみじめそうに叫んだ。「彼は全然思っていたような人じゃなかったの」ほとんど嘆くような口調だ。

「何があったの？」アナベルは尋ね、姉の手を放してリンゴ酒を取り、ひと口飲んだ。

「最初は何もかもすばらしかった」ケイトは悲しげに言った。「興奮、冒険……それに男女の営みも」

アナベルはリンゴ酒をのどに詰まらせ、急いでゴブレットを盆に戻して咳こんだ。

「大丈夫？」ケイトが妹の背中をたたきながら尋ねる。

「わたし――ええ、もちろん」アナベルはあえぎながら言うと、手を振って背中たたきをやめさせた。

「ごめん。男女の営みのことは言うべきじゃなかった？」ケイトは自信なさそうにきいた。

「あなたは結婚してるから、話しても大丈夫だと思ったの。でも、修道院育ちだから、そういうことはあんまり話したくないのね」

「いいえ、いいのよ」アナベルはそう言って安心させたあと、先を促した。「それで、最初は何もかもすばらしかったわけね」

「ええ」ケイトは座ったまま肩を落とした。「最初の日とその夜はすごく楽しかったけど、次の日から事態が悪化しはじめたの。グラントは朝から不機嫌で怒ってばかりだった。空腹だったのね。でも食べるものはないし、雨まで降ってきたの」彼女は目を閉じ、そのときのことを思い出して悲しい表情になった。「土砂降りのなか一日じゅう、わたしの雌馬にふたりで乗って進んだ」彼女は顔をしかめて言った。「出ていくとき、お父さまの馬のなかからも一頭盗んでいきたかったんだけど、グラントがだめだって言ったの。馬を盗んだらさがしあてられて殺されるからって。せめてもう一頭馬がいたら、売って食べ物や何かに換えられたのに」

アナベルはなんと言えばいいかわからず、もごもごとなぐさめた。他人のものを持ち出すのを拒んだグラントは正しいと思ったからだ。

「とにかく、隠れ家は見つけた。打ち捨てられた古い小屋よ」ケイトは口元をこわばらせながらつづけた。「クモやネズミだらけだったけど、少なくとも雨はしのげた。わたしたちは暖を取るために寄り添い、もう一度愛を交わした。最初のときよりずっとよかったわ。でも、終わると彼は背中を向けて寝てしまったの。わたしはすごく寒くてお腹もすいていたのに……」彼女はそこでむせび泣き、手で涙をぬぐった。「翌朝のグラントはもっと機嫌が悪かった。わたしのことを汚いと言って、川で水浴びをしてこいと命令したのよ。外で体を洗ったことなんてないのに！」と叫んだ。怒りのせいで涙は忘れ去られた。「そんなことをしたらひどい風邪をひいていたかもしれないわ。それに、ウェイヴァリーを出る三週間まえに入浴したばかりだったのよ」

「まあ」アナベルはつぶやいた。もっともな話だった。アナベル自身は馬小屋で働いていたおかげで、週に三回かそれ以上、小川で行水するのに慣れていたが、修道院のほとんどの女性はそれほど頻繁には入浴していなかった。だが、厩で働いていたグラントは、同じ理由で頻繁に行水していたのだろう。

「しかも、わたしの髪がくしゃくしゃだと文句を言いはじめたの。でもわたしにどうすることができて？」ケイトは鼻を鳴らした。「そうでしょう？　ブラシは持ってたけど、梳《と》かしてくれる侍女はいないのよ」

「うーん」アナベルは小さくうなって唇をかんだ。修道院でも自分つきの侍女はいなかったので、いつも髪は自分で梳かしていたのだ。

「そのうちにあの人、川で魚をつかまえて、わたしに料理させようと持ち帰ってきたのよ」彼女は恐怖もあらわに言った。「わたしがあなたの召使いに見えて？　と言ってやったわ」よみがえった怒りを目にひらめかせて、彼女はつづけた。「そうしたら彼は言ったの。いや、今のおまえは何にも見えない。強いて言うなら、落ちぶれた売女だ、おまえが満足にできるのはそれだけだから、って」

「まあ、なんてこと」アナベルはささやいた。

「ひどい言い草だと思わない？」ケイトはみじめに叫んだ。「あの人はわたしを愛してると思ってたのに。ふたりで駆け落ちして、幸せに暮らすはずだったのよ。それなのに……それなのに……」彼女は顔をおおい、また大声で泣きだした。

「ああ、かわいそうに。大丈夫、もう大丈夫よ」アナベルは姉を抱いて、いたわるように背中をさすりながら言った。

「何が大丈夫なのよ？」ケイトは泣くのをやめて悲しげに叫んだ。「あの人はここにわたしを連れてくると、ごみみたいに城門のまえに捨てていったのよ。おまえは醜くて石のように役立たずだ、そんなおまえのどこにほれたのかわからないと言って」顔をぬぐってぴしゃりと言った。「このわたしによ。想像できる？　わたしは醜くないわ。姉妹の美しいほうがわたし。太って醜いほうはいつだってあなただったわ。それに、わたしは役立たずなんかじゃない。人に指図するのが性に合っているの。農民みたいに地面にひれ伏すんじゃなくね」

「ええ」とアナベルはつぶやいたが、この点については同情的なことばを思いつけそうになかった。ケイトは妹を傷つけるつもりで言ったわけではないのだろう。アナベルは姉妹の太って醜いほうだという事実を述べただけだ。今ケイトが着ているドレスがどんな状態かを見ればわかることだが、それでもアナベルは傷ついた。

そうするべきではないのかもしれないが、グラントのことが少し気の毒になってもいた。ケイトは何を期待していたのだろう？　これまでと同じ毎日が奇跡のようにつづいていくとでも？　グラントがどこからともなく、きれいな服や侍女や城を用意してくれるとでも？　彼は厩番頭ですらなく、単にその息子というだけだ。おそらく馬房から馬糞《ばふん》を運び出す手伝いをしていた程度だろう。姉のために硬貨の一枚すら使ったことがないにちがいない。

「なんとかなるわよ」ベッドからおり、かがんで盆を回収しながら、アナベルはようやく言った。体を起こして付け加える。「今は休んだほうがいいわ。目が覚めたら、いろんなことがもっとましに見えてくるわよ」

「そうは思えないけど、たしかに疲れたわ」ケイトはそう言ってため息をつき、ベッドの上で体を伸ばした。「あとで戻ってきて、また話を聞いてくれる？　話したいことがたくさんあるの。別れてからずいぶん長いこと会っていなかったんだもの」

「そうね」アナベルは微笑んだが、部屋を出ていくのを許された安堵のほうが大きかった。実際に部屋を出てドアを閉めるとますます安堵感を覚え、ひどくやましい気分になった。姉はたいへんな経験をしてきたのだ。夢も希望もすべて砕け散ったのだ。ケイトが自分のことしか話そうとせず、最後に会ってからこれまでのあいだに、アナベルの人生に何があったかなどどうでもいい様子だからといって、腹を立てるなんていけないことだ。

アナベルは小さなため息をつき、ミートパイと飲み物の盆を持ったまま廊下を進んで主寝室にはいった。ショーナクは顔を上げて彼女がはいってきたのを確認すると、作業中の縫い物をおろした。

「お姉さまはいかがですか？」

「疲れているし、思わぬことになったせいで落ちこんでいるわ」アナベルは静かに言った。ベッドのそばのテーブルに盆を置き、ロスの様子をうかがう。「変わったことはない？」

「ええ、まだ」ショーナクは答えた。「でもじきにすっかり元気になられますよ」

「そうね」アナベルはつぶやきながらも、そうならなかったときのことが怖くなってきた。「彼に付き添ってくれてありがとう、ショーナク。あとはわたしが代わるわ。そろそろ夕食の時間よ。階下に行ってテーブルについてちょうだい」

侍女はためらったが、結局言った。「横になって少し眠ると約束してくださるなら」アナベルがそれはできないと言おうとすると、ショーナクはさらに言った。「ロスさまがけがをなさってから、昼も夜もほとんどお休みになっていないんですよ。奥さまが病気になられたら、領主さまのためになりません。そんなこと、望まれないと思いますよ」

アナベルは息を吐いて肩を落とした。降参だ。たしかに疲れていたし、眠るのはすばらしい考えのように聞こえた。彼女はまた肩をいからせて言った。「いいわ。でも二時間だけよ。二時間たったら起こしてもらえるとうれしいわ。あとで話をしにいくとケイトに約束したの」

ショーナクはうなずいて立ちあがった。「ゆっくりお休みください。奥さまにはそれが必要です。ロスさまが目覚めたとき、疲労困憊《ひろうこんぱい》した姿を見られるのはおいやでしょう」

アナベルはそのことばにはっとして目を見開き、部屋から出ていく侍女を見守った。たしかに、ロスが目覚めたとき、疲労困憊した姿を見られたくはなかった。そんなことになればケイトがますますきれいに見えてしまう。それは絶対に避けなければならない。自分が逃したものを目にしたとき、彼がどう反応するかについては、もうすでに悲観していた。ロスはアナベルを退けて、姉を求めるかもしれない。

母がアナベルの魅力のなさをあれほど嘆いていなかったら、〝あのスコットランド人〟は彼女を見た瞬間に契約を反古《ほご》にするだろう、などと口にしていなかったら、おそらくこんなにも思い悩むことはなかったのに。実際、彼女を目にしたあとも、ロスがとてもやさしく、結婚にも同意したので、アナベルは驚いたものだった。だが、あのとき彼はまだケイトを見ていなかった。たぶん姉妹は似たような容姿だと思ったのだろう。

しかし、今はどうすることもできないので、その不安は押しやり、服を脱いでベッドの夫の隣にもぐりこんだ。ひと眠りするだけのつもりだったが、快適に眠りたかったので、スカートにからみつかれるのはごめんだった。

眠たげな吐息をついて、意識のない夫に寄り添った。頭と手を彼の胸に預けて、少しのあいだ、夫は意識を失っているのではなく、眠っているだけで、妻を愛し、姉よりも魅力的だと思い、ずっと自分の妻でいてほしいと思っている、というつもりになってみた。

疲れていたせいで、それは短い白昼夢に終わり、アナベルはあっという間に眠りこんだ。

静寂のなか、そして鎧戸の隙間から早朝の光が射しこむなか、ロスは目覚めた。それでも、自分がどこにいるのかわからず一瞬混乱したが、自分にしなだれかかっている女性が眠たげに何かつぶやいて、存在を知らせた。すぐにアナベルだとわかり、薄明かりに浮かびあがるものの影から、夫婦の部屋にいるのがわかった。

わが家だ。

そう思うと笑みが浮かんだ。マッケイはつねにわが家だったが、この部屋がこれほど快適に感じられたことはなかった。ここは彼にとっては父と母の部屋だ。少なくとも、クランの長の座を引き継いで、ここに移ってきたときはそうだった。部屋を移ったのは単にそう決められていたためで、彼が戦場にいるあいだにショーナクが召使いに命じて、彼の身の回りのものをここに運ばせたからだった。だが、しっくりくると感じたことはなかった……これまでは。アナベルを腕に抱き、夜明けが鎧戸の隙間から手を伸ばしてそこここに触れている今、ここは自分の部屋なのだと感じられた。

濠《ほり》の水でも飲めそうなほどのどが渇いていたし、馬を生で一頭食べられそうなほど空腹でもあった。ロスは顔をしかめ、胸からそっとアナベルをおろして、ベッドの脇に座った。立ちあがろうとしたとき、ベッドのそばのテーブルに盆があり、四つの小さなミートパイとリンゴ酒のゴブレットがふたつ置かれているのを見つけた。思わず腹が鳴り、パイをひとつ取って口に放りこんだ。うまかった。やたらとうまかった。最初のひとつをがつがつ食べて飲みこみながら、早くもふたつ目に手を伸ばした。

ロスはミートパイを次々に食べて四つとも平らげ、どちらのゴブレットのリンゴ酒も飲んでしまった。食事を終えると、もう少しベッドにいても不都合はないだろうと判断し、あくびをかみ殺しながら仰向けに横たわり、シーツと毛皮を掛けなおした。

アナベルがすぐに彼のほうに寝返りを打って、眠ったまま彼の肩に頭をもたせかけ、脚をからませてきた。ロスは彼女の頭のてっぺんを見おろしてから、下になっていた腕を慎重にはずし、その腕を彼女にまわした。アナベルはそれに反応して眠そうに姿勢を変え、頭を彼の胸にのせて、手を腹の上に置いた。

ロスは軽く微笑み、右手を彼女の腕にそってすべらせながら、やさしく愛撫した。アナベルに触れるのが大好きだった。なんというやわらかな肌だろう。肌も、体も、心も、どこもかしこもやわらかかった。彼女のそういうところを愛していた。激しい欲望を覚え、左手をシーツと毛皮の下に入れて、丸く愛らしい尻をつかんだ。

「うーん」アナベルはつぶやいて、さらに身を寄せてきた。彼女の脚がまた彼の体をたどり、今度は上に向かって、まだ休眠状態の彼のものに触れた。たたかれたも同然なのに、触れられたことでそれが目覚め、硬くなりはじめると、ロスは苦々しく思った。無意識に触れられただけなのに、こんなふうに反応してしまうとは。

目覚めた欲望に従って、胸からゆっくりと彼女をおろして仰向けに寝かせ、体をおおっていたシーツと毛皮を腰のあたりまで引きおろした。アナベルはどちらの動作にもほとんど目を覚まさなかったので、ロスは微笑んだ。好きなように彼女を起こせるということだ。甘い唇にキスをして起こすこともできるし、乳房を吸うことも、そのまま下に移動して、脚のあいだに顔を埋め、彼女が無意識に触れたせいで引き起こされた、彼がいま感じているような欲望の叫びで目覚めさせることもできる。

丸くて豊満な乳房に目を落とした。淡いバラ色の乳首はその持ち主と同様に眠っている。小さなつぼみのように硬くなった状態の乳首のほうが好きだった。いじったり、唇や歯のあいだにはさんだり、舌で軽くなめたりできるからだ。

それはなんともそそられる考えだったので、ロスは少し下に移動して、彼女の乳房の位置に頭がくるようにし、顔を寄せて片方の乳首を口に含んだ。まず唇のあいだにはさんでから、吸って目覚めさせ、口のなかで硬くなると、軽く歯ではさみ、アナベルが眠りながらうめき声をあげるまで、舌で繰り返しなめた。

彼女の脚が落ちつきなく動くのを目の端でとらえると、片手をすべらせて太腿を愛撫した。彼女の体が無意識に反応して、誘うように脚がさらに開いたので、ロスは乳首を攻めながら微笑んだ。こんな寛大な申し出をどうして辞退できよう？

乳首をそっとなめながら、彼女の脚のあいだに手をすべりこませた。当然ながらすでに温かく潤っている。ロスは妻のこういうところも愛していた。彼の愛撫にすぐ反応し、いつでも歓迎してくれて、むしろそれをよろこんでいるようなところを。すべての男が妻とこのような歓びを分かち合えるわけではないのはわかっていた。この関係を大切にし、ふたりのあいだに生まれた炎を消さないために、できることはなんでもするつもりだった。

アナベルが長いうめき声をもらし、体をそらせて姿勢を変えると、ロスは頭を起こして彼女の顔を見た。目を閉じ、口は起きているときなら絶対にしないようなやり方で開けていた。彼は体の隅々まで目覚めているというのに、彼女は死んだように眠っている。

そろそろ起こしたほうがいいだろうと思い、頭を戻してまた乳首を口にした。思う存分なめたあと、なめらかな肌を舌でたどって、下のほうへと移動した。腰骨のところでしばし止まってそっとかんだりなめたりしてから、さらに下におりて、脚のあいだに顔を埋めた。

目覚めたときアナベルは、ベッドの上でのけぞり、もだえながら、空気を求めてあえいでいた。なぜ体じゅうが快感で炎のように燃えているのか、朦朧《もうろう》とした頭はなかなか理解できずにいた。やがて、快感が腿のあいだに集中していることがわかってきて、頭を起こして下を見た。ロスがそこに顔をうずめているのを見たとき、自分がまさにむさぼられようとしているという興奮もあって、アナベルは一瞬動けなくなった……ロスが起きている。

それに気づくと同時に絶頂が訪れた。あるいは、気づいたことで歓びが押し寄せ、限界を超えさせたのかもしれない。どちらにせよ、すべてがいっぺんに起こって、アナベルはベッドの上に勢いよく起きあがり、快感におぼれているというより、苦痛にさいなまれているような声で、彼の名前を叫んだ。

幸い、快楽にうち震えながら太腿でロスの頭を両側から締め付けたので、ロスは耳をはさまれることになって、悲鳴で鼓膜が破れずにすんだ。ロスが太腿をこじ開けて自由になり、彼女の脚のあいだで膝をついたとき、寝室のドアの外からドンドンという音が聞こえてきた。何頭もの馬が疾走しているような音だ。

それでもアナベルはロスから目を離さなかった。夫が目覚めて元気でいるのを見て、幸せのあまりなんの音だろうが気にならなかった。胸を上下させ、激しく果てたせいでまだ体をけいれんさせながら、アナベルはそう言おうと口を開いたが、出てきたことばは「愛しているわ」だった。

ロスは目を見開いた。そしてさっとドアのほうに頭を向けた。いきなりドアが開いて、たちまち城じゅうの人びとかと思うほどの大人数が部屋のなかに押し入ろうとしていた。先頭はギリーとマラフで、おじのオウエンとショーナクとフィンガルがすぐあとにつづき、そのうしろに少なくとも二ダースの召使いと兵士たちが見えた。どの顔にも恐怖と不安が浮かんでおり、アナベルは理解に苦しんだが、それもギブソン神父の声が鳴り響くまでのことだった。

「何があったんです？　領主さまが亡くなったのですか？　レディ・マッケイ――奥方さま？」群衆の先頭に出て、劇的場面を目にすると、神父のことばはあいまいになった。

ショックでその場から動けずにいたアナベルは、いきなりわれに返り、シーツと毛皮がないことに気づいて必死であたりを見まわした。そして、ベッドの向こう側に飛びこんで、体を隠した。

「レディ・マッケイ？　ロード・マッケイ？　今日は日曜日ですよ。まさかあなたがたは……」ギブソン神父は傷ついたような口調で、このような背信行為にいくぶん動揺してさえいた。アナベルにははっきりとはわからないが、ロスがしていたことは教会側からすれば罪深い行為なのかもしれなかった。だが、教会が問題にしているのは子どもを作る目的でする肉体的行為であって、ロスといえども舌で種をまくことはできない。

それとも彼ならできるのかしら、と思いながら、アナベルは目を閉じてため息をついた。

臆病なわたしは、神父と顔を合わせられずに隠れている。ロスも神父のことをちらとも見ていないが、機会さえあれば見ていたかもしれない。すると、オウエンが大あわてで言った。

「あのう、ロスが膝をついているのが見えますかな、神父さま？　あれは祈っているんですよ。生きていることに感謝をささげているにちがいありません」

「ああ、アナベルのようなかわいい妻がいて、そうしない者がいるだろうか？」フィンガルが皮肉っぽく問いかける。「アナベルのような妻がいたら、おれも祈っていただろうよ。神を讃え、感謝の祈りを」と付け加えたが、アナベルは彼の声に悪ふざけの響きを聞き取り、祈《プレイ》るとたのむ《プレイ》をかけているのがわかった。

　意地の悪いおじさんね。

「ですがレディ・マッケイは——彼女は祈っていませんでした」ギブソン神父は断固として言った。「それにあの悲鳴。まちがいありません。これは——」

「妻は叫ぶ直前まで眠っていたのだ」ロスが割ってはいった。「それであなたたちがはいってきたとき、すぐにベッドから飛び出すことができなかった。大勢がここに詰めかけるのを見るまえに目覚めていたら、あなたたちの侵入によるショックからもっと早く立ち直っていただろう」

　身動きする音がしたので、アナベルが目を向けると、ロスがベッドから立ちあがるところだった。

「さあ、見物がすんだなら、おれたちの寝室から出ていってもらえるとありがたい」

「でも彼女は悲鳴をあげました」ギブソン神父は疑わしそうに言った。「だからわれわれはここに来たのです。あなたが死んだのではないかと思って」

「目が覚めたらロスが意識を取り戻して元気になっていたので、驚いて叫んだのでしょう」オウエンが司祭の腕を取り、ドアのほうを向かせながら言った。

「そうです、死んでいる彼を見つけた叫びだとわれわれが勘ちがいしたのは、歓喜の叫びだったのですよ」フィンガルが言い添えた。「彼が生きていたという意味の歓喜ですがね」

あの意地悪な老人は、この調子でわたしたちを死ぬまでからかうつもりなのかしら、とアナベルは不安になった。

「そうかもしれません」ギブソン神父はそうかもしれないとはまったく思っていないようだったが、もうこれ以上このことに触れたくないらしく、ふたりの老人に誘導されて部屋から出ていった。だが、今度懺悔に行ったら、質問攻めにされるのはまちがいないだろう。懺悔に行くのはしばらく待ってからにしよう。十年間懺悔をしないのと、今朝起こったことでは、どちらの罪のほうが重いのかしら。

かちりとドアの閉まる音がして、物思いから引き離されたアナベルは、ベッドの向こうをのぞいてみた。またふたりきりになったのを知ってほっとする。だが、すぐにロスがまだこちらに背を向けてドアに手をかけ、深く考えこむように軽く頭をたれていることに気づいた。痛みがあるのかもしれないと思ったアナベルは、裸だということも忘れて立ちあがり、ベッドをまわりこんで彼に近づいた。

「あなた?」彼の背後に立って、アナベルは声をかけた。「頭が痛むの?」

ロスは頭を左右に一度振ったあと、彼女のほうを向いた。その顔には不安が表れていた。

「何があったんだ?」

アナベルは不安そうに彼を見つめた。何があったかは知っているはずだ。今回彼女を誘って世界を動かしたのはロスなのだから。彼が言っていたように、彼女は歓びの叫びをあげる直前に目覚めたばかりだった。

「アナベル」彼は静かに言った。「おれは目覚めるとベッドにいたが、どうやってここに来たかを覚えていないんだ。最後の記憶は……」そこでことばを切って眉をひそめ、ゆっくりと告げた。「フィンガルと話して……話は終わったはずだが……」彼は首を振った。

「まあ」やっとわかってきて、彼女はつぶやいた。彼はエフィのところから彼女を連れ去ったことも、カーニーの納屋で愛を交わしたことも、襲撃を受けたことも覚えていないのだ。意識は取り戻したものの、記憶が部分的に失われたのだろう。こういう事例についてはまえに聞いたことがあった。被害者の記憶は戻ることもあれば、戻らないこともある。だが、そんなものはささいな損失だ、意識が戻ったのだから、とアナベルは自分に言い聞かせた。

「来て」アナベルはそう言うと、静かにロスの手を取って、ベッドに導いた。彼をそこに座らせて尋ねる。「頭の具合はどう？　痛む？」

「いいや。そのはずなのか？」

アナベルは唇をかんだ。彼女の場合、殴られたあとで目覚めたとき、頭はずきずきと痛んだ。だが、彼女は数時間眠っただけだ。ロスは一日半眠っていたのだから、眠っているあいだに痛みが消えたのかもしれない。

「アナベル？」黙ったままの彼女をロスがせかす。彼女が自分のほうを見ると、彼は問いかけるように両の眉を上げて言った。「何があったのか話してくれ」

アナベルはうなずき、ベッドの端の彼の横に座って告げた。「わたしたちは襲撃されたの。あなたは昏倒して、二晩と一日以上も眠っていたのよ」

「なんだって？」ロスは鋭く彼女を見た。

アナベルはうなずいた。「みんなとても心配して、あなたが目覚めるのを待っていたの」

ロスはしばしそれについて考えてから言った。「じゃあ、きみが叫んだとき、みんなが大騒ぎしながらここに来たのは……？」

「あなたが死んだと思ったからでしょうね」彼女は重々しく言った。

「なんてことだ」とつぶやいたあと、ロスは言った。「おれがフィンガルと別れたところから、きみが知っていることをすべて話してくれ。おれはフィンガルの小屋を出たのだな？あそこで襲われたわけではないのだな？」

「ええ、フィンガルの家は出ています。わたしたちが襲われたのはそこじゃないわ」アナベルはそう言って彼を安心させたあと、さて、どこからはじめたらいいのだろうと考えた。

14

「アナベル？」

「なあに？」アナベルはロスを見あげた。ふたりは階段の上で足を止めた。頭を殴られた日について彼が思い出せないことはすべてアナベルが話した。労を惜しまず、細かいことまでひとつ残らず。それはたいへんな作業だった。アナベルが護衛の目を盗んで城を抜け出すという危険を冒したのを知ると、ロスはもう一度怒った。だが、彼の怒りをなだめるために〝ベッドでない場所での行為〟に誘いこもうとして、乳房をあらわにした話を聞くと、派手な笑い声をあげた。しかし、そのあとに起こったことを聞くと、その笑いもすぐに消え、目がぎらつきはじめた。そこからの説明は支離滅裂になった。ロスがアナベルにキスをして話を中断させ、カーニーの納屋であの日したことを、今度は干し草の束の上ではなくベッドの上で繰り返そうとしたからだ。

アナベルは今日が日曜日だということをロスに思い出させるべきだと思ったが、規則はすでに一度破ってしまっていた。それに、未来にどんな罰を受けることになっても、たしかにあれはする価値があった。

ことが終わり、アナベルは話を再開した。彼は黙って聞いていたが、彼の顔をよぎる表情と、ときおりうなずく様子から、彼女の話のおかげで記憶がいくらか戻ってきているらしいのがわかった。

そのあとふたりは階下に向かうために体をきれいにして服を着たが、アナベルは愛を交わすまえに襲撃について全部話しておけばよかったという気がしていた。愛を交わしたあとの彼はにこやかで、心も浮き浮きしている様子だったのに、今の雰囲気はあまりにも重たくて、彼女は気に入らなかった。

「なぜおじとフィンガルがこの城にいるのかについては言わなかったな」ロスが言ったので、アナベルの意識は階下のテーブルに戻った。

彼女はふたりの老人がテーブルでギリーやマラフと談笑しているのに気づいて、引きつった笑みを浮かべた。みんな朝食を終えたらしく、座っているのはその四人だけだった。ロスが来るのを待っているのだろう。アナベルはもごもごと言った。「ええと……あのね、わたしたち、あなたが眠っているあいだに、この襲撃の真相をつきとめようとしたの。ギリーとマラフの話によると、あなたはフィンガルと話をしていて、おじさまのオウエンとも話すつもりだった。あなたがフィンガルとの話から何を得たのかわからなかったから、ふたりとも呼んで話すことにしたの。それでギリーが村まで行って、話ができるように城に来てくれとたのんだのよ」

「なるほど」ロスはつぶやいた。「それで？」

アナベルは困惑して肩をすくめた。「ここに来たのはいいけど、帰ってくれないの。あなたが弱っていて、わたしの身の安全を守れないだろうから、あなたが目覚めてまたその任務を引き継げるようになるまで、わたしに何も降りかからないようにするのが、親族の責任だと思っているみたい」

「ふむ」ロスは階下の光景に視線を戻して尋ねた。「それで、ふたりと話してどういう結論に達したんだ？」

「ふたりは襲撃とは無関係よ」彼女は自信を持って言った。「ふたりとも領主としてのあなたの力量を認めているし、領民のためにしていることも評価しているし、それに――」

「それに？」彼女がことばを切ったので、ロスが先を促した。

アナベルはためらったが、結局言った。「実のところ、あの人たちには卑劣なところなんてかけらもないと思うの。どちらも剣術はからきしだと言ってるけど、あなたのためなら矢でも剣でも取って戦うでしょう……もしかしたらわたしのためにも」

しばらくアナベルを観察していたロスの唇の片側が持ちあがり、ゆっくりと笑みが生まれた。「彼らが気に入ったんだな」

アナベルはぎこちなく微笑んでうなずいた。「ええ。心のやさしい人たちだわ。ちょっと意地悪なユーモアのセンスの持ち主だけど」と冷ややかに付け加える。「いい人たちよ」

「それはよかった」彼はそれだけ言うと、彼女の手を取って自分の腕に置き、階段をおりはじめた。

「ああ、よかった、ようやくわれわれのところにおりてきてくれたか」おじのオウエンがやってくるふたりを見つけて言った。「なんでこんなに時間がかかったんだ？　今度はふたりとも意識を失っているのではないかと、心配しはじめていたところだぞ」

「そうとも、だが、おまえたちがまた祈っているといけないから、たしかめるのはやめておいた」フィンガルはにやりとして言うと、笑ってからこうつづけた。「うん、うん、やっぱりそうだったたか。おまえの妻がかわいらしく頬を染めたところを見ると」

アナベルは顔をしかめ、頬の色を消せないかと思ったが、そうもいかないので、首を振ってただけでテーブルについた。返事をしなければ、その話題から離れてくれるだろうと願いながら。

だが、甘かったようだ。フィンガルはつづけた。「しかも日曜日だぞ。ちっちっ、いけない尼さんだな」

「尼さん？」ロスが困惑しながら復唱した。

まだ夫に話していないことがひとつあったのに気づき、アナベルは目を見開いた。

「ベリー？　夕べは戻ってきてくれなかったわね、約束したのに」

アナベルは背後からの苦情に身をこわばらせ、話していないことはふたつだったわ、と心のなかで訂正した。振り向くと、ケイトが彼女にはだぶだぶの黄色と白のドレスを着て、階段からおりてくるところだった。

「アナベル？」ロスが問いかけるように言って、もう一度彼女の注意を引こうとした。

「ベリー」アナベルが背を向けた瞬間、ケイトがぴしゃりと言った。

アナベルはため息をつき、額をさすって、夫のために無理やり笑顔を作った。「全部説明するわ、約束する」夫にそう言うと、立ちあがってからこう付け加えた。「あとでね」

向きを変え、姉に歩み寄って言った。「ごめんなさい、ケイト。戻るつもりだったのよ。少し仮眠をとるだけのつもりだったのに、ショーナクが約束どおりに起こすのを忘れちゃったみたいなの。それで朝まで眠ってしまって」

「ちがいます」ショーナクが厨房のほうからやってきて、アナベルに気づいてもらおうとして言った。侍女はふたりのそばまで来ると、真相を明かした。「忘れたわけじゃありません。奥さまはまえの晩、領主さまのそばについていたせいで、ほとんど寝ていらっしゃいませんでした。昨夜は睡眠が必要だと思いまして、お起こしするのを控えたんです」

「そう」アナベルはそれを聞いてどうすればいいかわからずに、弱々しく言った。侍女はアナベルの体のことを気にしてくれていたのだ。それに、姉を再訪しそこねたことを残念とは思わなかった。最初の訪問でもうこりごりだった。ああ、でもロスが目覚めるときは、彼のために起きていたかったのに、結局ああいうことになってしまって……とはいえ、彼の起こし方は少しも残念なものではなかった。

でも、城じゅうの人たちが押しかけてこなかったら、最後までできたのに、とアナベルは思った。それに、わたしがばかみたいに愛していると言ったことに対しても、あの人は何も言わなかった。でも、別に何か言ってほしかったわけじゃないわ。どうしてあんなことを言ってしまったのかさえわからないんだから。たしかに夫のことは好きだ。いっしょにいて楽しいし、寝室でもすばらしい。もちろん、尊敬してもいる。領民にとってはすぐれた指導者だし——。

「ベリー」

きつい言い方をされて、アナベルは考え事をやめ、ちょっとむっとしながら姉のほうを見た。そのあだ名は大嫌いだったが、「なあに?」とだけ言った。

「そんな勝手なこと、許すべきじゃないわ」ケイトはきびしく言った。「夕べはあなたと話がしたかったのに、ただぼうっと座っていなければならなかったのよ。退屈でみじめだったわ。彼女があなたを起こさなかったせいで、すべてが台なしよ。そのばあさんを罰してちょうだい」

アナベルはその要求に目を見開き、ついで目をすがめた。彼女をうろたえさせたのは、ショーナクが起こしてくれなかったことではなく、姉の言ったことだった。どういうわけか姉にはひどくいらいらさせられた。こんなにも……こんなにもわがままな人間には会ったことがなかった。

「彼女を罰するつもりはないわ」ようやく発した声は、静かではあるがきっぱりとしていた。「それに、彼女の名前はショーナクよ。これからはそう呼んでもらうわ」

おだやかな叱責にケイトが怒って顔をしかめたので、ロスに「アナベル？」と呼ばれたときは、姉から顔をそむけてテーブルのほうを見ることができてほっとした。

少なくとも彼の表情に気づくまでは。「この女性はだれだ？」

「あら！」ケイトは息をのみ、アナベルへの怒りも忘れて妹の横をすり抜け、ロスのもとに急いだ。彼が座っているベンチのところに来ると、大げさに身を震わせてしゃべりたてた。「あなたがロスね。ようやくあなたに会えてほんとうにうれしいわ」

アナベルは固まったまま、姉に向かって視線を投げたが、ロスはケイトを眺めても眉を上げただけでこう尋ねた。「きみはだれだ？　新しい刺繍職人か？」

ケイトは平手打ちをされたように頭をのけぞらせたが、すぐに立ちなおって鈴を転がすように笑いながら言った。「まさか、ちがうわよ。でも、あなたがわたしを新しい使用人とまちがえたのは、このドレスのせいだから許してあげるわ」彼女はドレスを見おろすと、両脇をつまんで引っぱり、その大きさを強調しながら、襟ぐりをはしたないほど引きおろした。

「これはもちろん借りたのよ。アナベルからね」ロスが気づいていないといけないので、ケイトは付け加えた。「でも、妹はわたしよりはるかに大きいでしょ。わたしがふたりはいりそうだわ」

ケイトはそう言って笑い、肩越しにアナベルを見た。冗談に笑ってくれることを期待するように。妹は笑っていなかった。

「心配いらんよ、娘さん」オウエンが言って、ケイトの注意をさりげなくテーブルに戻した。「ここのコックはハイランド一だ。あんたもたらふく食べさせてもらえば、そんなに貧弱ではなくなるよ」

ケイトは一瞬固まったが、なんとか聞き流した。だがアナベルは気分がよくなって、オウエンに感謝の笑顔を向けた。

「きみがだれなのか、おれはまだわからないんだが」ロスが静かに指摘した。

「なんですって？」ケイトが驚いてきいた。「もうわかっていると思ったのに。それとも、わたしが来たことをアナベルから聞いてないの？」ケイトは意外そうに言ったあと、首を振ってベンチのロスの横に座り、こう言った。「たぶん妹は、わたしの代わりに自分を押しつけられたあなたががっかりするだろうと思ったのね」彼女は彼にしなだれかかり、かすれた声で締めくくった。「わたしがあなたのキャサリンよ」

「おれのキャサリン？」ロスは驚いて眉を上げながらきいた。

ケイトは彼の腕をなでながら、色っぽく言った。「ええ、あなたのものになるはずだったの」

厩番頭の息子との一大ロマンスが終わってしまった今、ケイトがよろこんでロスのものになろうとしているのは明らかだった。アナベルはそう思って暗い気持ちになり、両脇に落とした手をにぎりしめながら、心配そうにふたりを見守った。

「彼女はおまえの奥方の姉のケイトだ」フィンガルが唐突に言った。そして、ご丁寧に――とアナベルは思った――こう付け加えた。「ほら……親切にもスカートをからげて厩番頭の息子と出奔してくれた娘さんだよ。おかげでおまえはこのかわいいアナベルと結婚することができたのだ」

先ほどのオウエンのことばは無視していたケイトだが、今度はできなかった。勢いよく向きを変えて、フィンガルをにらみつけた。彼女の目から突き出す刃《やいば》が見えるようだ。だがフィンガルは、クリームをなめたあとの猫のようににやりと笑いかけ、こう言った。「そのことにはいつまでも感謝するよ、娘さん。うちのアナベルは真のレディだからな」

「この老いぼれの――」とケイトが言いかけたとき、アナベルがまえに進み出て姉の腕をつかみ、ベンチから立たせた。ケイトは言おうとしていたことを断念し、憤然としてアナベルを見た。「なんなのよ？　話はまだ終わってないのよ、ベリー」

「いいえ、もう終わりよ」アナベルはまじめくさってそう言うと、姉を引きずって階段に向かった。

半分ほど進んだところで、ケイトが怒りにまかせて妹の手を振り払い、足を踏み鳴らした。

「手荒にあつかうのはやめて。予定どおり朝食をとらせてもらうわ」

彼女はくるりと向きを変え、テーブルに戻りはじめた。アナベルは追いかけることも背中につかみかかることもせずに、ただどなった。「キャサリン・ジェイン・ウィズラム！」

ケイトは立ち止まり、むっとした顔でしぶしぶ振り向いた。「何よ？」

「ここはわたしのうちよ」アナベルはきっぱりと言った。「ここの女主人はわたしなの。今すぐ階上の部屋に行ってちょうだい。さもないと男衆にあなたをここから引きずり出してもらうわ」

それを聞くなり、ギリーとマラフがやる気まんまんの様子で同時に立ちあがった。

目をすがめ、口元をこわばらせたものの、ケイトは肩をすくめて妹のほうに戻りはじめた。

アナベルは姉が通りすぎるまで待ってから、申し訳なさそうに夫に微笑みかけると、姉のあとから階上に向かった。階段をのぼるあいだはふたりとも無言だったが、寝室にはいってドアを閉めると、ケイトの攻撃がはじまった。

「どうしてあの男がわたしにあんな口のきき方をするのを放っておくの？　あなたは不用意に召使いを侮辱したと言ってわたしを非難し、あの男がわたしを娼婦呼ばわりすると、悪いのはわたしであるかのようにふるまった。わたしはレディなのよ。あなたの姉なのよ」そして妹に背を向け、ベッドに倒れこんで、さめざめと泣きはじめた。

アナベルはドアのそばに立って、どうすればいいかわからずに体を揺らしていた。もう一度ケイトをたしなめるつもりでここまでついてきた。階下でのふるまいをもっときびしく非難するつもりだったが、今は自分がまちがっているような気がしていた。どうしてこんなことになってしまったのだろう？　わたしはまちがっているのだろうか？　フィンガルはケイトが娼婦だと言ったわけではない……厳密には。ケイトのしたことをあからさまに言っただけだ。でも、彼のいい方がもう少し……その……控えめだったら……。

「もう、しょうがないわね」アナベルはつぶやき、歩いていってベッドの端に座り、むせび泣く姉を策もなく見つめた。そしてようやく言った。「フィンガルのことばが気に障《さわ》ったのなら謝るわ。彼はもっとやんわりとした言い方をするべきだった」

「むかつく人たちだわ」ケイトはかみつくように言って、さらに激しく泣いた。

「ええ、そうね、わたしが何か言うべきだったわ」アナベルはつぶやいた。だが、ケイトがロスにしなだれかかって腕にさわり、かすれた声で話しかけたとき、やたらとほっそりしていて色っぽく見えたことを思い出して、こうつづけた。「でも、あなたがわたしの夫を誘惑しようとしたのにはびっくりした」

「誘惑しようとした？」ケイトは驚いて言い、立ちあがって、妹に怒りの目を向けた。「誘惑なんてしていないわ。そんなことする必要ないもの。そもそもわたしのほうから彼を拒絶したのよ。だから彼はあなたの夫になったんでしょ。それに、わたしはいま傷ついているの。

わたしにはグラントしかいないんだから」

「でも、あなたはロスにしなだれかかって――」

「妹のだんなさまに礼儀を尽くしていただけよ」ケイトはすかさず言った。「それ以外に何かあると思ったのなら、わたしにあさましく嫉妬してるからじゃないの。あなたはいつもそうだったわよね、ベリー」

アナベルは驚いて目をぱちくりさせた。修道院に入れられたのは七歳のときだ。何かに嫉妬するというのがどういうことかもわからないくらい幼かった。それに、思い出してみると、彼女は姉が大好きだった。迷子の子牛のようにケイトについてまわり、彼女を尊敬し――しかも、ウェイヴァリーを出たあとは、いっしょに笑ったり話したりするケイトがいないので、毎晩ベッドで泣いていたのだ。

当時は姉に嫉妬してなどいなかった。だが今はしているかもしれない、とアナベルは正直に認めた。そうだ、たしかに嫉妬していた。姉と同じくらいきれいならよかったのにと思い、ロスの立派な妻となるべくしつけられていればよかったのにと思った。おそらくケイトはそういう教育を受けてきているだろう。自分なら厩番頭の息子のために彼を捨てたりしなかったのに……厩番頭の息子も美男子なのだろうが、ロスほどすばらしい男であるはずがない。

アナベルはベッドに座ったまま、もしかしたら自分は嫉妬のせいでケイトのふるまいを深読みしてしまったのだろうかと考えた。あるいは、ケイトはああいうやり方でしか男性と接する方法を知らなくて、誘惑しているように映るとは思わなかったのかもしれない。あるいは、ケイトがロスに対してとった態度は、たいていの女性が男性に対してすることなのかもしれない。少なくとも、目にする男性がよぼよぼの神父だけという、修道院で育てられたわけではない女性なら。

「そうね」アナベルはようやく言った。「あなたの意図を誤解していたのかもしれない」

「そうよ、誤解よ」ケイトが言った。

「これからは、自分が女性として妻としていたらないと思うあまり、判断を誤らないようにするわ」彼女は静かに言った。

「よろしい」当然のことだと言うように、ケイトは大きくうなずいた。

「その代わり」とアナベルはつづけた。ケイトの顔にけげんそうな表情が浮かぶ。「わたしをベリーと呼ばないでくれるとうれしいわ」

「あら、それがあなたの名前なのに」

「いいえ、わたしの名前はアナベルよ」

「でも、わたしはずっとアナベリーかベリーと呼んでいたわ」

「そう呼ばれるのがずっといやだったのよ」アナベルは静かに告げた。

「うそよ、いやじゃなかったでしょ」ケイトがすぐに言った。

「いいえ、ケイト、いやだったわ」

「うそよ。その呼び名が好きだったじゃない」

「好きだったことなんて一度もないわ、ケイト」彼女はいらいらしながら言った。こんなことで口論しなければならないのがばかばかしくなってきた。自分の好き嫌いぐらいわかっている。「あなたがその呼び名を使いはじめた日からいやでたまらなかった。すぐにそう言ったら、あなたは笑って、踊りながらわたしの周囲をまわったのよ。〝アナベリーはでぶお腹《ファットベリー》、アナベリーはでぶお腹〟と歌いながらね」

「あらまあ、わたしったらそんなことを？」ケイトはぎょっとして言った。「ひどい姉さんね！」そう言いながらまたベッドに身を投げ、さめざめと泣きはじめる。

アナベルは指で額をさすりながら、不快な名前で呼ばないでくれとたのんだだけなのに、どうしてケイトをなぐさめなければならないような状況になってしまったのだろうと思った。少なくとも、アナベルの一部はケイトをなぐさめろとせかしていた。だが、そんなことはごめんだ、という気持ちが大部分だった。

正直なところ、今は姉と話したくもなかった。馬車に押しこんで、両親のもとに送りつけ、こんな娘に育てた両親になんとかしてもらいたかった。残念ながら、ケイトはもうウェイヴァリーでは歓迎されないと、母ははっきり言っていた。だからと言って、こっちに押しつけられても困る。姉には十四年間も会っていなかったのだ。実際、見知らぬ人だった。

でもあなたの姉なのよ、と良心が釘を刺す。アナベルはケイトよりましな教育を受けている。慈悲や奉仕や犠牲について教えこまれている。おそらくケイトならとても耐えられなかっただろう。

その証拠に、アナベルも修道院での生活がずっと大嫌いだった。慈悲はすばらしいことだし、神への奉仕もまあいいが、なぜ犠牲が必要なのだろう？　それがよくわからなかった。自分にとってつらいときに慈悲を施すべきなのか？　たとえ相手がとてつもなく利己的な人間であっても、まったく無私の心で奉仕することが求められているのか？　他人の幸せのために、みじめさに耐えながら生きなければならないのか？　ケイトの世話をしても、感謝されることはなく、毎日が地獄のようなみじめな生活になるのは確実だった。でも同じ理由で、姉を放り出すこともできなかった。アナベルの良心がそれを許さなかったからだ。つまりはケイトに取りつかれることになるのだ……何かほかの対処法を思いつかないかぎり。

最終的には両親もケイトを受け入れるだろう、とアナベルは希望を持っていた。婚姻契約についてはもう心配いらないのだから、今ごろは彼らの怒りも収まっているはずだ。たぶんケイトを受け入れる気になるだろう。いつでもまたどこかよそに嫁がせることができるのだから。それに、なんといってもケイトは血を分けた娘、簡単に心から切り離すことなどできないはずだ。たしかにアナベルの幸福についてはどうでもいい様子だったが、アナベルは両親にとって、今のアナベルがケイトに感じているのと同じくらいなじみのない存在だったのだ。だがケイトはウェイヴァリーで育った――両親は彼女に愛情を感じているはずではないか？

「いつまでわたしをここで泣かせておくつもり？」ケイトが起きあがってアナベルをにらみながらきいた。「わたしをなぐさめるつもりはないの？」

アナベルは、どうしてケイトがなぐさめを求めているのだろう、と思いながら姉を見つめた。こっちのほうがなぐさめてほしいくらいなのに。

「お母さまに手紙を書くわ」アナベルはそう言うと、立ちあがってドアに向かった。

「なんですって？」ケイトがぎょっとしたような声をあげた。「だめよ！」

アナベルはドアに伸ばした腕をつかまれて向きを変えさせられるまで、ケイトが追いすがってきていたことに気づかなかった。「だめ。それはやめてちょうだい。屈辱的だし、それに――」

「ケイト」アナベルはうんざりしたようにさえぎった。「何もかもが屈辱的なのはわかっているわ。あなたはお父さまがあなたのために交わした契約を反古にし、両親の意にそむいて愛のために駆け落ちし、みじめな結果になったんだもの。残念ながら、それが現実よ。でも、お母さまとお父さまは、あなたが犯した罪によろこんで目をつぶって、どこかのいい方との縁談をまとめてくださるかもしれないわ」

「ああ、そういうこと」ケイトはばかにしたように笑った。「あなたはそれを望んでいるのね、そうでしょう？　どこかのでぶで老いぼれのばかと結婚して、そいつに抱かれろっていいうのね？　そんなのごめんだわ！」彼女はかみつくように言った。「それに、わたしはもう結婚しているのよ」

「そうなの？」アナベルは顔をしかめてきいた。

「ええ。男女の関係になるまえに試験結婚《ハンドファスティング》（教会では認められない結婚）したのよ。実際は、駆け落ちする何週間もまえに結婚していたの」彼女は勝ち誇ったように言った。「だから、わたしはほかの人のところに嫁ぐわけにはいかないの。もう夫がいるんだから」

アナベルは眉をひそめた。ハンドファスティングというのがなんのことなのかわからなかった。そんなことばは聞いたことがない。修道院長と司祭はそれを修道女が知るべき重要なことではないと判断したのだろう。だがケイトはそれが結婚を意味することだと思っているようだ……どうもうさんくさい。姉が手を結んだ《ハンドファスト》という夫は、今では妻に対して何も望んでいないらしいからだ。

「お母さまとお父さまに手紙を書かないと約束して」とケイトは訴えた。

アナベルはためらった。両親に手紙を書かなかったら、いよいよ姉にがんじがらめにされてしまう。少なくとも、ロスがそれを許せばそうなる。今は自分がどちらを望んでいるのかわからなかった。激怒したロスに、ケイトをウェイヴァリーに送りつけろと言われることか、彼が理解を示して滞在を許すことか。

彼が怒ってケイトを追い出せと言ってくれるほうが楽だろう。少なくともアナベル自身が姉を追い出すよりも罪悪感を覚えずにすむ。だが、姉がロスに怒られるのはいやだったし、そうなってほしくもなかった。とはいえ、彼がケイトの滞在を許せば、アナベルは姉の相手で身動きが取れなくなってしまうだろう。母に手紙を書けないとなればなおさらだ。

「このことについては考えてみないと……ロスとも話をする必要があるわ」アナベルはそう言って、ドアのほうに向きなおった。

「だめよ」ケイトが妹の腕に爪を立てて叫んだ。「約束してくれなくちゃ。あの人たちに手紙は書かないと」

「もし書いたとしても、送るまえにあなたに知らせると約束するわ。今はこれぐらいでかんべんして」アナベルはきっぱりと言うと、腕を引き抜いて、ケイトにまたつかまれるまえにすかさず部屋から出た。ドアを閉め、ケイトが追いかけてくるだろうと一歩ごとに意識しながら、急いで廊下を進んで自分の部屋に向かう。主寝室に着いて、なんとか呼び止められるまえに部屋にはいることができると、アナベルはほっとしてドアにもたれ、一瞬目を閉じた。

そのとき衣擦れの音がして、すぐにまた目を開けると、窓のまえで振り返った夫の姿を悲しげに見つめることになった。いけない、ロスに約束していた説明をこれからすることになるんだわ。そう思ってげんなりした。

まあ、しかたがない、と思って、アナベルはドアから離れた。早くすませてしまったほうがいい。少なくとも、ケイトがこの城にいることに加え、妻が花嫁修業をしていない修道女見習いだったという知らせにロスがどう反応するかについては、もう悩まなくてすむのだから。

ロスはアナベルがドアから離れ、暖炉のそばの椅子へと冷静に歩いていくのを見守った。彼女が椅子に座って彼のほうを期待するように見たので、ロスは窓のそばから離れて妻のもとに向かった。彼が椅子に腰かけるやいなや、アナベルの説明がはじまった。

「わたしは七歳で修道院に入れられてそこで育ったの。修道女になるための修行をしていたのよ。写本をしたり、馬小屋で働いたりしてね。ある朝、母がわたしを迎えにくるまでは。わたしはまだ正式に修道女になってはいなかったから、修道院からウェイヴァリーに連れ戻されて、あなたと結婚することになったの。だから、城を切り盛りしたり、大勢の使用人をまとめるための教育は受けていないのよ。できるかぎりのことはするつもりだけれど、たぶん失敗ばかりだろうし。お願い、何か言って。そうじゃないとわたしこのままだらだら話しつづけてしまいそうで――」

「息をするんだ」ロスが静かに口をはさんだ。

アナベルは話をやめ、膝の上の両手を見つめながら、深呼吸をした。

ロスはいま聞いたことを頭に入れながら、無言で彼女をじっと見つめた。実のところ、いろいろな部分で納得がいった。最初のころアナベルは、部下たちがそばにいると居心地が悪そうにしていたし、今もまだ、初対面の男性がそばにいたりすると落ちつかない様子だ。ときにあまり思いやりがあるとは言えない彼のふるまいを、辛抱強く受け入れる様子は、まるで――。

そこまで考えたところで、ロスは眉をひそめて尋ねた。「子どものころから修道院にいたのなら、きみの衣類は――」

「何も持っていなかったわ」アナベルは彼のことばをさえぎって打ち明けた。「母が修道院に迎えにきたときには、荷造りをする暇がなかったから、そのとき着ていたドレスと、結婚式のためにわたし用に寸法を直して、ここまで着てきたドレスしかなかったの。あなたがわたしに荷造りをする時間を与えなかったのは、別にひどい仕打ちではなかったのよ。荷造りするものなんて何もなかったんですもの」

ロスはそれを聞いてうなずいた。少し気が楽になった。そのことについてはたびたび、悪いことをしてしまったと思っていたのだ。たとえば、妻とショーナクが針仕事に精を出しているのを見るたび、そして、ジョーサルが夫とともに訪れた日に、アナベルの着るものがないせいで、女たちと階上で針仕事をしなければならなくなったときも。それが自分のせいばかりではなかったのだとわかって、いくらか良心がなぐさめられた。うれしいほどだった。

「ところで、どうしてきみの姉がここに来て隣の寝室に陣取っているのか、説明してくれ」ロスに言われて、アナベルは眉をひそめた。

「それだけ？」アナベルはけげんそうに尋ねた。「花嫁修業をしていないことを黙っていたわたしを非難しないの？　だまされてわたしみたいな欠陥品と結婚させられたのに、婚姻の取り消しを要求するつもりはないの？」

ロスは驚いて眉を上げたあと、肩をすくめた。「きみは賢い娘だ。すぐに覚えるさ」

アナベルはどうやら彼の返事にびっくりしたらしく、一瞬のけぞって、初めて見るように彼をじっと見つめた。彼はしばらくそうさせておいてから、「それで、きみの姉のことは？」と繰り返して思い出させた。

「ああ」アナベルはうんざりしたようなため息をついた。「昨日、あなたが眠っているあいだに突然やってきたの。どうやら、グラントは、厩番の青年のことだけど、覚悟ができていなかったみたい。姉があんなに……その……」

「甘やかされてきたことに？」彼がさりげなく言った。

「ええ、姉は甘やかされてきたわ」アナベルは謝罪するように顔をしかめて認めた。

「それにわがままだ」

「それもあるわね」彼女は悲しそうに同意した。

「そして性悪だ」

アナベルはそのことばを聞いて息をのんだが、ロスは肩をすくめてやりすごした。

「彼女が性悪ではないふりなどする必要はない。彼女はショーナクを罰するように命じ、さらにドレスが大きすぎるだのなんだのと言って、きみを傷つけるというひどいことをしたのだから」

「わたしを傷つけるつもりで言ったわけじゃないと思うわ」アナベルは確信もないまま言った。「姉にとって、ただの事実にすぎないのよ。彼女がわたしよりきれいで……ほっそりしていることは」

ロスは彼女の落ちこんだ口調と、自分を小さく見せようとするかのように、椅子の上で肩を落とした様子に眉をひそめた。座ったまま身を乗り出して、彼は言った。「まず、彼女はきみより美しくなんかない。彼女の目は泥のような茶色で、きみのようなきれいな青緑色ではない。髪はきれいな金色だが、こしがなくて、麦わらのように頭にぺったり貼り付いている。ところがきみの髪は真夜中の色で、豊かに波打ちながらきれいな顔を美しく縁取っている。彼女の唇はちっぽけで薄く、平べったいが、きみの唇はふっくらと官能的で、男は自分の持ち物がその鞘に収めるための剣であるかのような気分になる」

それを聞いたアナベルは信じられないかのように目を見開き、ロスは首を振った。

「妻よ、そろそろわかってほしい。おれはきみを美しいと思っているし、きみの体を愛しているのだ。隙あらば寝たいと思っている」

アナベルはそれを聞いて赤くなった。

容姿については何も心配はいらないとはっきりさせたことに満足すると、ロスは椅子の背に寄りかかってつづけた。「それに、たとえ彼女が幸運にもきみより魅力的な肉体を与えられていたとしても、善良な人間ではないし、しかも尻軽娘のような態度をとるとあっては、たちまち興ざめだ」

「尻軽娘？」アナベルは繰り返した。姉を擁護するべきなのだろうと思いながら……だがそうしたいかどうかは判断がつきかねた。「それはちょっときつい言い方だと思うわ、あなた。姉はまちがった人に恋をして駆け落ちをしただけよ。決められていた相手とは結婚せずに」

ロスは驚いて眉を上げた。「ではきみは、まちがったことは何も目にしていないというのか？　みんなが見ているまえで彼女がおれににじり寄ってきて、目のまえで胸を揺らし、おれの体にさわったのに。おれはきみの夫でもあるんだぞ」彼はそのときのことを思い出し、さもいやそうに首を振った。

「まあ」アナベルは眉をひそめた。「じゃあ、レディはああいうふるまいはしないの？」

ロスは額の上まで眉がつり上がるのを感じたが、すぐにけげんそうに尋ねた。「ふざけているんじゃないだろうな？」

アナベルは唇をかんで白状した。「ケイトが言ったの。あなたに色目を使ったわけじゃない、妹の夫だから感じよくしようとしただけだって。そして、わたしが嫉妬しているにちがいないって。だからわたし、考えてみたの……」彼女は迷ったすえに、仕方なしに肩をすくめて打ち明けた。「わたしは修道院で育ったのよ、あなた。修道院の塀の外では、何がふさわしいふるまいなのか知らないの。姉の馴れ馴れしい態度は、婦人が殿方に接するときの普通の方法なのかと思ったのよ」

「馴れ馴れしい態度？」彼は驚いて繰り返した。「ブレードの下に手を入れて、男のしるしをたしかめようとすることを、きみはそう呼ぶのか？」

「なんですって？」彼女のほうも驚いて声をあげた。

ロスは陰気にうなずいた。ケイトが手を入れてきたとき、思わず小娘の頭にこぶしをお見舞いしそうになった。幸い、フィンガルがまったくお世辞にもならないことを口にして彼女の気をそらせ、アナベルが娘を引き離したのだった。

「わたしは彼女があなたの腕をなでるのしか見てないわ」アナベルはむっとした様子でつぶやき、ロスは彼女が姉の数メートル背後にいたことを思い出した。ケイトがテーブルの下でやっていたことには、気づいていなかったのだろう。そうとわかってほっとした。妻自身がケイトをぼこぼこにしてくれてもよさそうなものなのに、と思っていたからだ。

「彼女をどうするつもりだ？」とうとうロスが尋ねた。いくらケイトのことが嫌いでも、アナベルの姉なのだから、しばらく城にいてほしいと彼女が望むなら、耐えなければならないだろう。だが、正直なところ、あの卑劣な娘をわが家から放り出し、二度と戻ってこられないようにしたかった。彼女がテーブルでロスの気を惹こうとしたからではない――それもむかつくことだったが――彼を心底怒らせたのは、アナベルに対する態度だった。ケイトは階下にいたわずかなあいだだけでもアナベルを何度も傷つけており、ロスはそれが許せなかった。何者にもアナベルを傷つけさせたくない……ケイトがあと一度でもアナベルをベリーと呼んだら――。

「両親に手紙を書くつもりなの」アナベルが言い、考え事を中断させられたロスは、気持ちが沈むのを感じた。手紙が南のイングランドに届くまでのあいだ、自分たちは彼女を押しつけられることになるのだ。そして、返事が戻ってくるまでにはさらに長い時間がかかるだろう。くそっ、出ていくまであの娘を殺さずにいられたら幸運というものだ。

15

　見張り塔でラッパを吹く音がして、アナベルはゆるゆると目覚めた。眠たげに体を動かし、ロスがラッパの音で目覚めたかたしかめようと、彼のほうに寝返りを打つと、ベッドの隣はもぬけの殻だった。彼は先に起きたのだ……またしても。先週もロスは、毎日朝のラッパが鳴るずっとまえに起きて、外に出かけていた。これでは働きすぎだ。

　ドアをノックする音がした。アナベルはため息をついて起きあがり、シーツと毛皮をあごまで引きあげて声をかけた。「どうぞ」

　ショーナクが飛びこんできても、それほど驚かなかった。片手にお湯のはいった水差し、もう片方の手にはせっけんと麻布を持っている。

「領主さまはまたお出かけになったんですか?」ショーナクは冷ややかに言うと、アナベルが洗面をする、外に面した壁沿いの小さなテーブルに水差しを運んだ。

「ええ」アナベルはつぶやき、シーツと毛皮を押しのけてベッドの縁に座った。そのあいだに侍女は置いてあった洗面器にお湯を注いだ。「馬でマクドナルドに向かうために早くに出かけたみたい。ジョーサルやビーンと話し合いたいことがあるんですって」

「奥さまの姉上が朝食におりてくるまえに、早々と城を出たってわけですね」ショーナクが皮肉っぽく言った。

「そのせいもあるわ」アナベルは悲しげにつぶやいた。ケイトを避けたいという彼の思いは理解できた。今やケイトはそばにいられると実に不快な存在で、ロスから聞いたブレードの下に手を入れた件について、アナベルが面と向かって問いつめてからはずっとそうだった。ロスが話すとは思っていなかったことが、ケイトの表情からわかった。彼がそのことをだれにも言わず、彼女との密会を取りつけるほど、自分が魅力的だと思っていたのだろう。アナベルは彼がそうしなかったことをとてもうれしく思った。

ケイトは初め、自分はロスを試していたのだと主張しようとした。きれいな顔に惑わされて罪を犯したりしない、貞節な夫かたしかめようとしていたのだと。だが、アナベルがそれにだまされなかったので、不機嫌になった……だれに対しても。今の彼女の目標は、すべての人の人生を、自分のと同じくらいみじめなものにすることのようだった。

ロスがそれを避けようとするのも無理はないとアナベルは思った。でも、一日をはじめるまえに彼に寄り添い、テーブルで語らう朝のひとときが恋しかった。

「奥さま？」

アナベルは何事かとショーナクのほうを見た。洗面器をお湯で満たし終えた侍女は、繕ったドレスがしまってある衣装箱のところにいた。前日の午後に最後の一着を繕い終え、針仕事から解放されて、ふたりとも大いにほっとしたところだった。今、ショーナクはふたを開けた衣装箱のなかをけげんそうに見おろしていた。

「どうしたの、ショーナク？」アナベルは眉をひそめてきいた。

「ドレスをどこにやったんですか？」

アナベルはその質問に驚いて眉を上げた。「どこにもやってないわよ。そこにあるはずだけど」

「それが、ないんです」侍女はいらだった顔で伝えた。

アナベルは急いでそばに行って、空っぽの衣装箱をのぞきこんだ。最初の反応はとまどいだった。「昨日の夕食用にクリーム色のドレスを出したときは、全部あったのよ」

「でも今はありません」ショーナクは暗い声で指摘した。

「そうね。それは見ればわかるわ」アナベルはつぶやき、額をさすった。「どこにいってしまったのか見当がつかない。だれが持ち出したのかも――」いきなりことばを切り、ショーナクを見る。ふたりは同時に言った。「ケイト」

アナベルは悪態をついてドアに向かった。怒りで足に羽が生え、「お待ちください！」というショーナクの金切り声も無視した。

壁にぶち当たるほどの勢いで寝室のドアを開け放つと、廊下の先にある隣のドアに向かう。

ドアに着く直前にショーナクが追いついて、女主人の肩にシーツをかけた。そこで初めて、裸で部屋から出てきてしまったのに気づいた。普通なら恥ずかしがっていただろう。だが今は気にならなかった。シーツを体にまとってあごの下で片手で押さえ、もう片方の手でケイトの寝室のドアを開けた。

「あら、アナベル、すてきな恰好ね」ケイトは意地悪く笑いながら言った。

アナベルは反射的にまずベッドに目をやったが、すぐに視線を暖炉のそばの椅子に向けた。姉の声はそこから聞こえてきていた。ケイトはそこに座って、色とりどりの布切れを椅子のまわりの床に散らかしながら、アナベルのダークブルーのドレスを切り刻んでいた。

「来てくれてちょうどよかったわ」ケイトはものうげにつづけた。「これを縫うのを手伝ってほしいの。わたしのサイズになるように切るのは重労働だったわ」

アナベルはしばらく姉を見つめるしかなかったが、やがて床の上の布に目を落とし、のどを詰まらせながら言った。「わたしのドレス」

「はあ?」ケイトはそう言って笑った。「いいえ、もちろんちがうわ。あなたの部屋の衣装箱から持ってきたものだけどね。明らかにぼろの古着だったから、わたしが切り刻んでもあなたは気にしないと思ったの。貸してもらった二着にはいいかげん飽きてきたから」

アナベルは両のこぶしをにぎりしめて、怒りのまなざしを姉に向けた。今ここで、ケイトを殺してやりたいと思った。髪をつかんで椅子から引きずりおろし、細っこい首を絞めてやりたい――。

「大丈夫ですよ」とショーナクが急いで言ってまえに進み出ると、床の布切れを集めはじめた。「これをまたドレスにはめこんで縫えば。ばらばらになっていたなんて、だれにもわかりっこありません。わたしが――」

「あら、それはわたしが切り落とした部分じゃないわ」ケイトが言った。「わたしのドレスを作るのに必要な部分よ。よけいな部分は切り取ったそばから暖炉に投げこんだから。でも」と悲しげに付け加えた。「ばかなことをしたわ。切り取った部分で少なくとももう一着ドレスが作れたかもしれないのに。すごく大きなドレスばかりだったから。まあ、仕方ないわね」彼女は肩をすくめ、そのあと眉を上げた。「座って手伝うつもりはないの?」

「手伝うですって?」アナベルは信じられない思いできいた。

「そう。だって、生地商人が城に来ないのは、明らかにあなたのせいなのよ。生地商人さえ来れば、あなたに新しい生地を買わせて、わたしのドレスを何着か作らせてたのに。死んだ女性のお古のドレスで間に合わすんじゃなくね」

「あなたのドレスを何着か作らせる?」アナベルは姉のずうずうしさにあきれてきいた。

「ちょっと、わたしがたった一着や二着のドレスでやっていけると思ってるの?」答えは当然ノーだとばかりにケイトは尋ねた。

「わたしはあなたに何着もドレスを作らせるつもりはありません」アナベルはかんしゃくを

破裂させてどなった……自分にかんしゃくがあることさえこれまで気づかずにいたが。これほど怒っていなかったら、感情の波の激しさに自分でも驚いていただろうと思いながら、姉につかつかと歩み寄る。

「あら、もちろんわたしにドレスを何着か作ってくれなくちゃ。あなたはわたしの妹なんだし、ここは今ではわたしのうちなのよ。当然わたしは――」

「ここはあなたのうちじゃないわ。あなたはお客なのよ、ケイト」アナベルは怒りにまかせて口をはさんだ。「しかもとてつもなく不快な客だわ。もし、まともな姉らしくふるまおうとしてくれていたら、あなたを歓迎したでしょうけど、こんな状態では、滞在させたり服を貸すのはもちろん、あなたを見るのもいやだわ」彼女は口元をこわばらせ、悪意をこめて付け加えた。「実は今、よろこんであなたを受け入れるというお母さまからの返事を待っているところなの。でも、もうこれ以上待つつもりはないわ。お母さまが望もうと望むまいとどうでもいい。あの人にはあなたを受け入れる義務がある。ロスが戻ってきたらすぐに、あなたをウェイヴァリーに帰す手配を彼にたのむわ。あなたをこんなに利己的で甘やかされた意地悪に育てたのはお母さまなのだから、今度はお母さまが自分で作りあげたものといっしょに暮らせばいいのよ。わたしはもうたくさん」

ケイトは目を見開き、そのあと顔をくしゃくしゃにした。「あれだけ苦しんできたわたしに、どうしてそんなことが言えるの！」不意にわきあがった涙の合間に言う。

「ほんとうのことだからよ」今回は涙に心を動かされることもなく、アナベルは冷たく答えた。「あなたはわたしの夫をうちにいられなくし、使用人たちをおびえさせ、わたしを苦しめることしかしていない。でも今回ばかりはやりすぎよ。一着を残してわたしのすべてのドレスを切り刻むなんて」

「あなたのすべてのドレス?」ケイトは驚いたようにきき返し、すぐに首を振った。「ちがうわ。あれは古着のドレスで――」

「わたしの寝室の、わたしの衣装箱にはいっていたものよ」またもや怒りがつのってきて、アナベルは口をはさんだ。「勝手なことをしないでよ！　古着のドレスでも、わたしにはあれしか着るものがなかったのよ。知らなかったなんて言わないでほしいわ」

「そうよ、あれがあなたのドレスだってことは知ってたわよ」ケイトはかみつくように言った。「でもわたしは、あなたの夫が妻のために、レディにふさわしい衣類をそろえるための生地を買わざるをえなくなるように、ドレスをだめにしてあげただけよ」

「ふん、やめてよ」アナベルはそっけなく言った。「スコットランドとイングランドを合わせても、あなたほど利己的な生き物はいない。わたしに新しい生地を買わせて、自分のドレスの材料を手に入れるためにやったと言われたほうが、よっぽど信じられるわ。それに、商人はここに来ないってさっき言ってたんだから、わかってるはずよ――」アナベルはいきなり話すのをやめ、顔を上げた。「生地商人がここに来ない？　どうして生地商人はここに来ないの？」

彼女は問いかけるようにショーナクを見たが、答えたのはケイトだった。

「あなたの犬が香辛料の商人を襲ったから――」

「ジャスパーはあの商人を襲ったわけじゃないわ」アナベルは犬を弁護して言い返した。

「わたしは聞いたことを話してるだけよ」ケイトは肩をすくめて言った。「実際はどうあれ、香辛料の商人は昨日の朝、すごい勢いでここから出ていったみたいね。部屋に放りこまれて、食べ物も与えられずに放っておかれたとわめいていたそうよ。その恨みを晴らすつもりなんでしょうね。彼は傷が治るまで村の宿屋にいるわ。そこでほかの商人たちに、尻をかまれたくなかったらあの城には行くなと言っているのよ」

アナベルはケイトを見つめながら、ぼんやりと気づいた。この情報を伝える姉の目のなかには、たしかなよろこびがある。妹の不幸を楽しんでいるかのようだ。だが今はそんなことを気にしている場合ではなかった。アナベルの頭は、いま聞いたことの重大さでいっぱいだった。香辛料も、布地も、装身具や鍋も、手にはいらなくなってしまう。

生きていくのに必要なものの大部分は、ここマッケイで生産されていた。マッケイの人びとが飢えることはないだろう。商人にたよっていたのは、ここでは採れないものや、自分たちでは作れないもので、アジアの絹や香辛料、ロシアの毛皮、フランスの塩やワイン、フランドルの布やタペストリーなどだった。それらは贅沢品《ぜいたくひん》で、どうしても必要というわけではないが、いったんそれがある贅沢に慣れてしまうと……コックのアンガスの仕事に必要な香辛料を買えないまま、何カ月も何年もすごすことなど、アナベルは想像できなかった。そんな恐ろしいことは。

彼女はうろたえながらショーナクを見た。「ほんとうなの?」

ショーナクは一瞬途方に暮れたようだったが、首を振って悲しげに認めた。「申し訳ありません、奥さま。わたしは……」侍女はため息をひとつついてから言った。「このあいだの襲撃とケイトさまのご到着のあと――」顔をしかめて告白する。「あの男のことはすっかり忘れていました」

ケイトは鼻を鳴らすような音をたて、これでもこの侍女を責めないつもりなの、と言いたげに、アナベルに向かって眉を吊りあげた。アナベルはそれを無視した。ショーナクを責めるつもりはなかった。彼女もあの男のことを忘れていたからだ。自分も同罪なのに、どうしてショーナクを罰することができるだろう?

アナベルはいきなり向きを変え、身にまとったシーツがケープのようにふくらむのも気にせずに、さっと部屋から出ていった。そのあいだも必死で頭を働かせていた。どうすればいいだろう? マッケイが商人たちに避けられるままにしておくわけにはいかない。ああ、そんなことになったらロスにがっかりされてしまう。

「彼女を殺すなら手伝います」アナベルのあとを追って主寝室にはいり、ドアを閉めながらショーナクが宣言した。

それを聞いたアナベルは動きを止め、目をしばたたいた。侍女がだれのことを言っているのか理解するまでに、意外にも時間がかかった。ついさっきまでしゃくにさわる姉を絞め殺したらさぞや楽しいだろうと思っていたのに。たしかにケイトが恋人と駆け落ちしてくれたおかげで、アナベルは望むことさえ知らずにいたあらゆるものを手に入れた。それでも今は、アナベルが手にしたものすべてを台なしにし、破壊しようとしているように見える。

だが、商人に関する知らせのせいで、ケイトに対する不満は吹き飛んでいた。実のところ、がまんしなければならないのも、姉のえらそうな態度に疲れ果て、良心が音を上げて、ここから蹴り出してどこかよそにやってしまうまでのことだ。ケイトがあとほんの少しでもいい人になるべく努力してくれていたら、あとほんの少しでも利己的でなかったら、あとほんの少しでも不快でなかったら……それならアナベルもがまんして、住まいを提供していただろう。だがケイトは、妹の夫であるロスにべたべたしたり、使用人たちをいじめたり、アナベルを苦しめるのが好きなよそ者だ。良心の声はたちまち小さくなっていった。両手で姉の首を絞め、その報いに修道院長に地獄まで引きずっていってもらうことさえもが、魅力的に思えるようになってきた。

「みんなには厩番頭の息子が彼女を連れ戻しにきたと言って、アンガスのハーブ畑に埋めてしまいましょう」ショーナクはつづけ、一度口を閉じてから言った。「アンガスも手伝ってくれるかもしれませんよ。料理のことでさんざん文句を言われたり侮辱されたりしているから、いずれ彼女に包丁を向けることに——」

「ショーナク」アナベルはうんざりしながら言った。「今わたしたちが考えるべきなのはケイトのことじゃないわ」

侍女は女主人に向かって目をむいた。「正気ですか？　彼女はあなたのドレスをだめにして、領主さまを夫婦の寝床にいられなくして——」

「そうだけど、母が受け入れを承諾したらすぐに、ケイトはいなくなるわ。でも——」

「それについては、お母上もずいぶん時間をかけておられますね」ショーナクはうんざりしたように口をはさんだ。「わたしたちと同じくらいあの方を望んでいなくて、拒絶するよりは返事をしないことを選ぶかもしれませんよ」

その意見にアナベルは心臓が飛び出しそうになったが、こう言うにとどめた。「大事なのは、ケイトのことは一時的な問題だということよ。でも商人たちを失うことはそうじゃない。何年も、もしかしたら何十年も失ったままになるかもしれない。そして戻ってきたときには、こちらが困っていることを知っているわけだから、これまでに比べて法外な金額すら要求するでしょう」

「そうですね。でも、お母上がケイトさまの引き取りを拒否したらどうなさるんです？」ショーナクがきいた。どうやらほかのどんなことよりも、それが気になっているようだ。

アナベルはいらいらと額をさすり、首を振った。そしてこうからかった。「そのときにもう一度、姉を殺す手伝いを申し出てくれたら、承諾してもいいわ」

「わかりました」だいぶ怒りが収まったらしく、ショーナクは力を抜いた。そして、まじめな顔つきで言った。「商人のことでは何をすればいいでしょう?」

「宿屋に行って、彼を買収するわ」アナベルはきっぱりと言った。

「何で釣るんです?」ショーナクが不安げにきいた。

「商人がいちばん好きなものはなんだと思う?」アナベルはさりげなく問い、自分で答えた。

「お金よ」

ショーナクは眉をひそめた。「領主さまが出してくださいますかね?」

「夫から城主の鍵をわたされていて、必要だと思ったときに自由に使っていいことになっているの」アナベルはロスにそう告げられたときのことを思い出し、そのことを神に感謝しながらつぶやいた。「わたしの持参金の一部もくれて、新しいドレスをそろえるのに使えと言ってくれた。わたしが必要と判断するなら、ケイトのために使ってもいいとね。必要なら、そのお金の一部を買収に使うわ」

ショーナクはうなずき、少しほっとしたようだったが、完全にではなかった。やがて彼女は考えこむように言った。「では、心配しなければならないのは、あなたが村に行けるように、ギリーとマラフを突破して、城から出ることだけですね。あのふたりは、まだあなたを城から出すなという命令を受けていますから」

「そうなのよね」アナベルは顔をしかめて言った。ロスが意識を取り戻して以来、彼女はふたりにつきまとわれていた。夫が意識を失っていたあいだもつきまとわれなかったわけではないが、少なくともそのときは、がまんできないほどうんざりすれば、離れていろと命じることができた。今やふたりは彼女の影となっていた。

「それについてはわたしが力になれるわ」ケイトの声がして、アナベルとショーナクが振り向くと、寝室のドアが開いていてケイトが立っていた。

アナベルはノックもなしに部屋にはいってきた姉をなじりたかったが、にらみつけるだけにして言った。「ギリーとマラフがノックもなしであなたを部屋に入れるなんて驚きだわ。立派な警護だこと」

「あの人たちなら廊下にはいないわよ」ケイトがドアを閉めながら言った。

アナベルはそれを聞いて眉を上げた。「どうしてかしら。朝はいつも廊下で待っているのに」

「ああ……それはですね」ショーナクが言いにくそうに言った。「奥さまがケイトさまの部屋に向かわれたとき、彼らはここに向かっている途中だったんです。でも、裸の奥さまが廊下を歩かれているのを見て、すぐに向きを変えて階下のテーブルに戻りました」彼女は首をかしげてちょっと考えてから言った。「奥さまがお風呂にはいるときまでそばにいるべきだと彼らが思った一件のあとで、領主さまに何か言われたんじゃないかと思いますね。何が夫の役割で、何が彼らにしてほしくないことか」

アナベルはありうることだと思ったが、問いかけるようにケイトのほうを見るにとどめた。話を聞きたかったからだが、まだ怒っていたので、たいした話は聞けないだろうと思ってもいた。

「そのまえに、あなたに謝りたいの、アナベル」

それを聞いてアナベルは眉を上げた。そのことばよりも、むしろケイトの声のまじめさに驚いていた。哀れっぽくもなければ泣きそうでもなかった。真剣で誠実な声で、ケイトはつづけた。「嫉妬のせいでひどい態度をとってきたことを」

「なんに対する嫉妬？」アナベルは驚いて尋ねた。

ケイトはその質問にぐるりと目をまわした。「わかるでしょ、べ――」彼女は妹の昔のあだ名を言おうとして途中でやめた。初めてのことだ。ため息をつき、深呼吸をしてから言った「わたしは心のままにグラントと駆け落ちした。そして失敗に終わった。うまくいくとは思っていなかったわ。わたしが思ったのは――」そこでため息をつく。「わたしがどう思ったかなんてどうでもいいわね。今やわたしは、自分より社会的地位の低い人と駆け落ちして、ごみ同然に捨てられた、傷物の女よ。家を失い、夫を失い、あなたの慈悲にすがって、みんなにばかにされ、嘲笑の的になっているんだわ」

ケイトはそこでわずかに間をおいた。アナベルにそんなことはないと言ってほしかったのだろう。だが、アナベルは何も言わず、姉が先をつづけるのを待っていた。

「一方あなたは、わたしが結婚するはずだった男性と結婚して、わたしがあんなに愚かでなかったら自分のものにしていた生活を手に入れた。城の切り盛りを習わなかったあなたが、城の切り盛りをしている。使用人を監督することについて何も知らないあなたが、それをやっていて、それでも使用人たちに愛されている。あなたは家も、富も、夫も、あなたを愛する人びとも手に入れた」ケイトは口を引き結んで首を振った。「あなたはわたしのほしかったものをすべて手に入れた。そして最悪なのは、わたしが愚かにもすべてを捨て去ったせいで、あなたがそれを手に入れたってこと」

彼女は首を振った。「そのせいでわたしは怒っているの。ひどいふるまいをしてしまうの」彼女は認めた。「ずっとあなたに怒りをぶつけてきたけど、ほんとうはばかなことをしてしまった自分に腹を立てているのよ」ケイトはことばを切り、もう一度深呼吸をしてから言った。「ほんとうにごめんなさい。いつか許してもらえることを願っているわ」

アナベルはなんと答えるべきかわからず、しばらく無言だった。自分のやり方はまちがっていたと姉が気づき、ふるまいをあらためたのだと信じたかったが、信用するにはもう少し時間がかかりそうだった。だが、もしほんとうならすばらしいことだ。そうなればふたりはほんとうの姉妹になれるだろう。ケイトを姉として受け入れたいのはやまやまだったが、ケイトが見せた身勝手さと意地悪な性癖が、そう簡単に消えたとは信じられなかった。

ようやくアナベルは「わたしもそれを願ってる」とだけ言った。

「それで、奥さまが村に行けるようにする方法というのは?」姉妹がお互いに見つめ合うばかりなので、ショーナクがきいた。

侍女を見たケイトの顔に一瞬、口をはさまれたことに対する怒りがひらめいたが、すぐにその表情を消して言った。「テーブルでゆっくりしていてとギリーとマラフに言うのよ。わたしが切り刻んだドレスを直さなくちゃいけなくて、わたしたちには針仕事が山ほどあるからって。それからあの衣装箱を運ばせるの」ケイトは取り出されるまでアナベルのドレスがはいっていた衣装箱を指さした。「村のエフィのところへね。箱の中身はドレスで、あまりにもひどい状態だからもう役には立たないと思ったけれど、やっぱり考えなおしてエフィの意見を聞きたくなったとでも言えばいいのよ」

「エフィは今ではこのお城で働いているんですよ」ショーナクが眉をひそめて指摘した。

「今朝は来ていないわ」ケイトが即座に言い返した。「わたし付きの侍女が言ってた。エフィは体調がよくないんだって」

「エフィは昨日、具合が悪そうだったの」ショーナクが納得していないようなので、アナベルが説明した。「それで、明日になっても治らなかったら、家で休んでいなさいとわたしが言ったのよ。どうやらよくならなかったようね」

「そういうことでしたか」ショーナクがうなずいた。

アナベルはケイトのほうを見て言った。「それでどうしてわたしが城から出られるのかわからないんだけど」

「あなたがその衣装箱のなかにはいるからよ」ケイトはあっさりと言った。

「まあ、それはいけません」ショーナクが抗議した。

「いいえ」ケイトは言い張った。「申し分ない計画だわ。おまえとわたしはここに残って、妹の不在を隠すのよ。しゃべったり、笑ったり、妹がここにいるみたいにしょっちゅう名前を呼んだりしてね。その合間に、召使いに衣装箱を階下に運ばせて、荷馬車にのせ、村のエフィの家に届けてもらう。召使いたちが帰ってから、エフィに箱を開けてもらえば、アナベルは宿屋まで歩いていって、商人と話ができるわ。宿屋まではそう遠くないから」

「村じゃどこに行くにもそう遠くないですけどね」ショーナクが皮肉っぽく言った。「でも、どうやってお城に帰るんです？」

「フィンガルとかいう人か、ほかのだれかにたのんで、送ってもらえばいいわ」ケイトがこともなげに言った。「よろこんで送ってくれるわよ。そうすれば、またここで無料の食事にありつけるんだもの」

アナベルは黙ってじっと姉を見た。態度をあらためようと努力しているといっても、自分を侮辱した人に対しては、そのかぎりではないようだ。

「わたしにはわかりませんね」ショーナクが眉をひそめて言った。

「おまえはわからなくていいのよ」ケイトは鋭く返し、眉を上げてアナベルを見た。「どう思う?」

「うまくいくかもしれないわ」アナベルは静かに認めた。「これよりいい方法を思いつけないし」

「よかった」ケイトは微笑んだ。急に幸せそうになり、若返ってほっとしたように見えた。

「じゃあ、村に運んでくれる召使いをショーナクが呼びにいっているあいだに、衣装箱にはいったほうがいいわ」

ショーナクがドアに向かうと、ケイトはさらに言った。「わたしたちは針仕事をするから、好きなだけ休んでいいと、かならずギリーとマラフに伝えるのよ。それと、おまえは召使いを呼びにいくところだということもね。修繕の必要なドレスがはいった衣装箱をエフィのところに運んで、彼女に家で作業をしてもらうために」

「言うべきことならわかってますよ」ショーナクはドアを開けてむっとしながら言った。

「ふむ」ケイトは衣装箱のそばに行ってふたを開けた。「さあ、はいって。召使いが取りにくるまえに、ちゃんと隠れられるかたしかめたほうがいいわ」

箱にはいるのは不可能で、別の方法を考えることになればいいのに、と思いたいところだった。空気のない衣装箱のなかに閉じこめられて、荷馬車に揺られることを考えると、あまり気が進まなかった。だが、村まではほんの短い距離だと自分に言い聞かせ、大きな衣装箱のなかにまるくなると、ケイトがふたを閉めた。荷馬車に揺られるのが短時間であるといいのだが。せまい空間を苦にしたことはなかったが、そうも言っていられなかった。かなり縮こまっているせいで息をするのもままならず、ケイトがすぐにふたを開けて体を起こすことができたときはほっとした。

「わたしがドアを見張るわ。ショーナクが戻ってきたら気をつけないと。召使いがいきなりはいってきて、衣装箱のなかのあなたを見られるといけないから」ケイトがドアに向かいながら言った。

「ありがとう」アナベルはつぶやき、衣装箱から出て、ベッドの反対側の部屋の隅にある小さい衣装箱へと急いだ。ロスが宝石や硬貨をしまっている場所で、結婚後に父から受け取った硬貨の袋もそこにあった。いちばん上にあるのはアナベルの持参金で、もともとはケイトの持参金だったものだ。アナベルは商人へのわいろに使うため、その一部を持ち出すつもりでふたを開けたとき、ケイトが突然言った。「召使いたちが来るわ。ショーナクと大柄な男ふたり。早く。衣装箱に戻って」

アナベルは袋をつかんでふたを閉め、急いで衣装箱に戻って、そのなかでまた丸くなった。ケイトがすぐさま駆け寄って、彼女の代わりにふたを閉めた。

そしてアナベルは待った……ひたすら待った。居心地がよくないときは、時間がたつのがなんてのろいのだろうということしか考えられなかった。永遠とも思える時間がたったあと、かすかな話し声が聞こえた。先にショーナクの声、そのあとケイトの声がした。ほどなくして男性の声が加わり、アナベルが隠れている衣装箱がふいに持ちあげられ、箱が揺れたので、彼女は息をのんだ。

やがて、階段まで来たのがわかった。急に頭が下のほうに傾き、体もそちらにすべっていって、頭が衣装箱の側面に押しつけられたからだ。箱が水平になってから、ああ痛かった、と思った。だが、そのすぐあとで荷馬車の荷台らしきところに投げあげられたときに比べたら、そんな痛みなどたいしたものではなかった。衝撃で体全体が揺れて跳びあがり、叫び声をこらえるために、硬貨の袋を口に押しこまなければならなかった。

村までの道のりは比較的ましだった。居心地は悪かったし、いつまでもつづくように思われたが、少なくとも頭をぶつけることはなかったし、体が放り出されることもなかった。荷馬車が止まり、アナベルはこれから起こることに身がまえたが、数分が経過しても何も起こらなかった。

しばらくして、箱をたたくこもった音と、男性の話し声、そのあとそれよりずっと高いエフィの声が聞こえた気がした。中身がはいっていることをたしかめるために箱をたたき、何を持ってきたのかエフィに説明したのだろう。そのあと衣装箱が荷馬車の荷台から持ちあげられて、アナベルはまた下向きに傾いた。だが、今度はそれも一瞬のことで、箱はわずかに揺れながら、エフィの小屋であってほしい場所へと運ばれた。

　アナベルはあらかじめ硬貨の袋を口に押し当てておき、どすんと箱が置かれると、のどの奥で低くうめいた。硬貨の袋を口から離し、どうなっているのだろうと耳を澄ました。重い足音が遠ざかり、ドアが閉まる音がしたと思ったら、そのあとは何も聞こえなくなった……静寂は長いことつづいた。

　そこでようやく、エフィはすぐに箱を開けるつもりがないのかもしれないと思った。このまま何時間も放っておかれたらどうしよう？　そうなってはたまらない。アナベルは唇をかんだが、やがて声をあげた。

「エフィ？」

　依然として静寂がつづいていたが、今度はさっきとはちがう、何かを待っているような静寂だった。

「エフィ、警戒しなくていいわ、レディ・マッケイよ」今度はもっと大きな声で叫んだ。

「奥さま？」衣装箱越しにくぐもった声が聞こえた。そして困惑したような「どこにいらっしゃるんですか？」という声も。

「衣装箱のなかよ、エフィ。これを開けてくれない？」

「衣装箱って――いったいそんなところで何をなさっているんです？」彼女が近づくにつれ、声が大きくなる。

「ここから出してくれたら説明するわ」アナベルは約束した。

「わかりました、ちょっとお待ちを……鍵はありますか？」

「なんですって？」アナベルはうろたえてきいた。

「衣装箱には錠がおりています。鍵が必要です」エフィが説明した。充分な空間があったとしたら、アナベルの口はぽかんと開いていただろう。

「錠なんかないでしょう、エフィ。掛け金をはずせば開くはずよ」

「いいえ。施錠されています」エフィが言った。

「よくもやったわね、ケイト」アナベルは恨みをこめてつぶやいた。そう言いつつも、これはほんとうに事故なのか、それとも姉が妹に怒りをぶつけるあらたな方法なのか、判断がつかなかった。

「何か言いました？」エフィがきいた。

「なんでもないわ」アナベルはもごもごと言った。

「そうですか」間をおいてから、エフィがきいた。「どうすればいいでしょう？　鍛冶屋を連れてきましょうか？　フィンガルならきっと――」彼女は話を途中でやめて言った。「少しお待ちください、奥さま。戸口にだれか来たようです。ここにいてくださいね、すぐに戻りますから」

アナベルは顔をしかめた。待つ以外にできることなんてないわよ、とむっとしながら思い、遠ざかるエフィのすり足に耳を澄ました。離れていくにつれ、足音はだんだん小さくなっていった。すぐにはっきりしない話し声が聞こえ、そのあと何かが床にぶつかるどすんという音がした。眉をひそめ、何が起こっているのだろうと耳を澄ましていると、だれかに箱をたたかれてびくっとした。

「調子はどう、妹よ？」歌うような声がした。

「ケイト？」彼女はたしかめるようにきいた。

「そうよ」

アナベルは安堵のため息をついた。姉はうっかり妹を閉じこめてしまったことに気づき、彼女を解放するためになんとかして城を抜け出してきたのだろう。金属と金属がこすれる音がして、衣装箱の鍵が開くと、アナベルはほっとして言った。「来てくれてよかった。不安になってきたところ――」

急にふたが開いて光がいきなり流れこんできたので、一瞬目がくらんだアナベルは、いったんことばを切った。すばやくまばたきをしながら、目が慣れるまで待ち、ため息をひとつついて、また見えるようになると顔をほころばせた。だが、その笑みは突然消えた。姉は箱にかがみこみながらにこやかに微笑んでいたが、その背後に立っている男を見て、アナベルは恐怖に目を見開いた。何度も自分を襲った男だとすぐにわかった。

「ベリー、夫のグラントよ」ケイトがほがらかに言った。「グラント、これがわたしの太った醜い妹よ」

「あなたの夫?」アナベルはかすれた声できいた。

「ええ。男前でしょ?」ケイトはそう言ってにっこりし、微笑みながらつづけた。「さて、わたしたちはここを出なくちゃならないの。あなたが騒ぐと何事かと思われるから……おねんねしてちょうだいね、ベリー」ケイトはやさしく言うと、アナベルの頭を何かでたたいた。アナベルは何かを見ることはできなかったが、たしかに感じられた。一発で意識を失うほど硬いものだった。

16

「いっしょに来てくれて感謝している」ビーンとジョーサルと並んで中庭に馬を乗り入れながら、ロスは言った。妹のほうを見て、付け加える。「アナベルはおまえが気に入っている。おまえの助言なら信用するだろう」

「きみはまだ信用されていないということか?」ビーンが鎌をかける。

「いや、おれが言っているのはそういうことではない」ロスは説明した。「アナベルはおれを信頼しているが、今度のことでは、姉妹の問題について理解のない薄情な男だと思われているようでね。だが、ジョーサルならそうは思われないだろう」

「でも、わたしに姉妹はいないわ。妹がいるのはお兄さまでしょ」ジョーサルが笑って指摘した。

「そうだが、おまえは女だ」ロスが言う。「アナベルにいま必要なのは、いろいろなことをいっしょに考えてくれる女性なんだよ。話し相手になる女性だ……さもないと、彼女は罪悪感にかられて、この先のおれたちの暮らしをみじめなものにしてしまうだろう」

「ほんとうに姉をずっとここに滞在させると思うのか?」ビーンが尋ねた。「きみの話によると、悪夢のような女らしいが」

「ああ、だが妻の姉にはちがいないからな」馬の速度をゆるめて厩に向かいながら、ロスが指摘した。「それに、アナベルの今の生活は本来ケイトが送るはずだったもので、そのケイトの人生は破綻している。アナベルはそのことでひどい罪悪感を持っているんだと思う。だから姉を追い出せずにいるんだ」

「いいえ」ジョーサルが自信たっぷりに言った。「ケイトが送るはずだった生活というわけじゃない。彼女はここに合わないわ。お兄さまとアナベルはいっしょになる運命だったのよ」

「それはわかっている」ロスが言った。「それをアナベルにもわからせないと」

「大丈夫よ、お兄さま。問題はお昼までにすべて片づけてあげるわ」ジョーサルは得意げな笑みを浮かべて言った。

「だといいんだが」ロスはつぶやき、馬からおりて、馬を厩の馬房に入れた。ロスは大いに危惧《きぐ》していた。罪悪感を覚えることはない、姉の保護者になる必要はないのだと、ジョーサルがアナベルを説得することはできないかもしれない……そのときは、自分が介入して、妻の意志に反してケイトを追い出さなければならないだろう。妻と衝突するのは避けたかったが、あのイングランド女が妻をいじめつづけるのを放っておくわけにはいかない。早くケイトを追い出さないと、あと一回でも妻がベリーと呼ばれるのを聞いたり、体型のことで妻にいやな思いをさせたりしたら、ある晩ケイトを絞め殺していたということになりかねない。ロスは首を振り、馬房の戸を閉めて、妹夫婦とともに城に向かった。今日はなんとしてでもこの問題を解決したかった。ケイトが今日出ていってくれればありがたいが、そこまでは無理でも、彼女が近いうちにいなくなって、もうこの城の人たちに迷惑をかけることはなくなるのだということをはっきりさせたかった。

それにしても、あの女が厩番と駆け落ちしてくれたおかげで、自分は難を逃れたのだ。もしこれほど迷惑をかけられていなかったら、駆け落ちしてくれた彼女に感謝していただろう。彼女ではなくアナベルを妻に迎えることができたのは、まさに神の恩恵だ。

ロスがジョーサルとビーンを連れて城にはいっていくと、ギリーとマラフがテーブルについていた。ロスは少し心配になって、まっすぐ部下たちのほうに向かった。

「ここに座って何をしている？　おれの妻はどこだ？」

「階上の寝室で、ショーナクとあのイングランド女といっしょに縫い物をしています」ギリーが答えた。

「いや、ケイトは司祭に話があるとかで出かけたぞ」マラフがギリーに思い出させ、ロスのために付け加えた。「でもすぐに戻ってくるはずです」

「あらすてき」ジョーサルが言った。ロスが不思議そうに妹を見ると、彼女はにこっと笑って説明した。「アナベルのお姉さまに会うのを楽しみにしているの」

「いいえ」ギリーが彼女のために言った。「楽しみにするような相手じゃありません。それどころか、いま階上にいないことを神に感謝するべきです。あの女はとんだ毒婦ですよ」

「ふうん。ますます彼女に会いたくなったわ」そう言って笑うと、彼女は階段に向かいながら付け加えた。「座ってうちの人と一杯飲んでいて。わたしがすべて面倒みるから」

ロスはうなり声で返事をすると、妹が階段をのぼって廊下を進んでいくのを見守ったあと、ビーンのほうを見て尋ねた。「エールでいいか？」

「ああ。それはありがた――」そのとき、階上からジョーサルがふたりを呼ぶ叫び声がしたので、ビーンはことばを切って階段のほうを見た。立ったままだったロスが、最初に階段に向かった。ビーンとギリーとマラフがあとにつづき、一同はロスが妻と使っている部屋に急いだ。部屋に駆けこんだロスは、ひと目で事態を察した。

ショーナクが床に倒れ、頭からしたたる血がイグサを汚していた。だが、アナベルの姿はどこにもなかった。ロスが部下たちを難詰するあいだに、ビーンは彼の横をすり抜けて、侍女を心配する妻のもとに急いだ。

「アナベルはショーナクといっしょにここにいると言ったな」ロスは非難するようにどなった。

「います、というか、いました」ギリーは自分で言いなおした。マラフが部屋にはいってさがしまわる。「出ていったのは奥方の姉上だけです」

「どうやらそうではなかったようだな」ロスはかみつくように言い、ショーナクのそばにいるビーンとジョーサルのところに行った。「どんな様子だ？」

「思いきり殴られたみたい」ジョーサルが静かに言った。「でも、最初にわたしが彼女のそばにひざまずいたとき、ちょっと動いたように見えたから、じきによくなると思うわ」

「領主殿」

ロスが呼ばれてマラフのほうを見ると、兵士が衣装箱を調べていたので眉をひそめた。それは貴重品がしまってある箱で……ふたが開いていた。

「ここには何かしまってありましたか？」マラフが尋ねた。

「なんだと？」ロスはその質問にぎょっとして、ことばを失いそうになった。大股でマラフのもとに向かい、空の衣装箱をのぞきこむ。一瞬、周囲の世界が傾いたような気がして、マラフにしっかりと腕をつかまれた。

「大丈夫ですか、領主殿？」

「これはおれが考えているようなことではないと言ってくれ」ロスのそばでビーンが静かに言った。「まさか——？」

「ああ、そうだ」ロスがどなった。

「くそっ」ビーンがつぶやいた。

「壊された形跡はありません」マラフが小さな衣装箱と錠を調べて、静かに言った。「鍵が使われたようです」

「鍵なら妻がひとつ持っている」ロスが言った。

「まさか彼女がやったとは思っていないだろうな?」ビーンが眉をひそめてきく。

「ああ。だが城の女主人である彼女は鍵をもっていて、姿を消した」

「じゃあきみは、彼女が取ったと――」

「ちがうと言っただろう?」ロスはいらいらとさえぎった。「彼女に何があったのか心配だ。ショーナクは意識を失っているから、鍵は妻から奪ったのだろうが、彼女は今どこなんだ?」鋭く問いかけたあと、ギリーとマラフのほうを見てどなった。「部屋をさがせ」

ふたりはうなずき、言われたことをしようときびすを返したが、ベッドの下以外にさがす場所はなかった。ふたりともひざまずいてさがしたが、すぐに立ちあがって首を振った。ロスはいらいらと向きを変えたかと思うと、突然また振り返った。「階上のほかの部屋も調べろ。階下にはおりていなくても、ほかの部屋にいるかもしれない」

「さがしてみます」ギリーが言った。「でも、おれたちはずっと見張っていたんですよ、領主殿、奥方はこの部屋から出ていません。このドアからは。出てきたのはケイトだけです」

「彼女のスカートに、きみの硬貨や宝石の袋が隠されていたに決まっている」ビーンが冷やかに言った。「この出来事の背後にいるのが彼女なら、アナベルの居場所も知っているはずだ」

「衣装箱」マラフが突然言った。

「空だ」ロスが言い返す。「いいからケイトをさがしに行け。そのあいだにギリーは——」

「ちがいます、その衣装箱じゃありません」マラフがさえぎった。「ドレスのはいった衣装箱です」

ロスはなんの話かさっぱりわからなかったが、ギリーはわかったらしく、考えこむようにうなずいた。「そうか。あのなかにはいって、おれたちに気づかれずに、目のまえを運ばれていったのかもしれない」

「なんの話をしているんだ？」ロスはそうききながらも、アナベルがドレスを入れていた衣装箱が部屋から消えているのに気づいた。「ベッドの足元にあった衣装箱か」

「はい。村にいるエフィのところにドレスを持っていって、修繕が可能かどうか見てもらうのだとショーナクが言っていました」マラフが説明した。

「エフィは今では城で働いているぞ」ロスは眉をひそめて言った。

「はい。ですが、今日は来ていないんです。体調不良で休んでいます」ギリーが伝えた。

「それなのにおまえたちは、奥方が、あのやさしいアナベルが、家に送りつけてまで体調不良の女性に仕事をさせると思ったのか？」ロスは信じられずにどなった。ふたりの男はその質問にはっとしたようだった。答えはそれで充分だった。ふたりはそれについて考えてみなかったらしい。そして失敗したといま気づいたのだ。ロスは彼らに背を向けてドアを目指した。

「おれも行くよ」すぐにビーンが彼と歩調をそろえた。

「おれたちは階上の部屋の捜索をつづけてケイトをさがしますか、領主殿？」そのあとを追いながら、マラフが静かに尋ねる。

ロスはドア口で立ち止まって考え、それから言った。「ああ、だが急いですませて、終わったらすぐにおれたちを追ってくれ。捜索を手伝ってもらわないといけないかもしれない」

城の捜索は時間の無駄かもしれないが、念のため調べさせたほうがいいだろうとロスは思った。上階の部屋の捜索をやめさせて、部屋のひとつでアナベルが意識を失って倒れていたなどということがわかったら、自分を許せないだろう。

「わたしのことなら気にしないで。ここにいてショーナクを介抱しているから」ジョーサルが冷静に言った。

「そうか。ありがとう」ロスはそう言うと、男たちを引き連れてドアの外に出た。

「彼女も来たがっているのはわかっているだろう」階段をおりはじめながらビーンが言った。

「ああ」ロスは認めた。「もしそうしたければ、召使いのだれかに命じて、あいつの代わりにショーナクの世話をさせてもいいぞ」

「いいや」ビーンはあっさりと言った。「きみの妹は自分の身の安全をまったく気にしないからな。ここにいたほうがいい」

ロスはうなずいた。彼も同意見だった。

アナベルは窮屈さと息苦しさに、暗闇のなかで目を開けた。身動きができないので、まだ衣装箱のなかにいるのだとわかった。空気もあまりないようだ。最初にふたを閉められたときは、衣装箱のなかは暗いと思っていたが、いま思えばそのときはどこかの隙間から光がもれ入っていたらしい。だが今はまったくの暗闇だった。彼女の周囲では光が完全に欠如しており、音も失われていた。アナベルは一瞬、生きたまま衣装箱ごと埋められてしまったのではないかと思った。

その可能性に過呼吸になりかけたとき、何かが聞こえてきた。最初はごく小さな音だったが、近づいてくるにつれ大きくなった。足音だ。そう思ったアナベルは、助けがやってきてここから出してもらえますようにと神に祈った。もう二度と自分から衣装箱にはいったりしません。それ以外のどんなせまい場所にも。もうこれで充分だ。アナベルは考えるのをやめ、衣装箱の錠が開けられているらしい音を聞きながら、ただひたすら待った。

ふたが開いても、今回は昼間の明るい光が降り注ぐことはなく、アナベルはきっと夜なのだろうと思った。だがそのとき、腋の下をつかまれて外に出され、自分がどこにいるのかわかった。納屋の暗い一角……カーニーの納屋だ。何者かに襲われるまえにロスと愛を交わした、あの大きな建物だとアナベルは気づいた。

そして、自分を箱から出してくれた男性に意識を向けた。厩番の少年のグラント。なんてしっくりこない呼び名だろう。厩番の少年と言われて頭に浮かぶのは、ほっそりした若者で、このような男ではない。こんなに大きな男を少年とは呼べない。その男に、自室で急いで衣装箱にはいったときから持っている硬貨の袋を取りあげられ、アナベルは「ちょっと！」と声を荒らげた。

「しーっ」とグラントが注意した。「静かにして彼女を怒らせないようにしろ。ケイトは怒ると手に負えなくなるんだ」

「あなたはスコットランド人なのね」アナベルは驚いたものの、大声を出さないように気をつけながら言った。ブルーベルの野原で話すのを聞いて、襲撃者はスコットランド人だとわかっていたが、その襲撃者がケイトの駆け落ち相手で、イングランドの実家の厩番頭の息子でもあるというのは、どうにもかみ合わなかった。今まで厩番頭はイングランド人だと思っていたからだ。

「そうだ。競馬で勝ったあんたの父親が、ファーガソン家からおれの父親を手に入れた」グラントは静かに言った。「七年前のことだ。おれはまだ子どもだった」

「今はいくつなの？」アナベルはきいた。

「十七歳だ」彼は静かに言った。

アナベルは目を見開いた。思ったより若い。体の大きさのせいでだまされていたのだろう。彼は姉より五つ歳下だった。

「以来ずっとおれたち親子はウェイヴァリーにいる」グラントは静かに言った。「おれの場合は、あんたの姉さんに恋をして、向こうもおれを愛していると思うなんて、ばかなまちがいをしでかすまでだが」

「姉はあなたを愛していないの？」アナベルは静かに尋ねた。「あなたを愛しているのに捨てられたと姉は言ってたけど」

「おれが彼女を捨てたというのは、城にしのびこむための口実さ」グラントはうんざりしたように言った。「あんたの姉さんが愛しているのは自分だけだよ」

「それなら姉と別れて」アナベルはすかさず提案した。「馬も盗まないあなたのことだから、誘拐に手を貸したくはないでしょう。姉があなたを深みに引きずりこむまえに離れるのよ」

グラントは悲しげに首を振った。「おれはケイトを捨てない……たとえ彼女が何をしようと。おれは彼女の純潔を奪った。彼女のためにたくさんのものを捨てた。今やおれは取りつかれているんだ……疫病のように」彼はそうつぶやくと、硬貨の袋を持った手で衣装箱のふたを閉めた。

「でも――」と言いかけて、アナベルは黙った。衣装箱の向こうへとグラントに引っぱられ、その途中で何かにつまずいて倒れたからだ。不意をつかれたグラントが彼女から手を離し、アナベルは衣装箱の隣に置かれた毛皮の束の上に着地した。そこには一瞬いただけで、すぐにまた腕をつかまれて立たされたが、一瞬でも充分に心地よかった。

「あの日はわたしたちをつけていたわけではなかったのね？」また移動させられるまえに、彼女はきいた。

「ああ、そのまえからここにいた」とグラントが答え、アナベルはうなずいた。やはり思ったとおりだ。まず、ここは隠れるのに絶好の場所だとぴんときた。あたりに人影はないし、近くの小屋の持ち主はロスの秘密の用事で留守にしているし、頭の上には屋根があり、寝床になる干し草があり、飢えを満たす食料がある。さらに、ロスがだれにもつけられないように遠回りをしてここに来たことを思い出し、それも考え合わせたのだった。

「わたしたちがここに来たとき、あなたたちは食料さがしか何かで出かけていたの？」

「いや」グラントは彼女を納屋の隅から中央に引っぱっていきながら、申し訳なさそうに言った。「おれたちはここにいた。あんたたちが来たときは、オート麦の入れ物のなかに隠れていたんだ」

「そう」アナベルはつぶやいてまたうなずいたが、今度は彼らに見られていたにちがいないあらゆることを思い出して顔をしかめた。今後自分とロスは、何曜日であっても、自分たちの寝室以外のところで互いに夢中になるべきではない。アナベルはそう思いはじめていた。

「恥ずかしい？」ときくケイトの声がして、アナベルの意識は、開いている納屋の戸口から射しこむ、長方形の光のなかに座っている女性に向けられた。彼女のまえの踏み固められた床には、たくさんの宝石と硬貨が散らばっていた。

ケイトの質問から、グラントとの会話の少なくとも最後の部分は聞かれていたのだとわかったが、今更どうすることもできなかった。姉の質問を無視して、アナベルはちょっとした宝の山を示し、自分のほうから質問した。「どこでそれを手に入れたの？」

「あなたの部屋にあった衣装箱からよ」ケイトは悪びれずに言った。

アナベルは身をこわばらせた。「どうやって——？」

「ショーナクが召使いたちを連れて戻ってきたとわたしが言ったとき、あなたはあれを開けたままにして、急いで衣装箱に戻ったでしょ」ケイトは満足そうに教えた。

落胆と後悔と罪悪感が体のなかを駆けめぐり、アナベルは目を閉じた。考えもなく行動したせいで、夫と領民たちを貧乏にしてしまった。ああ神さま、どうしてわたしは何をやっても失敗ばかりなの？

硬貨のじゃらじゃらという音がして目を開けると、ケイトがグラントの投げた小さな袋を受け取ったところだった。

ケイトは袋の口を開け、ほかの宝石や硬貨の上でさかさまにして中身を出すと、袋を脇に放って、うれしそうに両手をたたいた。「すてきじゃない、グラント？　これでわたしたちは、これから幸せに暮らせるわよ」

「ええ、それを失ったせいでつらい思いをすることになる人たちのおかげでね」グラントが反応しないので、アナベルがきつい口調で言った。

ケイトはそれを聞いて鋭く視線を上げたが、見たのはアナベルではなくグラントのほうだった。彼の顔つきの何かがケイトの身を硬くさせ、彼女は向きを変えてアナベルをにらむと言った。「グラント、川に行って桶に水をくんできて。わたしはベリーと話があるの」

グラントはためらったが、アナベルをそのままにして納屋から出ていった。

彼がいなくなった瞬間、ケイトはアナベルを見た。「だれかがつらい思いをしようと関係ないわ。わたしにはこれが必要なの。小作農みたいな汚らしい暮らしはしたくないのよ」

グラントは小作農と同じ身分だということも、彼を選んだからには、ケイトもそういう生活に身を落としたのだということも、アナベルは指摘しなかった。そうしたところで無駄だ。ケイトは今の状況が自分のせいだということを認める気もないらしい。自分の苦境を他人のせいにするのが好きなのだ。自分が望んでいた、当然自分のものだと思っていた幸せを享受していると言って、人を責めるのが好きなのだ。それに、アナベルは早くここから逃げ出して、もう一度ロスに会いたかった。あまり姉を怒らせると、かっとなった瞬間に妹を殺すとか、何かばかなことをしないともかぎらない。アナベルは生きてもう一度夫に会いたかった。

だが、アナベルのせいで財産を失ったとロスが知ったら、もう彼女に会いたくないと思うかもしれない。そう考えると憂鬱になった。

ケイトはしばらくアナベルをにらみつづけていたが、やがてお宝を見おろし、まるで水であるかのように、硬貨と宝石をすくっては落とした。しばらくして彼女は言った。「今日わたしがどうやって城から抜け出したかきかないの？」

アナベルは、姉とグラントがかなり長いこと、おそらくはこれから死ぬまで暮らしていけるだけの価値がある宝から目を離し、そっけなくきいた。「どうやって抜け出したの？」

「ショーナクの頭を殴って、衣装箱の中身を袋に入れ、その袋をスカートのウェストの内側にぶらさげて、司祭のところに行くと警備の男たちに言ったの。それから……」ケイトは肩をすくめ、あっさりこう言ってのけた。「厩まで歩いていって二頭の馬に鞍をつけ、それに乗って城を出た。だれにも呼び止められなかったわ」

アナベルは驚かなかった。彼女の知るかぎり、ケイトはマッケイで出会った人びとをひとり残らず怒らせていた。おそらく厩番頭は彼女が来るのを見て隠れたのだろうし、ほかの人びとは見て見ぬ振りをしたのだ。彼女が出ていくのを見て大いによろこんだにちがいなく、もう二度とその姿を見たくないものだと思っただろう。だがアナベルはショーナクのことのほうが心配だった。

「ああ、あなたの大事なショーナクなら死んでないわよ」妹の表情を読んだらしく、ケイトは言った。「おそらくね」彼女はどっちだろうとそれほど気にしていないかのように肩をすくめた。

ケイトは満足げにため息をつき、椅子の背に寄りかかると、首をかしげてアナベルをじっと見た。そして愉快そうな声で言った。「わたしはね、ずっとまえからあなたが嫌いだったのよ」


「領主殿！」

ロスはエフィの家のドアをたたいていた手をおろし、フィンガルの呼びかけに振り向いた。いらいらと重心を移しながら、ビーンのほうを見る。

「なんの用かおれが聞いてこよう」ビーンはそう言って、フィンガルのところに向かった。

ロスは小屋のドアに向き直り、もう一度ノックした。

「エフィは家にいるはずだ。半時ほどまえ、彼女が荷物を受け取るのを見たよ」ビーンをかわしてロスに近づきながら、フィンガルが心配そうに言った。

「衣装箱だったか？」ロスがきいた。

フィンガルはうなずいた。「だが、それを受け取ったと思ったら、今度はスカートを穿いたあのいやなイングランド女が現れた」

「ケイトが？」ロスがかすれた声できく。

「ああ、大柄な男を従えていた」彼は顔をしかめた。「あんたを悩ませているというやつの風体とそっくりな、雄牛のような男だ。それで城に行って報告すべきだと思った。老いぼれ馬に鞍をつけていたら、あんたたちの馬が玉石を踏む音が聞こえたんで、様子を見にきたんだ」

ロスは小声で悪態をつき、ノックするのをやめて、ドアを開けるとなかにはいった。入口から数歩しか離れていない床にエフィが倒れていた。ロスはひざまずいて彼女の口に手を当て、指に彼女の息を感じてほっとした。「生きている」

「衣装箱はここにはないぞ」ビーンが指摘した。ロスはひと部屋しかないせまい小屋を見わたして、衣装箱がないことを確認した。

「やつらははいってすぐに衣装箱をまた運び出した」フィンガルが言った。ロスの向かい側にひざまずき、エフィをのぞきこんで心配そうに眉をひそめている。「大柄な男が抱えていた」

「どっちに行ったか見たか?」ロスが体を起こしてきいた。

「ああ。マクドナルドに向かう道だ。最初は歩きだったから、おれも距離を置いてついていったが、やつらは村から一キロほど行ったところに馬を用意していた。だからおれは老いぼれ馬に鞍をつけようと急いで戻ったのさ」

ロスはうなずき、向きを変えかけたものの、またエフィに目をやってためらった。

「彼女の面倒はおれがみる」フィンガルが察して言った。「おまえは行け。おれたちのかわいいアナベルを追い回すろくでなしをつかまえてくれ」

いま運ばれている箱にかわいいアナベルを入れたのは、おそらくその〝ろくでなし〟ではないだろうという説明ははぶいた。代わりにロスはドアに向かいながら言った。「エフィを城に運んでくれ、フィンガル。ショーナクもけがをしているんだ。ジョーサルがふたりの手当てをしてくれるだろう。城に着いたら、ギリーとマラフに兵士を集めておれたちを追うように伝えてほしい。まずカーニーの納屋を調べて、そこに何もないようなら、その先の道を行けと」

「わかった」フィンガルが言った。「そうするよ、領主殿」

「やつらがカーニーの納屋にいると思うのか?」ビーンが尋ねた。

「おれが襲われた日のことを話しただろう」ロスは馬たちのところに向かいながら、つぶやくように言った。「すごい速さで馬を走らせ、回り道をして、つけられていないことを確認してから納屋に行ったことを」

「ああ」とビーン。

「おれたちがつけられていなかったのはたしかだ。それを確認しないかぎり、アナベルをあそこに連れていくような危険は冒さない」

「やつらはずっと納屋にいたということか」ビーンが気づいた。

ロスはうなずき、そして認めた。「やつらはマクドナルドに向かう道を選んだとフィンガルが言ったとき、ようやく気づいたんだ。あの道は納屋を通る。なぜやつらは南に向かわない？　あるいは海岸に？　北のマクドナルドに向かわずに、そのどちらかに向かえば、都市にまぎれこむか、船に乗って逃げることができるのに」

「ああ。北じゃケイトのアクセントは、ずきずき痛む親指みたいに目立つだろうしな」ビーンは言った。「きみが出向いて彼女かどうか確認するまで、おれが足止めしておいただろうし」彼は一瞬黙りこんだが、やがて眉をひそめてきいた。「だが、なぜ納屋に行くんだ？　なぜできるだけ早く逃げない？」

「衣装箱のなかにはアナベルがいる。それはたしかだ」ロスは静かに言った。「身代金を要求するつもりなんだろう」

「身代金なんか取れるものか」ビーンが言った。「あのイングランド女はすべて盗んでいったんだぞ。身代金を支払おうにも何も残っていないことを知っているはずだ」

ロスは口元をこわばらせたが、何も言わなかった。ケイトがアナベルに激しく嫉妬しているのはたしかだ。そしてそのために、彼女を憎んでいることも。その燃えるような激しい憎悪を鎮めるには、アナベルを苦しめる必要があり、殺すことさえ念頭に置いているかもしれない。そのまえにアナベルが見つかることを、ケイトの望む悲惨な結果にならないことを願うばかりだ。

17

「どうして」アナベルは目を見開いて不思議そうに尋ねた。「どうしてそんなにわたしを憎むの？　わたしがあなたに何をしたというの？」

「存在そのものが気にくわないからよ！」ケイトは甲高い声でどなり、自分のまえのお宝をぴしゃりとたたいて、いくつかを地面に飛び散らしてから、少し冷静になって言った。「幼いころからずっと言われてきたわ。〝アナベルならそんなことはしない。アナベルはいい子だった。アナベルならもっと早く覚えた。おまえはアナベルのように賢くなくて残念だ〟って」彼女は顔をしかめた。「両親に言わせると、あなたは模範的な子どもで、わたしはけっしてかなわなかった」

アナベルは口を開けていたことに気づいて閉じた。そして深呼吸をした。「ケイト、あの人たちは修道院から連れてきたわたしにも同じことをしたわ。わたしの場合は、〝おまえが姉の美しさを少しも受け継がなかったのは残念だ、姉が身につけた知識や技術がおまえにはなくて恥ずかしい、ケイトとちがっておまえはろくでもないスコットランドの花嫁になるだろう〟だったけど」

ケイトの目は生気を失って死んだようになり、話す声は冷たかった。「あなたがあそこにいたのは一日だけでしょう、アナベル。知ってるのよ。お母さまがあなたを連れて帰ったとき、わたしとグラントはまだウェイヴァリーの森のなかにいたんだから。そのすぐあとにロスたちの一行が着いて、次の日出発したあなたたちを、わたしたちは追いかけたのよ」

「一日かもしれないけど、そのあいだに何度もたたきこまれたわ。わたしがあの人たちから受けた苦痛とあなたの苦痛を比較するつもりはないけど」ケイトの顔に怒りがわきあがるのを見て、アナベルは急いで言い添えた。「理解できると言っているのよ。問題なのは両親で、わたしたちじゃないわ。あなたが修道院に送られて、わたしが残っていたとしたら、やっぱりそんなふうに毎日侮辱を受けていたと思う。あの人たちがどれだけひどいことをするかはわかっているわ。わたし――」

「でも、あなたは毎日あそこにいたわけじゃないわよね？」ケイトが食ってかかった。「修道院に逃げたんだから。どうしてそんなことができたの？　どうしてわたしじゃなくてあなただったの？」

「わたしが望んだわけじゃないわ」アナベルは言った。「途中までどこに向かっているのかも知らなかったのよ。知ってからは、着くまでずっと泣いていたわ。それに最初の年は毎晩泣いていた。淋しくて――」

「あなたの悲しい話なんて聞きたくないわ」ケイトが残忍にさえぎった。「わたしほどつらい思いをした人はいないんだから」どなり声でつづける。「わたしは森のなかで暮らして、納屋で眠り、農場の動物みたいに生のオート麦を食べていたのよ。あなたが温かい暖炉とやわらかいベッドとおいしいペストリーのある、あのきれいなお城に住んでいるときに」

ケイトと夫はスコットランドまで追いかけてきたのだから、アナベルも旅のあいだは屋外で眠っていたことを知っているはずだったが、アナベルは指摘しなかった。それに、スコットランドに着いてほんの数日後にケイトがマッケイの門に現れ、彼女を受け入れることになったのだ。それなのにケイトはまるで何年も荒野をさまよっていたような言い方をしている。

「どうしてわたしを襲いつづけたの?」アナベルはついに尋ねた。口をつぐんでいるべきだとグラントが思っていようといまいとどうでもよかった。彼女が何をしようとたいしてちがいはない。幼いころに家から逃げたことで、ケイトはアナベルに償いを要求しているのだ。修道院でのアナベル自身の人生もつらいものだったと言っても、聞く耳を持たないにちがいない。あれはたしかにつらいものだった。マッケイでの暮らしのおかげでそれに気づいた。だが、ケイトにとってはどうでもいいことだろう。自分のことしか頭にないのだから。

「あなたを襲ったのはグラントよ」ケイトは訂正し、納屋の扉のほうをにらんで付け加えた。「彼はあなたを誘拐することになっていたのに、しくじりつづけた。そして」ケイトはいらいらしながらつづけた。「さらうのに二回失敗したあと、あなたを取り逃がしたばかりか、けがまでして戻ってくるようになった。前回はわたしが手を貸して納屋から逃がさなかったら、彼はたぶんあなたにやられていたわ」

アナベルは何も言わなかった。グラントを打ちのめしたあと確認しにいったら、彼が消えていたのはそういうわけだったのか。

「確実にやろうと思ったら、自分でやらなきゃいけないということわざはほんとうみたいね」ケイトは悲しげに言った。「今日は問題なくあなたを城から連れ出せたもの」

「あなたは彼よりもちょっとばかり有利だっただけよ」とアナベルは指摘した。でもどうして姉のまえでグラントを弁護しているのだろう。

ケイトは首を振った。「そういう問題ではないわ。彼は乗り気じゃなかったのよ」

アナベルは驚かなかった。グラントはウェイヴァリーから馬を盗むのもいやがったのだから、誘拐が彼の考えだとは思えなかったし、その話に納得さえしていなかったのだろう。どうして彼が、ケイトを止めるのではなく、誘拐という彼女の計画に同意する気になったのか不思議だった。

「あなたを誘拐しろとしつこく言ったから、今ではわたしを憎んでいると思うわ」彼女は悲しげに言い添えたあと、突然言った。「でもわたしは彼とはちがうのよ！　こんな生活はできないの」

「どうしてわたしを誘拐したかったのか、まだ教えてもらってないわ」話題を変える必要があると思い、アナベルは静かに指摘した。自分が何をされるのか、どういう状況なのか知りたかった。

「もちろん身代金を要求するために決まってるでしょ」ケイトは答えた。そして、一瞬唇をゆがませたあと、彼女は認めた。「グラントと駆け落ちするまえは、こんなふうになるとは思わなかった。彼はものすごく男前だし、わたしは興奮と情熱でわけがわからなくなっていたし……」げんなりした様子でため息をつくと、彼女は急に老けたように見えた。やがて、うるさいアブにたかられた馬のように首を振った。その動きを止めると、彼女はふたたび怒りの表情になり、暗い口調で言った。「もちろん、今はマッケイの富はすべてわたしが持っているんだから、身代金を要求しても時間の無駄でしょうね。でも、すべての襲撃の裏にわたしがいたことを、あなたに知ってもらいたかったのよ。それにあなたが衣装箱にしまっていたあのお金がほしかった。あの袋には見覚えがあるの。わたしの持参金の一部よ。あなたじゃなくて、わたしが持っているべきだわ」

「今はあなたが持っているでしょ」アナベルが指摘する。

「そうね」ケイトは言った。「あなたやマッケイの人びとがひとり残らず苦しんでいると知りながら、わたしにふさわしい暮らしを楽しむのも悪くはないと思うわ」

アナベルはそのあとに〝でも〟とつづくのを覚悟して身がまえた。

「でも、それは一時的なこと。何年かは苦しいでしょうけど、マッケイはいずれ盛り返すわ……そしてあなたの存在がわたしの人生を耐えられないものにしていると気づくのよ」

「あなたの人生を?」アナベルはわけがわからずに繰り返した。

「ロスはわたしのものになるはずだったのよ」ケイトは息巻いた。「彼があんなに男前で若くて裕福だと知っていたら、グラントと駆け落ちなんかしなかったわ」

「でも、あなたはグラントを愛しているんでしょう」アナベルは眉をひそめて言った。

「お腹がすいているとき、愛がなんの役に立つっていうの?」彼女は苦々しく尋ねた。「愛は食べ物も、身につけるきれいなドレスも、世話をしてくれる召使いも作り出すことができないのよ」彼女は歯ぎしりをして言った。「マッケイはウェイヴァリーよりもずっと大きいから、必要なときはいつもたくさんの召使いに世話をしてもらいながら暮らせるし――」そこで話をやめ、アナベルをにらむと、挑むようにどなった。「ロスを恋人にすることもできるわ。彼が恋人としてどんなにすばらしいかは知ってるのよ」ケイトは立ちあがってアナベルをにらみながらつづけた。「川辺の空き地でも、この納屋でも、あなたたちふたりを見ていたんだから。ロスはあなたに興奮した雌犬のような声をあげさせた。でもグラントときたら下手くそで――」ケイトはこぶしをにぎって言った。「そのことでもあなたを憎むわ。どうしてあなたがすべてを手に入れて、わたしには何も残らないの? あなたはあのたくましい男を、愛情深くて床上手な恋人で、しかも精神的にも強くて覇気のある男を手に入れて、わたしにはベッドで何をすればいいかもわからないような、強い意思もまともな頭脳もない男しかいないのよ。不公平だわ」

扉のほうで衣擦れの音がして、ふたりともそちらのほうを見た。開いた戸口にグラントが無言でじっと立っていた。彼の傷ついたような表情から、ケイトが言ったことをすべて聞いていたのだとわかり、アナベルは彼がひどく気の毒になった。だが、グラントは深呼吸をひとつすると、顔を上げてケイトに近づき、静かに言った。「きみの望みどおり、生きていくのに充分な富を手に入れた。南フランスかスペインに屋敷を買って、召し使いを雇い、きみの望む暮らしを楽しめる。もう充分だろう、ケイト。きみの妹を解放しよう」

「たしかに望みのものは手に入れたわ」ケイトは同意したあとでつぶやいた。「それならどうしてわたしは幸せじゃないの？　この一部でも手に入れたら、すべてがバラ色になると思ってた。それなのにわたしは……」彼女は首を振り、アナベルのほうを向いて、ほとんど恥じ入るように打ち明けた。「あなたが本来はわたしのものだったはずの人生を楽しんでいると思うと、どうしても耐えられないの。がまんできないのよ」

「どうして？」グラントが尋ねた。むっとしたような若い声で、自分に腹を立てているようだ。「どうして金だけもらって、彼女を解放することができないんだ？　どうしてすべてをめちゃくちゃにしないと気がすまないんだ？」彼は向きを変えてアナベルの腕をつかみ、戸口のほうに引きずりはじめながらどなった。「おれが彼女を解放する」

「グラント！」ケイトが激しい口調で言った。

彼は足を止め、アナベルに申し訳なさそうな視線を向けると、彼女の腕をつかんだまま振り向いた。「なんだ？」

「妹を解放したら、わたしたちがロスの富を奪ったことをばらされるわ。わたしたちは生きているかぎり、彼に追われることになるのよ」ケイトはきつい声で言った。

「アナベルが言っても言わなくても、きみが金を盗んだことはばれるよ、ケイト。たとえきみが犯人だとばれなかったとしても、どうせおれたちは生きているかぎり追われることになるんだ」グラントはうんざりしたように言った。「きみは言ったよね。大胆にも厩に歩いていって馬を二頭失敬し、みんなが見ているなか馬に乗って城を出たと。しかもきみは侍女とあのエフィとかいう女を殴って気絶させ、妹を誘拐した。きみはおれたちがまちがいなく追われるようにしたんだ」彼はさらに言った。「おれはきみを愛してるよ、ケイト。でもきみはけっして満足しない。何をしても充分じゃない。まるで自分が幸せになるのが許せないみたいだ。そして自分が幸せじゃないから、まわりの人すべてを自分と同じように不幸にする」

グラントは悲しそうに首を振った。「もうこれ以上自分の人生をみじめなものにしたくない。ぼくはおりるよ」

ケイトは目を見開いて彼を見つめたあと、さっとアナベルのほうを向いた。「全部あなたのせいよ！」

「わたしの？」アナベルはぎょっとしてきき返した。

「そうよ」ケイトは叫んだ。「あなたはすべてを手にしただけじゃ足りなくて、グラントまでわたしに逆らわせた。ああ、あなたなんか大嫌いよ」彼女は金切り声をあげた。

「幸いおれは彼女を愛している」

三人が声のしたほうに頭を向けると、開いた納屋の戸口にふたりの男性が立っていた。アナベルはビーンもいることに気づいたが、背筋を伸ばして堂々と戸口に立つロスしか見ていなかった。彼は剣に手をかけ、暗い表情をしていた。とてつもなく強そうな堂々たる姿で、彼のすべてを愛おしいと思った。

彼は本気で言ったのかしら？　アナベルはそうであってほしいと思った。彼女もロスを愛していたからだ。日曜日の朝に思わずそのことばを口にしてしまったときは、自分でも驚いたが、それはまぎれもない真実だった。思いやりとやさしさを持って接してくれるこの男性を愛していた。彼女に対してもほかの人たちに対しても公正な彼を愛していた。彼のたくましさを、彼の知性を、彼の愛し方を、そして、たとえ笑われているときであっても、彼の笑い声を愛していた。この大きくて、美しくて、やさしい男性を愛していた。人生が急転換して、彼とめぐり会えたことに、アナベルはずっと感謝していた。

いろいろな考えにすっかり夢中になっていたために、最初アナベルはロスが現れたことに対するケイトの反応に気づかなかった。もっと注意を払っていたら、姉が体をこわばらせ、やがてためこんだ怒りに身を震わせはじめたことに気づいただろう。ケイトが突然怒りの叫びをあげ、こぶしを上げて飛びかかってきたときも、なんとかそれをよけるための準備ができていただろう。だが、叫び声に気づいたときはもう遅かった。アナベルは突進してくる姉を見て、一瞬立ちすくんだ。するとグラントがいきなりアナベルを脇に押しやり、ケイトの振りあげたこぶしのまえに出た。

グラントはまえにも経験があるのだろう、とアナベルは思った。自分が彼女のこぶしを受けて、その怒りを吐き出させてやった経験が。だが、これほど強く打たれるとは思っていなかったようだ。体の大きさがちがうにもかかわらず、ケイトがぶつかると、グラントはうしろによろめき、そのまま足場を失ってうしろに倒れた。ケイトも道連れになった。彼はふんばろうとしたものの、大きな彼の足が宙を蹴ると、ケイトの足も宙を蹴った。

ロスと最初にここを訪れたときドレスを掛けた、二本の柱とそこにわたした板目がけて、グラントが倒れこもうとしているのを見て、アナベルは危ないと叫んで手を伸ばした。だが遅すぎた。倒れるときにグラントの頭が柱の一本にぶつかり、次の瞬間、彼は床に横たわっていた。動かない胸の上にケイトをのせたまま、不自然な角度で柱に頭をもたせかけている。

「グラント?」ケイトが彼の胸から頭を上げて、心配そうに声をかける。「グラント?」

アナベルは唇をかんだ。彼が首を折って死んだのはわかっていたが、一瞬迷ってからそばに行き、しゃがんで姉の肩に手を置いた。

「無駄よ、ケイト。死んでるわ」彼女はやさしく言った。

「いいえ、死んでなんかいないわ」姉はかみつくように言い、妹の手を振り払った。そして、グラントを揺さぶりはじめた。「起きてよ、グラント。目を覚まして、まだ生きてることを示してちょうだい。グラント！」

アナベルは唇をかみ、顔をそむけた。ケイトは気がふれたように叫びだし、目を覚まさせようと嘆願と命令を交互に繰り返しながら、死んだ男性をたたきはじめた。

「好きなようにさせておこう」ロスが突然横に現れ、もう一度姉の肩に触れようと伸ばしたアナベルの手をつかんで言った。アナベルはためらったものの、うなずいて体を起こした。

「大丈夫か？」妻にこちらを向かせ、両手と目で傷をさがしながらロスが尋ねた。

「ええ」アナベルはそう言って彼を安心させたあと、ぎこちなく微笑んで付け加えた。「あなたに会えてうれしい」

ロスはうなずき、いきなり唇を重ねて、すばやく深いキスをした。そして妻を長いことしっかりと胸に抱きしめてため息をもらした。

「ケイトはおれが見張っている」ロスが抱擁を解くと、ビーンがそばに来て言った。「きみたちはお宝を集めるといい」

ロスが妻を放してひざまずき、ケイトが持ってきた袋に宝石や硬貨を戻しはじめると、アナベルもそばにしゃがんで手伝った。

ロスはそれより小さい、アナベルの持参金がはいっていた袋に、かなりの量の硬貨を入れた。そしてそれを剣帯に結びつけ、残りの硬貨と宝石を大きいほうの袋に入れているアナベルを手伝った。アナベルはなぜそうするのか彼に尋ねることはせず、ふたりは無言のまま手早く作業を進めた。それもうすぐ終わるというころ、ギリーとマラフが大人数の兵士を引き連れて納屋にはいってきた。みな剣を抜いていたが、問題は解決したらしいと見ると緊張を解いた。

お宝の大半がはいっている大きな袋の口を閉じると、ロスはそれをアナベルの手に押しつけて、彼女を立たせ、部下たちのところに連れていった。

「妻を城に送りとどけてくれ」ロスはそう言って、ギリーとマラフのあいだにアナベルを押し出した。「ふたりだけ残して兵士たちも連れて帰るんだ。ふたりくらいいなくても少しのあいだなら大丈夫だろう」

「ケイトのことはどうするの？」アナベルが心配そうにきく。

「おれにまかせてくれ」ロスは静かに言った。「亡くなった若者の問題を処理したあとで連れて帰る」

アナベルはためらったが、結局うなずいた。そして、ギリーが兵士たちに話をしにいくあいだに、マラフに連れられて納屋を出た。

「ショーナクは大丈夫？」アナベルは兵士たちが馬を置いた場所に案内されながら、マラフに尋ねた。

「よくわからないのです、奥方さま」マラフは静かに言った。「われわれが出発したときは、まだ意識がありませんでした」

アナベルはうなずき、唇をかんでからきいた。「夫はケイトをどうすると思う？」

「それもおれにはわかりかねます、奥方さま」彼は申し訳なさそうに言った。「でも領主殿はいつでも公正です」

「そうね」アナベルはつぶやき、この場合何が公正なのだろうと思った。姉はマッケイに来て以来やっかい者以外の何ものでもなかったが、そのうえさらにロスの財産を盗み、アナベルを誘拐し、ショーナクに乱暴をしたのだ。

アナベルは、ギリーと残りの兵士たちを待つあいだも、みんなといっしょに城に向かうあいだも、ケイトに下される罰について考えつづけた。だが城に着くと、ショーナクが心配でそれどころではなくなり、マラフに馬からおろしてもらうやいなや、城のなかに駆けこんで階上を目指した。うしろで騒々しい足音が聞こえていたので、ギリーとマラフがあわててついてきたのがわかったが、階段をのぼりきるまで速度はゆるめなかった。アナベルがそこで立ち止まったのは、ショーナクがどこに寝かされているか知らないからにすぎなかった。

「主寝室の隣の部屋です」ギリーより先に階段をのぼりきったマラフが、きかれもしないのに言った。

ケイトの部屋ね。アナベルはそこに急いだ。部屋にはいると、ジョーサルがベッドのそばに座って、静かにショーナクに話しかけていた。それを見てアナベルはほっとした。マッケイですごすうちに、ショーナクのことが大好きになっていたので、年配の侍女が姉の襲撃から回復してくれてうれしかった。

アナベルは走り寄り、侍女をそっと抱きしめて驚かせながら言った。「あなたが無事でほんとうにうれしいわ」

「おやまあ、わたしも奥さまがご無事でうれしいですよ」ショーナクは少し赤くなりながら言った。アナベルが体を起こすと、侍女は言った。「男衆が奥さまを見つけたのかどうかもわからずに、ここでやきもきしていたんですからね。見つかったうえに、あなたが元気でほんとうによかったですよ、奥さま」

アナベルは侍女の手をぎゅっとにぎり、ジョーサルにも微笑みかけてから、ベッドに寝ているもうひとりの女性に目を向けた。エフィだ。青い顔をして頭にひどいけがを負っている刺繍職人は、目覚めていなかった。

「彼女は眠っているだけよ」ジョーサルが安心させるように言った。「少しまえに意識が戻ったんだけど、またすぐに眠りこんでしまったの」

「ああ、よかった」戸口にだれかが来たとエフィが言ったあとで聞こえた、どさっという音を思い出して、アナベルはつぶやいた。小屋にやってきたケイトかグラントが彼女を殴り倒したのだろう。あのときエフィの安全を疑いもしなかったのが悔やまれた。

「さあ」ジョーサルが言った。「座って。何があったのか話してちょうだい。ケイトがショーナクを殴って気絶させたのはわかってる。そのあとケイトはマッケイの財産を盗んで逃げたんでしょう?」

「額に新しいこぶができているということは、あの女は奥さまのことも殴ったようですね」ショーナクが冷ややかに言った。

「ええ」アナベルは認めたあと、何があったかを急いで説明した。

「つまり、すべての背後にいたのはあなたのお姉さまだったのね?」ジョーサルがゆっくりと言った。「そして彼女がその厩番の少年を殺したわけ?」

「いいえ」アナベルはすぐに言った。そのあとで眉をひそめてつづけた。「まあ、そうとも言えるけど、あれは事故よ」

ショーナクは首を振った。「あの娘さんはなんとなく変なところがありましたよ。頭がまともじゃないんです」

「そうね」ジョーサルも同意した。

アナベルはうなずくだけにした。ふたりの言うとおりかもしれない。いくらケイトがわがままで甘やかされていたといっても、アナベルの幸せを執拗に気にしたり、なんとしてもそれをぶち壊してやろうとするのは、たしかにおかしい。

ドアが開く音がして目をやると、ロスの姿があったのでアナベルは立ちあがった。手招きされてドアのところに行くと、腕をつかまれて部屋の外に出された。ロスはアナベルを夫婦の寝室に連れていき、なかにはいってドアを閉めると、ドアにもたれかかった。

アナベルは部屋のまんなかで足を止め、どういうことなのだろうと振り向いた。するとロスは言った。「きみの姉のことで相談がある」

アナベルは目を見開き、胸のまえで両手をにぎり合わせて、小さくつぶやいた。「そう」

「あの若者は埋葬し、ウェイヴァリーの彼の父親に知らせを送った」

「そう」アナベルは繰り返したあと、うなずいた。「よかった」

「そのあと、どんな処分をするべきか決めるために、きみの姉を連れて戻ってきた。彼女の罰についてはきみの意見も聞くべきだと思って」

「ありがとう」アナベルはつぶやいた。こんな思いやりのある夫を持って自分は幸せだと思った。おそらくたいていの男性なら、自分でさっさと問題を処理し、そのあとで何をしたか報告するだけだろう。でも正直なところ、今回の場合はそのほうがよかったかもしれないという気もした。姉の処分を自分で決めたくはなかった。どんな罰を与えることに決めても、絶対に罪悪感を覚えるだろうから。

「おれたちが着く直前に、馬に乗ったひとりの男が城にやってきた」ロスはつづけた。「きみの母親の返事を届けにきた使者だった」

アナベルはそれで何かが変わるとは思えずに、唇をかんだ。母がケイトの受け入れに同意したとしても、やったことに対するなんらかの形の罰を要求されることなく、ケイトがここを出て、楽な人生をつづけていくのは、ロスが許さないだろう。実際、もし許したら、アナベルでも納得がいかない。

「きみの両親は彼女と関わりたくないそうだ」ロスは静かに言った。「自分で寝床を整えたのだから、そこで寝なければならない、つまりは自業自得だと言っていたよ。彼らにとってケイトはもう死んでいるということらしい」

止めていたアナベルの息が、小さなため息になった。驚きはしなかったが、心のどこかでは、両親がいくらかでも血を分けた娘たちに愛情を示してくれることを望んでいた。だが、それはないようだ。「姉は知っているの？」

「話してはいないが、気づいているかもしれない」ロスは肩をすくめて言った。「おれが手紙を読むあいだ、懺悔をしたいと言い出したので、兵士ふたりに案内させた。だが、礼拝堂にはいると、ケイトは罪人庇護（中世の教会には罪人などをかくまう罪人庇護権があった）を求めた」

アナベルは身をこわばらせ、その知らせに殴られでもしたように、頭をのけぞらせた。不意打ちだったとはいえ、こうなることはおそらく予想できたはずだった。姉がおとなしく裁きを受ける気などなく、可能ならどんなものでも盾にするだろうということは。罪人庇護を求めるとはたしかにずる賢い。

「ギブソン神父は庇護を与えるべきだと思っているようだが、彼女をここに置きたくはないらしい」

アナベルは驚かなかった。ケイトと五分いっしょにいるだけでも、その五分が長く感じられるのだから、姉はもう司祭をそうとういらいらさせているにちがいない。

「そこで司祭は、ケイトに永久罪人庇護を与え、彼女が修道女になることに同意するなら、エルストウ修道院に送ってはどうかと言ってきた」ロスは静かに言った。「そして彼女は同意した」

アナベルは目を見開いた。ケイトがエルストウを気に入るはずがない。修道院長も、日課も、つらい肉体労働も、共同のお風呂も、味気ない粗末な食事も、規則も、罰も、苦行も大嫌いなはずだ。自分を鞭で打てと修道院長に命じられても、ケイトは絶対に従わないだろう……少なくとも、その代わりに何をしなければならないか聞くまでは。

自分が何に同意してしまったのか、姉は知らない。わがままにあれこれ要求する生き方は、あそこでは通用しないし、ほかの女性たちとうまくやっていくこともきっとできないだろう。それに絶えず調べられることになる。ケイトは馬小屋で働けるような特別な訓練を受けてはいない。あそこはわずかなりとも自由が得られる唯一の場所なのに。そんな場所はほとんどない。そしてケイトは――。

ロスが不思議そうに眉を上げたので、アナベルは不意に目を見開いて、いま考えていたことを話した。「もし修道女になることになったら、まちがいなく頭を剃《そ》られるわ」

ふたりはしばらく無言で見つめ合い、やがてロスが言った。「彼女は気に入らないだろうな」

「ええ」アナベルは同意した。ケイトは虚栄心が強すぎて、受け入れられないだろうが、罪人庇護を求めるならそうするしかないのだ。

わたしたちの人生はすっかり入れ替わることになるんだわ、とアナベルは不意に気づいた。ケイトが歩むことになった人生は、ロスと結婚するために生家に引きずられていくまでは、アナベルのまえに用意されていた人生であり、アナベルがいま歩んでいる人生は、グラントと駆け落ちするまではケイトのものだったのだから。

ただ、ケイトの性格のせいで、彼女の人生は不快で不幸せなものから、さらにいっそうみじめなものになった。修道院の生活はケイトを変えるか、殺すかだろう……ケイトと修道院長の両方を殺すことになる可能性もある、とアナベルは思った。でもある意味、姉にはもっとも幸せな場所かもしれない。打ち首になったり、地下牢に入れられたり、それ以外に下されるのではないかとアナベルが恐れていたどんな罰を受けるよりも、まちがいなくましなのだから。

止めていた息を吐きながら、アナベルはうなずいた。「わかったわ。姉をエルストウに送ってください」

ロスは背筋を伸ばし、彼女のそばまで歩いていって抱きしめた。アナベルは一瞬動きを止めたが、やがてため息をついて彼の腕のなかで力を抜いた。するとすぐに、マッケイの財宝がはいった袋をまだスカートから下げているのに気づいた。まずはこれをはずさなければ、と思い、アナベルは暗い気持ちになった。そもそも衣装箱を施錠せずに、ケイトに取ってくださいとばかりに開けておくべきではなかったのだ。アナベルは自分を叱責し、唇をかんでからつぶやいた。「ごめんなさい」

夫は頭を引き、驚いて彼女の顔を見おろしながら尋ねた。「どうして謝るんだ?」

アナベルは衣装箱を開けたままにして、ケイトにマッケイの財宝を持ち逃げされそうになったことに対して謝ったつもりだったのだが、出てきた答えは「何もかも」だった。

ロスは首を振って請け合った。「きみが謝ることなど何もないんだよ、アナベル」

「いいえ、あるわ」アナベルは反論した。「わたしと結婚してからあなたは災難つづきだもの」

ロスは両手で彼女の顔をはさみ、目を見ながらまじめに言った。「そうだな。たしかに災難以外はほとんど何もなかったが、どれもきみのせいじゃなかった」

「でも、もしわたしと結婚していなかったら――」

「人生でいちばんすばらしいものを手に入れそこねていただろう」彼はきっぱりと言い切り、

そのあと皮肉っぽく付け加えた。「それに、これだけの災難にもかかわらず、いや、もしかしたらそのせいかもしれないが、目が覚めたらきみの姉がここにいたあの日から、毎日神に感謝しているよ。おれの結婚相手が彼女ではなくきみだったことにね」

アナベルは体を震わせて笑った。そして、目を閉じて、頭を彼の胸にもたせかけ、ため息をついた。「そうね……でも、わたしを拒絶して別の人と結婚していたら、かなりの災難を避けることができたかもしれないわ」

ロスは彼女の頭のてっぺんにキスをして言った。「きみはケイトが引き起こした災難すべてと、それ以上の災難を乗り越えてでも手に入れる価値のある人だ。納屋で言ったことはほんとうだよ。アナベル、おれはきみを愛している。きみはおれの毎日を明るくしてくれるし、この城を心安らぐ場所にしてくれる」

彼女は顔を上げてうしろに傾け、彼を見あげた。涙があふれて視界がぼやけていることに驚きながら。「わたしも愛しているわ、ロス。死ぬまでエルストウで暮らすのだと思って、人生をあきらめていたけど、ケイトの行動のおかげであなたとここですごせることになって、心からうれしく思っているわ。わたし、知らなかったの、人生がこんなに……」さまざまなことが思い浮かんで、彼女はそこでことばを切った。人生がこんなに愛や、色彩や、幸せや、情熱に満ちたものになりうるなんて知らなかった。だが、結局「すばらしいなんて」とだけ言った。

ロスは微笑み、かがんでアナベルにキスをした。最初は愛情たっぷりのやさしいキスだったが、やがて、ふたりでいるときはいつもそうなるように、しだいに熱を帯びてきた。

アナベルはうめきながら、彼の腰にまわしていた腕を引っこめて首にまわし、つま先立ちになって彼にしがみついた。ロスはすばやく両手で彼女のお尻をつかんだ。妻を床から持ちあげ、一歩ごとに互いの体をこすり合わせるようにして、ベッドに運ぼうとした。するとドアをノックする音がして、彼は立ち止まることになった。

唇を離してドアのほうを見やり、どなった。「あとにしてくれ」

「いつになったらあなたの妹と話をしてくれるの?」ジョーサルが笑いながら呼びかけた。「それに、ノックしたのはカーニーが戻ったことを伝えるためよ。彼はある紳士を連れてきたんだけど、アナベルはきっとすぐに会いたがるはずよ」

「くそっ」ロスはうめき、アナベルの額に自分の額を寄せた。

「どうしたの?」彼女は心配そうにきいた。

ロスはためらったものの、彼女に打ち明けた。「おれがカーニーにたのんだ仕事は、きみが好きなものを買えるように、生地商人を連れてくることだったんだ。きみには自分のドレスが必要だからね。母の古着ではなく、きみの体に合うように作られたドレスが」

「まあ」アナベルは声をあげた。涙がまたこみあげる。そして彼をぎゅっと抱きしめた。

「ありがとう、あなた。あなたはどんな女でも望めないほど、すばらしくて思いやり深いだんなさまだわ」

ロスはゆがんだ笑みを浮かべたが、やがてため息をついた。「商人と話をさせるために、きみを行かせなければならないようだな」

それもいいと思ったが、アナベルはすぐに首を振った。「いいえ。少し待たせましょう」首にまわした手に力をこめ、スカートをものともせずに脚を持ちあげて彼の腰に巻きつけると、彼女は言った。「こんなに思いやり深いあなたに、ちゃんと感謝を示すべきだと思うの」

「ほう？」ロスはアナベルを抱いたまままたベッドに向かいはじめながら、にやりとして言った。「それなら、きみがおれに感謝したい気分でいるうちに、伝えるべきかな。ケイトを連れて帰るまえに、例の香辛料の商人とも話をつけたことを」

「ほんと？」アナベルは目を見開いてきいた。いろいろなことが起こったせいで、あの男のことはすっかり忘れていたのだ。

「ああ、ほんとうだ。硬貨を二枚ばかりやって、宿代を払ってやって、言うことを聞かなければつかまえて去勢してやるとおどしたら、もう二度とマッケイには近づくなと人に言ったりしないと約束したよ」

それを聞いてアナベルは笑い、首を振った。「あなたってすごいわ」

「よろこんでくれたかい？」ベッドのまえで足を止め、ロスはまじめにきいた。

「ええ、もちろんよ、あなた。とてもうれしいわ」彼女はまじめくさってそう言うと、ベッドの上におろされるのを待って、彼の腰にからめていた脚をはずし、立ちあがった。そしてすぐにドアのほうに一歩進んだ。すると思ったとおり、ロスが向きを変えて彼女の動きを追い、ベッドに背を向ける形になった。

「どこに行くつもりだ?」彼は眉をひそめてきいた。「おれはてっきり――」そこまで言うと、あっと息をのんだ。アナベルがいきなり向きを変えて彼を押したからだ。ロスは不意をつかれて、脚をまえに投げ出したままベッドの上に尻餅をついた。

「どこにも行かないわ」アナベルはもったいぶった声で言うと、すばやくひもをほどいてドレスを脱いだ。そして、膝が当たるまでベッドに近づいて彼の膝のあいだにはいった。「わたしからは離れられないわよ、あなた」

「それならおれはスコットランド一幸せな男だ」ロスはうなり、体を起こして彼女の腰に腕をまわした。しばらくぎゅっと抱きしめてからため息をつく。「ああ、愛しているよ」

「わたしも愛しているわ」アナベルはおごそかに言うと、彼をベッドの上に押し倒し、彼の上になりながら言った。「どれだけ愛しているか見せてあげる」

訳者あとがき

愛とユーモアがたっぷり詰まったリンゼイ・サンズ作品を、またひとつご紹介できることをうれしく思います。既刊のハイランドシリーズ三部作（『ハイランドで眠る夜は』『その城へ続く道で』『ハイランドの騎士に導かれて』いずれも二見文庫）とは別の、あらたなシリーズの一作目となる本書は、英国スコットランドに嫁いできたイングランド人の花嫁アナベルと、心やさしくたくましい夫ロスの愛と奮闘の日々を、コミカルに描いたヒストリカル・ロマンスです。

七歳で修道院に預けられ、修道女になるために修行しているイングランド領主の娘アナベル・ウィズラムのもとに、十四年ぶりに母が訪ねてくるところから物語ははじまります。わけもわからず城に連れ戻されたアナベルは、母の話を聞いてびっくり仰天。なんと、厩番頭の息子と駆け落ちしてしまった姉ケイトの代わりに、スコットランド領主のロス・マッケイと結婚しろというのです。二十年まえに十字軍遠征でともに戦ったロスの父とアナベルの父は、それぞれの息子と娘を結婚させる約束を交わしていました。ロスと結婚するのは美しい上の娘ケイトのはずでしたが、父は使用人と出奔したケイトを勘当し、アナベルを「上の娘」として、そ知らぬ顔で差し出そうとしていたのです。修道女になるつもりでいたので、妻としての心得はもちろん、使用人のあつかい方すら学んでいないアナベルは、自分に領主の妻が務まるのだろうかと不安でたまりません。しかし、花嫁を迎えにきたロス・マッケイはひと目でアナベルを気に入り、自分たちの都合しか考えない愛情のない両親から娘を引き離すべく、早々に花嫁をスコットランドに連れ帰ります。

ロスは思いやり深い人で、アナベルはどんどん彼に惹かれていきますが、自分が長女ではないことや、修道院育ちだということを隠しているせいで、罪悪感を覚えてもいます。やがて、アナベルを執拗にねらう不審者の影や、思いがけない訪問者によって、夫婦の幸せな生活はかき乱されていきます。

ヒロインのアナベルは、不器用だけれど、まじめで誠実で、芯の強い女性です。今の世なら健康的で活発なお嬢さんと言ってもらえそうですが、修道院での偏った教育や自分たちの都合優先の両親のせいで、コンプレックスのかたまりになっているところがなんともかわいそう。それにしても、リンゼイ・サンズのヒロインは、どうしていつもこんなにかわいくて、けなげで、たくましくて、つっこみどころ満載なのでしょう！　このギャップがたまりません。

そんなアナベルの切実な悩み、それは満足に着られるドレスが一着もないということ。何も持たずに修道院から連れ出され、実家からは花嫁衣装以外何も持たせてもらえず、マッケイの城で何も着るものがないアナベルは、とりあえずこれでしのぐようにとロスの亡き母のドレスを与えられますが、胸が豊満なため合うものがありません。苦労してサイズ直しをしたドレスを着るたびに、暴漢に襲われて台なしになってしまうし……。アナベルはどうもドレス運（？）がないようです。胸が豊かなのもよし悪しですね。

一方、ロスにも悩みがありました。教会によって特定の曜日の夫婦生活が禁じられているので、新婚なのに思うように妻と愛し合えないのです。いい雰囲気になると、「あなた、今日は水曜日よ」と言われてシュン。しかし、どんなことにも「裏ワザ」はあるもので……。持つべきものは優秀な部下ですね。ちなみに、この時代には「夜の営み用シュミーズ」なるものまであり、その味気なさたるや暖炉に投げこみたくなるほど。アナベルが修道院で罰として苦行のために着せられていた「毛衣」といい、中世キリスト教には不思議な風習がいろいろとあるようです。

主役のふたり以外では、アナベルの姉のケイトのキャラがとにかく強烈で、まさに「牝狐」という感じ。修道院ですべての欲を抑えるよう教えられてきたアナベルと、欲のかたまりのようなわがままなケイトは真逆のタイプです。でも、悪魔のようなケイトに押され気味だったアナベルが、ついに怒りの臨界点を越え、領主夫人らしく威厳をもって言うべきことを言うシーンでは、胸のすくような気分を味わえます。この調子で両親のウィズラム夫妻にもガツンと言ってやればいいのに、と思ってしまったのは訳者だけでしょうか。

本国アメリカでは本書の続編にあたる *To Marry a Scottish Laird* が今年の六月に刊行され、それを読めばアナベルとロスの暮らしぶりやケイトのその後についても知ることができるとか。さらに来年七月には第三弾が刊行される予定だそうです。これらのシリーズ続編もいずれみなさまにご紹介できることを願っています。

二〇一四年六月

ザ・ミステリ・コレクション

約束《やくそく》のキスを花嫁《はなよめ》に

著者　リンゼイ・サンズ

訳者　上條《かみじょう》ひろみ

発行所　株式会社 二見書房
東京都千代田区三崎町2-18-11
電話 03(3515)2311［営業］
03(3515)2313［編集］
振替 00170-4-2639

印刷　株式会社 堀内印刷所
製本　株式会社 村上製本所

ISBN978-4-576-14092-6
http://www.futami.co.jp/

ハイランドで眠る夜は
リンゼイ・サンズ
上條ひろみ［訳］
〔ハイランドシリーズ〕

両親を亡くした令嬢イヴリンドは、意地悪な継母によって〝ドノカイの悪魔〟と恐れられる領主のもとに嫁がされることに…。全米大ヒットのハイランドシリーズ第一弾！

その城へ続く道で
リンゼイ・サンズ
喜須海理子［訳］
〔ハイランドシリーズ〕

スコットランド領主の娘メリーは、不甲斐ない父と兄に代わり城を切り盛りしていたが、ある日、許婚が遠征から帰還したと知らされ、急遽彼のもとへ向かうことに…

ハイランドの騎士に導かれて
リンゼイ・サンズ
上條ひろみ［訳］
〔ハイランドシリーズ〕

赤毛と頬のあざが災いして、何度も縁談を断られてきたアヴリル。そんなとき、兄が重傷のスコットランド戦士を連れて異国から帰還し、彼の介抱をすることになって…？

微笑みはいつもそばに
リンゼイ・サンズ
武藤崇恵［訳］
〔マディソン姉妹シリーズ〕

不幸な結婚生活を送っていたクリスティアナ。そんな折、夫の伯爵が書斎で謎の死を遂げる。とある事情で伯爵の死を隠すが、その晩の舞踏会に死んだはずの伯爵が現われ!?

いたずらなキスのあとで
リンゼイ・サンズ
武藤崇恵［訳］
〔マディソン姉妹シリーズ〕

父の借金返済のため婿探しをするシュゼット。ダニエルという理想の男性に出会うも、彼には秘密が…『微笑みはいつもそばに』に続くマディソン姉妹シリーズ第二弾！

いつもふたりきりで
リンゼイ・サンズ
上條ひろみ［訳］

美人なのにド近眼のメガネっ嬢《こ》と戦争で顔に深い傷痕を残した伯爵。トラウマを抱えたふたりの熱い恋の行方は？ とびきりキュートな抱腹絶倒ラブロマンス

待ちきれなくて
リンゼイ・サンズ
上條ひろみ［訳］

唯一の肉親の兄を亡くした令嬢マギーは、残された屋敷を維持するべく秘密の仕事——刺激的な記事が売りの覆面作家——をはじめるが、取材中何者かに攫われて⁉

銀の瞳に恋をして
リンゼイ・サンズ
田辺千幸［訳］　〔アルジェノ&ローグハンターシリーズ〕

誰も素顔を知らない人気作家ルークと編集者ケイト。出会いは最悪&意のままにならない相手なのになぜだか惹かれあってしまうふたり。ユーモア溢れるシリーズ第一弾！

永遠の夜をあなたに
リンゼイ・サンズ
藤井喜美枝［訳］　〔アルジェノ&ローグハンターシリーズ〕

検視官レイチェルは遺体安置所に押し入ってきた暴漢から〝遺体〟の男をかばって致命傷を負ってしまう。意識を取り戻した彼女は衝撃の事実を知り…⁉シリーズ第二弾

秘密のキスをかさねて
リンゼイ・サンズ
田辺千幸［訳］　〔アルジェノ&ローグハンターシリーズ〕

いとこの結婚式のため、ニューヨークへやって来たテリー。ひょんなことからいとこの結婚相手の実家に滞在することになるが、不思議な魅力を持つ青年バスチャンと恋におち…

密会はお望みのとおりに
クリスティーナ・ブルック
村山美雪［訳］

夫が急死し、若き未亡人となったジェイン。今後は再婚せず、ひっそりと過ごすつもりだった。が、ある事情から、悪名高き貴族に契約結婚を申し出ることになって？

約束のワルツをあなたと
クリスティーナ・ブルック
小林さゆり［訳］

愛と結婚をめぐり紳士淑女の思惑が行き交うロンドン社交界。比類なき美女と顔と心に傷を持つ若伯爵の恋のゆくえは——。新鋭作家が描くリージェンシー・ラブ！

黒い悦びに包まれて

アナ・キャンベル
森嶋マリ［訳］

名うての放蕩者であるラネロー侯爵は過去のある出来事の復讐のため、カッサンドラ嬢を誘惑しようとする。が、彼女には手強そうな付添い女性ミス・スミスがついていて…

仮面のなかの微笑み

イーヴリン・プライス
石原未奈子［訳］

仮面を着けた女ピアニストとプライド高き美貌の公爵。ふたりが出会ったのはあやしげなロンドンの娼館で……。初代〈米アマゾン・ブレイクスルー小説賞〉受賞の注目作！

恋の訪れは魔法のように

キャサリン・コールター
栗木さつき［訳］

放蕩伯爵と美貌を隠すワケアリのおてんば娘。父親同士の約束で結婚させられたふたりが恋の魔法《マジック》にかけられて……待望のヒストリカル三部作、マジック・シリーズ第一弾！

星降る夜のくちづけ

キャサリン・コールター
西尾まゆ子［訳］

婚約者の裏切りにあい、伊達男ながらすっかり女性不信になった伯爵と、天真爛漫なカリブ美人。衝突する彼らが恋の魔法《マジック》にかかる…⁉ マジック・シリーズ第二弾！

唇はスキャンダル

キャンディス・キャンプ
大野晶子［訳］
〔聖ドゥワインウェン・シリーズ〕

教会区牧師の妹シーアは、ある晩、置き去りにされた赤ちゃんを発見する。おしめのブローチに心当たりがあった彼女は放蕩貴族モアクーム卿のもとへ急ぐが……⁉

瞳はセンチメンタル

キャンディス・キャンプ
大野晶子［訳］
〔聖ドゥワインウェン・シリーズ〕

とあるきっかけで知り合ったミステリアスな未亡人と〝冷血卿〟と噂される伯爵。第一印象こそよくはなかったものの、いつしかお互いに気になる存在に……シリーズ第二弾！